Tel Aviv

Dexter parkte das Auto und stieg unbeholfen aus. Man merkte gleich, daß er ein größeres Fahrzeug als den grünen Fiat gewohnt war. Langsam und mit bedächtigem Schritt, der so typisch ist für Amerikaner, die im Schatten von Gary Cooper und John Wayne aufgewachsen sind, ging er die Ben-Yehuda-Straße entlang. Dabei handelte es sich nicht um Affektiertheit, sondern um das Produkt einer ständigen unterschwelligen Beeinflussung von Kindesbeinen an. Der Haarschnitt, der schicke, leichte Anzug, das frische Hemd mit dem Button-Down-Kragen entsprachen genau dem, was Leute in Dexters Position trugen. So einfach war das. Hinsichtlich seiner Kleidung hatte er keine Entscheidungen treffen müssen.

Dexter stieß die Tür zum Büro der Luftfahrtgesellschaft auf und betrat das von einer Klimaanlage gekühlte Innere. Er rückte seine Brille zurecht und betrachtete dabei eingehend seine Umgebung. Außer ihm war noch ein anderer Kunde im Raum, der gerade bedient wurde. Dexter vermied den Blickkontakt mit dem Angestellten, der aufstand, um sich um ihn zu kümmern. Statt dessen nahm er einen Prospekt zur Hand, den er gründlich las, bis der andere Kunde fertig war. Als sich die Tür hinter ihm schloß, legte Dexter die Broschüre beiseite.

»Ja, Sir. Kann ich Ihnen helfen?« sagte der Angestellte.

»Ich möchte mich nach dem Flug LH 703 erkundigen«, sagte Dexter.

»Wir haben keinen Flug LH 703, Sir.«

»Würden Sie das bitte überprüfen?«

»Einen Augenblick, bitte.« Der Angestellte verließ seinen Posten und verschwand nach hinten, kehrte aber nach wenigen Augenblicken zurück. »Der Geschäftsführer möchte Sie sprechen, Sir.«

Dexter nickte. An Leute in untergeordneter Stellung vergeudete er nur Worte, wenn es sich nicht vermeiden ließ. Er trat durch die Tür, die ihm der Angestellte aufhielt, und wandte sich nach rechts in einen langen Flur. Er brauchte keine Anweisungen. Er kannte seinen Weg genau. Zwei- oder dreimal im Jahr kam er hierher, um Bericht zu erstatten oder wenn er ausdrücklich herbestellt wurde, wie heute morgen. Er blieb an der blauen Tür stehen und drückte auf die Klingel. Eine Pause trat ein, während der er von einer Kamera über seinem Kopf gemustert wurde; ein Knacken wie von einem elektrischen Kurzschluß ertönte und kurz darauf eine Reihe von Klickgeräuschen, als ein elektronisches Schloß im Wert von dreitausend Dollar die sprengsichere Stahltür freigab und ihn einließ.

»Guten Morgen, Mr. Dexter«, sagte eine lächelnde junge Frau, die hinter einer Schreibmaschine saß.

»Morgen, Miss Ling.« Gary Cooper war auch immer höflich zu den Damen.

»Der Chef sagte, Sie sollten gleich reingehen, Sir.« Dexter lächelte und betrat das Büro.

»Schön, Sie zu sehen, J.D.«, sagte der kleine grauhaarige Mann hinter dem Schreibtisch. »Gefällt Ihnen Tel Aviv mittlerweile besser?«

»Nein«, erwiderte Dexter entschieden. »Der schlimmste Posten, den ich je hatte.«

»Nun, man kann nicht alle Einsätze mögen«, lachte der grauhaarige Mann.

»Nein, Sir«, pflichtete ihm Dexter bei, obwohl er überhaupt nicht einsah, warum das eigentlich nicht der Fall sein sollte.

»Kopf hoch. Nächstes Mal könnte es doch Paris sein!«

»Bei meinem Glück wird es eher La Paz.«

»Glück hat nichts damit zu tun. Sie sind so gut wie Ihr letzter Auftrag, J.D.«

»Dann wird es ganz bestimmt La Paz«, meinte Dexter.

»Keine Fortschritte, hm?«

»Überhaupt keine.«

»Vielleicht hilft Ihnen das hier ja weiter«, sagte der Grauhaarige und schob Dexter ein Stück Papier zu. »Kam heute frühmorgens von unserer Londoner Vertretung. Es ist eine Antwort auf Ihre Anfrage an alle Büros nach Informationen über die Randfiguren in Ihrem Fall. Diese Person hier ist tot.«

Dexter las den Bericht und erkannte im dekodierten Text Miss Lings Stil. »Name: Martin Klein. Status: Randfigur bei Vorgang in Tel Aviv. Nachricht: Person starb im St. Thomas' Hospital, Surrey, England. Todesursache unbekannt.« Daten und Zeiten waren aufgelistet.

Dexter schaute auf die Uhr und sah, daß Klein seit sechs Stunden tot war. »Nie von ihm gehört«, sagte er.

»Wir haben das für Sie überprüft«, sagte der Grauhaarige. »Klein wurde als Randfigur geführt, weil er Anfang des Jahres zwei Monate lang in einem Genlabor der Universität Tel Aviv gearbeitet hat.«

Dexter nickte nachdenklich und meinte dann: »Wahrscheinlich ist nichts dran, aber wir sollten besser einen Blick auf den Autopsiebericht werfen.«

»Ich habe London gebeten, sich darum zu kümmern.«

»Danke.« Dexter stand auf und knöpfte sein Jackett zu.

Der andere Mann lehnte sich in seinem Sessel zurück und legte die Hände hinter den Kopf. »Ich habe gehört, daß Sie einen Agenten eingeschleust haben.«

»Das stimmt«, bestätigte Dexter. »Allerdings hat das überhaupt nichts gebracht. Die Zielperson ist immer noch sauber wie frisch gefallener Schnee.« Er beugte sich vor und stützte die Fingerspitzen auf den Schreibtisch. »Sind Sie sicher, daß dieser Typ korrupt ist? Ist da bestimmt kein Fehler gemacht worden?«

Der ältere Mann erwog seine Worte sorgfältig, bevor er antwortete. »›Korrupt‹ ist nicht das richtige Wort, J.D. Er ist ein Verrückter. Ein Verrückter mit Doktorgrad und Zugang zu allem, was er braucht. Und das, mein Freund, ist eine Kombination, die La Paz sehr attraktiv erscheinen lassen könnte.«

1

Schweißperlen glänzten auf John Fearmans Stirn, als er zum dritten Mal ansetzen wollte. »Halten Sie ihn doch um Gottes willen ruhig«, fauchte er in einem für ihn ganz untypischen Temperamentsausbruch.

Schwester Jane Long war es nicht gewohnt, daß ein Assistenzarzt so mit ihr redete, aber diesmal sah sie darüber hinweg. Sie wußte, unter welchem Druck Fearman stand. Mit betont ruhiger Stimme sagte sie: »Der Patient hat Krämpfe, Doktor . . . ich tue mein Bestes.«

Fearman fiel ihr Ton auf. »Tut mir leid. Wir wollen es noch einmal versuchen.«

»Einen Augenblick.« Schwester Long rief eine weitere Kollegin herbei, und zusammen hielten die beiden mit ihrem ganzen Körpergewicht den Patienten fest.

Fearman führte die Nadel näher an den nackten Rücken des Patienten heran. Er wollte einen sauberen Einstich zwischen dem dritten und vierten Lendenwirbel, eine saubere Probe Rückenmarkflüssigkeit. Das, was er jetzt am wenigsten gebrauchen konnte, war ein Aufbäumen des Mannes, während die Nadel in seinem Rückenmarkskanal steckte.

Der Patient schien im Augenblick ruhig. Fearman hielt die Luft an und drückte die lange Punktionskanüle in seine Wirbelsäule. Die Sekunden verrannen wie Minuten, bis die Nadel an der richtigen Stelle war und die Rückenmarksflüssigkeit in das Reagenzglas floß. Sie war leicht blutgefärbt, weil Fearman so zögerlich eingestochen hatte.

Fearman zog die Kanüle heraus und seufzte erleichtert auf. Doch kaum war der Seufzer über seine Lippen, als der Patient sich von einem heftigen Kampf geschüttelt aufbäumte. Fearman mußte den Schwestern helfen, ihn zu bändigen, und dachte voller Entsetzen daran, was passiert wäre, wenn die Kanüle noch in seinem Rückgrat gesteckt hätte.

Der Krampf löste sich. Fearman blickte auf die Wanduhr: Es war 1.14 Uhr. Um 1.26 Uhr erhielten sie das Ergebnis aus dem Labor. Der für den Nachtdienst zuständige Laborant war geweckt worden und hatte die Tests durchgeführt. Eiweiß: normal; Glukose: normal; Chloride: normal.

Fearman traute seinen Augen nicht. »Aber es muß doch Meningitis sein«, sagte er laut. »Er zeigt alle Symptome.«

»Abgesehen davon, daß seine Laborwerte normal sind«, sagte Jane Long.

»Sie haben doch schon viele Meningitis-Fälle gesehen, Schwester. Ich weiß Ihre Meinung zu schätzen.«

Jane Long freute sich. Damit hatte Fearman sein Verhalten bei der Punktion wiedergutgemacht. »Ich stimme Ihnen zu, Doktor. Der Patient zeigt das Krankheitsbild einer klassischen Meningitis.«

»Aber das spricht dagegen«, sagte Fearman und hob den Laborbericht hoch.

»Vielleicht ist es ein Virus?«

»Vielleicht, aber der Anfall paßt überhaupt nicht dazu. Welcher Bakteriologe hat heute nacht Bereitschaftsdienst?«

»Dr. Anderson.«

Fearman schickte einen stummen Dank zum Himmel. Neil Anderson und er wohnten zusammen. Für einen Assistenzarzt war es immer ein grundsätzliches Problem, andere Ärzte um Hilfe zu bitten. Wenn man es zu oft tat, bekam man den entsprechenden Ruf – einen Ruf, der die Karriere ruinieren konnte. Freunde zu Rate zu ziehen zählte dagegen nicht.

»Neil? Ich brauche deine Hilfe.«

»Was gibt's?«

»Ich habe hier einen Patienten mit allen Symptomen einer

schweren bakteriellen Meningitis, aber der Laborbefund besagt, daß seine Rückenmarksflüssigkeit normal ist.«

»Vielleicht ist es ein Virus.«

»Ich glaube nicht. Ich halte es nach wie vor für einen klassischen bakteriellen Infekt. Könntest du dir einmal seine Werte ansehen? Vielleicht hilft uns das weiter.«

»Ich komme sofort.«

Als Fearman aus dem Nebenraum der Station kam, sah er Anderson schon am Fenster auftauchen. »Danke, Neil. Hier ist es.« Er reichte Anderson das Reagenzglas mit der Flüssigkeit.

»Wer ist der Patient?« fragte Anderson.

»Martin Klein, zweiundzwanzig Jahre alt, ein Israeli. Er ist einer unserer Medizinstudenten. Sein Mitbewohner rief kurz vor eins den Krankenwagen, und seitdem geht es mit ihm steil bergab.«

»Hast du Lennox-Adams angerufen?«

»Noch nicht. Ich wollte warten, bis du es dir angeschaut hast.«

Anderson nickte. »Am besten fange ich gleich an.«

Er verließ die Wärme des Krankenhauses und lief über den mit Kopfsteinen gepflasterten Hof zum Gebäude der medizinischen Fakultät hinüber. Die kalte Nachtluft trieb ihm die Tränen in die Augen. Als er die Eingangshalle betrat, befand sich der Fahrstuhl gerade in einem der oberen Stockwerke. Also beschloß Anderson, die Treppe hochzuspurten. Heftig nach Atem ringend, kam er im bakteriologischen Institut im dritten Stock an.

Zweimal mußte er nach dem Lichtschalter tasten, bevor die Neonröhren flackernd angingen. Er goß die Flüssigkeit aus dem Reagenzglas in ein Zentrifugenfläschchen und setzte die Maschine in Gang. Falls sich in der Probe Bakterien befänden, würden sie sich binnen Minuten auf dem Boden des Fläschchens ansammeln. Während die Zentrifuge lief, bereitete er eine Reihe von Mikroskop-Objektträgern und Kulturschalen vor.

Die Automatikbremse der Zentrifuge setzte ein, und der Raum wurde vom abschwellenden Brummen des Motors erfüllt. Anderson zog das Fläschchen heraus und hielt es gegen das Licht. »Nicht viele Schmutzpartikel drin«, dachte er. Trotzdem goß er vorschriftsmäßig den oberen Teil der Flüssigkeit ab und verteilte den Rest auf die Kulturschalen und Objektträger aus Glas. Die Kulturen stellte er in den Inkubator, die Objektträger färbte er am Waschbecken vor dem Fenster ein, bevor er sie unter dem Mikroskop untersuchte.

Anderson bewegte den Objekttisch langsam, während er die Probe gründlich von rechts nach links absuchte. Er wiederholte den Suchvorgang in umgekehrter Richtung – wieder ohne Erfolg. Es waren keine Bakterien zu sehen. Nach sechs Durchgängen rief er Fearman an. »Tut mir leid, unter dem Mikroskop ist nichts zu sehen.«

»Scheiße.«

»Ich habe noch einen weiteren Objektträger vorbereitet, um abzuklären, ob es sich um eine TB-Meningitis handelt, aber das bezweifle ich.«

»Ich auch. Ich glaube, er wird sterben. Ich habe Lennox-Adams angerufen.«

»Ich komme runter, sobald ich hier fertig bin.«

Bei der Untersuchung des zweiten Objektträgers kam Anderson zum gleichen negativen Ergebnis. Er schaltete das Licht aus und kehrte ins Krankenhaus zurück. Als er sich dem Zimmer näherte, in dem Fearmans Patient lag, hörte er einen gellenden Schmerzensschrei und ein lautes Krachen. Er öffnete die Tür und konnte sehen, daß eine der Schwestern quer durch das Zimmer geschleudert worden war. Die angsterfüllten Augen des Israeli waren weit aufgerissen; mit den Armen schlug er wild um sich. Anderson sprang herbei, um Fearman und der Schwester zu helfen, den Patienten zu bändigen. Die Tatsache, daß Klein ein kräftig gebauter Zweiundzwanzigjähriger war, machte die Sache nicht gerade leichter.

Anderson spürte, wie Kleins Muskeln hart wie Eisen wurden, als sein Körper in einen erneuten Krampf verfiel. Er sah auch, wie mit einem Mal die Venen am Hals anschwollen, bis sie unter dem Druck zu platzen drohten. Ein Wimmern drang aus Kleins Kehle, als er vor einem grauenhaften Etwas zurückwich, das nur er sehen konnte.

Fearman und Anderson hatten kaum begonnen, die Kontrolle über die Situation zu gewinnen, als Schwester Long mit einer ihr fremden und angsterfüllten Stimme rief: »Seine Zunge, Doktor! Seine Zunge!«

Getrieben von den Qualen seines Anfalls biß sich Klein in die Zunge. Anderson und Fearman blickten auf und sahen, daß sich die Haut um Kleins Mund immer weiter zurückzog und seine Zähne tiefer und tiefer in die Zunge drangen. Blut floß ihm das Kinn hinunter, entlang der Furchen, die sich durch die verkrampften Sehnen und Muskelstränge an seinem Hals gebildet hatten.

Jane Long warf sich über Fearmans Rücken und versuchte, Kleins Kiefer auseinanderzustemmen, allerdings ohne Erfolg.

»Nehmen Sie das stumpfe Ende einer Pinzette, Schwester«, sagte Fearman.

»Dann breche ich ihm die Zähne.«

»Er kann auch ohne Zähne sprechen«, entgegnete Anderson.

Jane Long machte den Versuch, und es gelang ihr, die Pinzette in einen Spalt zwischen Kleins Zähnen auf der linken Seite des Mundes zu schieben.

»Was geht denn hier vor?« fragte eine deutliche Stimme hinter ihnen. Es war Nigel Lennox-Adams, der Chefarzt der

Station, den Fearman hatte rufen lassen. »Warum hat man diesem Mann kein Sedativum verabreicht?«

»Das hat er doch bekommen«, erwiderte Fearman, der sich noch mitten im Ringkampf befand.

»Dann geben sie ihm eben mehr!« herrschte Lennox-Adams ihn mit donnernder Stimme an, als redete er mit einem Idioten.

»Er hat bereits die Höchstdosis bekommen . . .«, wandte Fearman ein.

»Geben Sie ihm noch mehr. Ich übernehme die Verantwortung.«

»Bitte, Schwester«, sagte Fearman zu Schwester Long. Sie zog die Spritze mit professioneller Ruhe auf und rief: »Fertig.«

Fearman zögerte, Kleins Arm loszulassen, um die Spritze zu ergreifen.

»Geben Sie schon her«, fauchte Lennox-Adams. Er verabreichte Klein die Injektion und ließ die leere Spritze in die Schale fallen, die ihm Jane Long hinhielt. »Jetzt wird hier wieder Ordnung einkehren«, sagte er, trat vom Bett zurück und wartete darauf, daß Klein auf das Beruhigungsmittel reagierte.

Nichts geschah. Kleins Körper wurde weiter von Krämpfen geschüttelt, als stünde er unter Strom. Die Angst in seinem starren Blick war nur ein schwacher Hinweis darauf, mit welchen Alpträumen ihn sein Hirn quälte. Mit wachsendem Unglauben beobachtete Lennox-Adams, daß das Sedativum nicht wirkte.

Kleins Körper verfiel erneut in einen Krampf. Sein Rücken krümmte sich, seine Muskulatur erstarrte. Hilflos sahen die Umstehenden zu, wie sich die Haut auf Kleins Gesicht immer weiter zurückzog, bis alle Zähne zu sehen waren. Aus seiner Kehle drang ein Rasseln. Dann war die Qual vorüber. Klein war tot.

»Gott sei Dank«, sagte Lennox-Adams still. Niemand sonst sprach. Er trat an das Bett und betrachtete die gräßliche Totenmaske von Martin Klein. »Informieren Sie mich bitte, Fearman.«

Fearman schaute auf seine Notizen, während er seinen Vorgesetzten unterrichtete. »Der Patient, Martin Klein, war zweiundzwanzig Jahre alt, ein Israeli, der hier Medizin studierte.«

»Einer von unseren Studenten?«

»Ja. Im dritten Jahr.«

»Weiter.«

»Heute abend wurde er krank, klagte über schwere Kopfschmerzen, Übelkeit und Genickstarre. Gegen Mitternacht hatte er hohes Fieber und fing an zu fantasieren. Sein Mitbewohner rief den Notarzt, um ein Uhr wurde er eingeliefert. Alle Symptome wiesen auf eine schwere Meningitis hin.«

»Nach wessen Meinung?«

»Meiner.«

»Weiter.«

»Ich führte eine Lumbalpunktion durch und forderte eine biochemische Analyse der Rückenmarksflüssigkeit an.«

»Und?«

»Die Werte waren normal.«

Lennox-Adams sah verwirrt aus, sagte aber nichts.

»Ich weckte Dr. Anderson – er hat diese Nacht Dienst – und bat ihn, Kleins Rückenmarksflüssigkeit auf Bakterien zu untersuchen.«

»Und?«

»Ich habe keine Hinweise auf Bakterien im direkten Abstrich gefunden«, sagte Anderson. »Natürlich könnte sich in den Kulturen noch etwas entwickeln.«

»Dieser Möglichkeit bin ich mir durchaus bewußt, Doktor«, erwiderte Lennox-Adams kalt. Er zog das Tuch von Kleins Körper herunter. »Ein Israeli, sagten Sie?«

Fearman bestätigte das und wechselte einen Blick mit Anderson, als Lennox-Adams sich daranmachte, Kleins Arme und Beine zu untersuchen. Schließlich trat er vom Bett zurück und nickte Jane Long zu, die daraufhin das Tuch wieder an seinen Platz legte. »Ich habe einmal gesehen, wie jemand an Tollwut gestorben ist; es war ganz ähnlich.«

Der Chefarzt ging, und Jane Long benachrichtigte den diensthabenden Assistenten, daß er Kleins Körper in die Leichenhalle bringen sollte.

»Ich glaube, ich gehe jetzt auch«, meinte Anderson.

»Möchtest du nicht noch einen Kaffee?« fragte Fearman.

». . . Ehrlich gesagt . . . ich war nicht allein, als du mich anriefst . . .«

»Du warst nicht . . . Oh, ich verstehe. Jemand, den ich kenne?«

»Angela Donnington . . . Station sieben.«

»Ja, ich weiß – blond, sexy Stimme, klasse Beine.«

»Wir waren gerade dabei, ein kleines Nachtmahl zu uns zu nehmen.«

»Natürlich«, lästerte Fearman. »Dann bis morgen früh.«

Als Anderson in die Wohnung zurückkam, schlief Angela tief und fest, ihr blondes Haar über das Kissen ausgebreitet. An der auf dem Fußboden verstreuten Kleidung konnte man erkennen, welche Fortschritte die beiden schon mit Hilfe eines Carol-King-Albums, vom Sofa aus in Richtung Schlafzimmer gemacht hatten. Anderson zog sich aus und schlüpfte neben die schlafende Gestalt ins Bett. Als er die Arme um sie legte, rührte sie sich und sagte verschlafen: »Ach, du bist wieder da.«

»Und wie«, sagte Anderson mit leiser und verführerischer Stimme, wie er hoffte.

Angela kicherte und streichelte ihm mit der Hand über den Oberschenkel. Da klingelte das Telefon. Anderson fluchte und tastete nach dem Hörer.

»Neil? Ich bin's, John.«

»Das machst du mit Absicht, Fearman!« zischte Anderson.

»Nein, es tut mir wirklich leid, dich zu stören, aber es ist wichtig. Ich schaue gerade Martin Kleins Sachen durch und habe entdeckt, daß er eine von den Versuchspersonen war, die bei dem Galomycin-Test mitmachen. Damit hast du doch zu tun, oder?«

»Ja«, bestätigte Anderson. Sein Ärger war verraucht. »Danke, daß du mir Bescheid gegeben hast.« Er legte den Hörer auf und knipste die Nachttischlampe an.

Angela kniff die Augen zusammen und protestierte. »Was ist denn los?« fragte sie.

»Heute nacht ist ein Medizinstudent gestorben, sie glauben, an Meningitis, aber er war eine Testperson bei den Galomycin-Versuchen.«

»Den Gal...? Ach, das neue Antibiotikum, das sie gerade ausprobieren.«

Anderson nickte.

»Du willst doch damit nicht sagen, das Medikament habe ihn umgebracht?« sagte Angela mit weit aufgerissenen Augen.

»Nein, natürlich nicht, aber es wäre enorm wichtig, festzustellen, was die Ursache war, bevor jemand so etwas behauptet.«

»Aber gibt es nicht aus genau dem Grund freiwillige Testpersonen? Um herauszufinden, ob neue Medikamente sicher sind oder nicht?«

»Um Gottes willen, nein«, widersprach Anderson. »Neue Medikamente müssen sich als sicher erwiesen haben, bevor sie überhaupt in Krankenhäuser gelangen. Wir verabreichen sie an Freiwillige aus Gründen, die viel weniger dramatisch sind – nämlich nur, um geringe Nebenwirkungen festzustellen. Wenn man einem Patienten ein neues Medikament gibt und ihm wird schwindelig, weißt du nicht, ob es am Medikament liegt oder an seiner Krankheit. Gibt man es hingegen zwölf kerngesunden Studenten, und allen wird schwindelig, dann ist es das Medikament. Außerdem müssen wir bei jedem neuen Medikament die korrekte Dosierung herausfinden. Wir verabreichen es also Freiwilligen und nehmen dann Blut- und Urinproben, um herauszufinden, wieviel davon der Organismus resorbiert.«

»Neil?«

»Ja?«

»Du langweilst mich.«

Anderson knipste das Licht aus und kuschelte sich in der Dunkelheit neben Angela. Er legte seine Hände auf ihren Po und zog sie an sich. »Und jetzt ... werde ich dich noch mehr langweilen ...«

Angela kicherte. »Das war ein ziemlich blöder Witz ... aber eine sehr nette Idee.«

Kurz nach neun kam Anderson ins Labor. Als erstes untersuchte er die Kulturen, die er in der Nacht zuvor angelegt hatte. Keine von ihnen wies Spuren bakteriellen Wachstums auf. Sie waren immer noch völlig steril.

Um halb zehn kam mit der hausinternen Post eine Anweisung, daß sich alle Personen, die an den Tests mit dem Antibiotikum Galomycin beteiligt waren, um halb elf im Büro des medizinischen Direktors einfinden sollten.

Die verbleibende Stunde verbrachte Anderson mit dem Projekt, das ihm im Moment am meisten am Herzen lag: der Frage, warum so viele Infektionen nicht mehr auf die Standardbehandlung ansprachen. Eine Kontrolle der Laborkulturen heute morgen hatte wieder zwei Arten von Bakterien identifiziert, die offensichtlich gegen erstklassige Antibiotika resistent waren. Damit waren es insgesamt acht Unterarten in den letzten zwölf Tagen. Er bereitete Tests vor, um alternative Therapien für die Patienten festzulegen.

Anderson verließ das Labor dreiundzwanzig Minuten nach zehn und überquerte den Hof zum Krankenhaus. In einem Slalom um Krankenhausbetten und Materialwagen bahnte er sich seinen Weg durch die Gänge und blieb erst stehen, als jemand seinen Namen rief. Mary Ryle, die Pharmakologin des Krankenhauses, eilte hinter ihm her. Sie war eine dünne, altjüngferliche Frau Ende Dreißig, die ihr Leben der Pflege ihrer betagten Mutter widmete – und es Anderson zufolge damit auch vergeudete. Sie schien erleichtert zu sein, Anderson zu treffen. »Gott sei Dank«, zwitscherte sie. »Ich dachte schon, ich würde zu spät kommen.«

Anderson mußte bei dieser Vorstellung lächeln. Mary Ryle war der letzte Mensch auf Erden, der zu irgend etwas zu spät kam. »Wir haben noch einige Minuten Zeit, Miss Ryle.«

»Ich muß schon sagen, das alles ist sehr mysteriös«, meinte die Pharmakologin.

Anderson machte sich nicht die Mühe, ihr zu erklären, weshalb das Treffen abgehalten wurde, denn sie waren bereits am Büro des medizinischen Direktors angelangt. Als sie eintraten, stellten sie fest, daß die anderen vier bereits da waren: James Morton, der medizinische Direktor des Krankenhauses, Nigel Lennox-Adams, der Chefarzt der betroffenen Station, John Kerr, der Bakteriologe – und Andersons Chef – und Linda Vane, die Oberschwester der Station, auf der das Galomycin getestet wurde.

Linda Vane sorgte dafür, daß alle einen Kaffee bekamen. Dann räusperte sich Lennox-Adams laut, um die Aufmerksamkeit der Anwesenden auf sich zu lenken.

»Ich will nicht lange um den heißen Brei herumreden«, begann er. »Einer der Freiwilligen in unserem Galomycin-Test ist tot.« Er machte eine Pause, während der Mary Ryle in verschiedenen Varianten einwarf, wie schrecklich das doch sei. »Das soll natürlich nicht heißen, die Einnahme des Medikamentes hätte irgend etwas damit zu tun. Trotzdem ist es absolut vordringlich, daß wir die genaue Todesursache feststellen.«

»Soll das heißen, Sie wissen nicht, woran er gestorben ist?« fragte James Morton.

Lennox-Adams informierte ihn über die Umstände von Kleins Tod.

»Verstehe«, meinte Kerr. Er wandte sich an Anderson. »Sie sagten, Sie hätten bei der mikroskopischen Untersuchung nichts gefunden?«

»Absolut nichts.«

»Und die Kulturen?«

»Waren heute morgen negativ.«

»Haben Sie eine Obduktion angeordnet?« fragte Kerr seinen Kollegen Lennox-Adams.

»Heute nachmittag um halb drei. Offen gestanden können uns jetzt nur noch Laboruntersuchungen weiterhelfen. Fearman sagte, der Patient habe das Krankheitsbild einer klassischen Meningitis aufgewiesen, als er eingeliefert wurde. Als ich ihn zu Gesicht bekam, sah es nach dem finalen Stadium von Tollwut aus. Soll heißen, wir Ärzte wissen es einfach nicht.«

Anderson ging zusammen mit Kerr zum Labor zurück. Unterwegs blieben sie kurz stehen, damit Kerr seine Pfeife anzünden konnte. Nach ein paar hastigen Zügen, die sicherstellen sollten, daß sie brannte, sagte Kerr: »Ich möchte, daß Sie heute nachmittag zu der Klein-Obduktion gehen. Entnehmen Sie selbst Proben, und zwar alles, was Sie sich vorstellen können.«

»In Ordnung«, erwiderte Anderson ohne große Begeisterung. Er beschloß, das Mittagessen auszulassen. Die Pathologie befand sich im Keller des Gebäudes. Ursprünglich hatte man sie dort angesiedelt, um den von Pferden gezogenen Leichenwagen ein vor neugierigen Blicken geschütztes Auf- und Abladen ihrer Fracht an der Hintertür zu ermöglichen. Neugierige Blicke gab es immer noch, nur die Pferde waren verschwunden.

Anderson fragte den Laborassistenten an der Annahme nach der Klein-Obduktion.

»Nummer fünf«, antwortete er und deutete mit dem Kopf nach links.

Anderson folgte der Richtung und ging durch die grünen Schwingtüren mit einer weißen »5« darauf. Der Umkleideraum war leer, aber aus dem Obduktionssaal ertönten Stimmen. Sie hatten bereits begonnen. Er zog einen Kittel und Gummistiefel über und hielt kurz inne, um sich gegen die Anblicke und Gerüche in der Pathologie zu wappnen, dann betrat er den Saal.

Als Anderson hereinkam, blickte der Pathologe vom Obduktionstisch auf und betrachtete ihn durch seine randlose Brille.

»Anderson aus der Bakteriologie, ich entnehme einige Proben.«

»Gelman«, stellte sich der Pathologe vor.

Sein Gehilfe regulierte die Wasserzufuhr am Tisch. Man konnte ein stetes Gurgeln hören, während das Wasser durch die Abflußkanäle strömte.

Anderson betrachtete noch einmal das Gesicht des Toten. Wieder sah er diese Maske des Entsetzens, die er bereits in den frühen Morgenstunden zu Gesicht bekommen hatte. Die gelblichweiße Blässe des toten Fleisches machte den Anblick noch grauenhafter.

»Ein unerfreulicher Tod«, meinte Gelman, dem der Ausdruck auf Andersons Gesicht aufgefallen war. Mit einem kräftigen Schnitt öffnete er die Leiche.

Der Pathologe entfernte die inneren Organe, wog sie und untersuchte sie äußerlich, bevor er seine Befunde auf Band zu Protokoll gab. Von Zeit zu Zeit bat ihn Anderson, eine Pause zu machen, damit er mit Skalpell und Pipette Proben von Gewebe und Körperflüssigkeiten entnehmen und in kleine sterile Glasfläschchen füllen konnte. Der Kopf blieb übrig bis zum Schluß. Die Luft wurde erfüllt vom Gestank verbrannter Knochen, als Gelman mit der Knochensäge rund um den Schädel fuhr und die Decke in einem Stück entfernte.

Schließlich trat er vom Tisch zurück und zog seine Handschuhe aus. »Also«, sagte er resigniert, »ich hoffe, Sie können etwas finden. Ich habe gerade einen kerngesunden zweiundzwanzigjährigen Jungen aufgeschnitten.«

Anderson nahm noch eine letzte Probe, bevor er zu Gelman trat, der sich am Becken die Hände wusch. »Dr. Lennox-Adams meinte, es könnte sich um Tollwut handeln«, sagte er.

»Das bezweifle ich«, antwortete Gelman. »Er hatte keine Bißspuren.«

»Aber Tollwut kann doch eine sehr lange Inkubationszeit haben, oder?« wandte Anderson, der das sehr wohl wußte, vorsichtig ein, weil er den Älteren nicht beleidigen wollte.

»Stimmt«, sagte Gelman, der sich gerade die Hände abtrocknete. »Aber ich bezweifle es dennoch. Der Tod trat zu schnell nach dem Ausbruch der Krankheit ein . . . es war eher wie ein toxischer Schock.«

»Es könnte sich also um eine Vergiftung handeln?«

»Das muß es wohl, aber Gott allein weiß, welche. Das ist eine Angelegenheit für die Labore.«

Anderson kehrte in die Bakteriologie zurück und wusch sich noch einmal die Hände, obwohl er es gerade erst getan hatte. Er schrubbte Hände und Arme, bis er sicher war, daß ihnen keine Spur mehr des Geruchs aus dem Obduktionsraum anhaftete. Er ließ warmes Wasser über sein Gesicht laufen und gurgelte mit kaltem Wasser aus dem Trinkbrunnen, das er anschließend zielgenau in das angrenzende Becken spuckte. »Mein Gott«, knurrte er leise, als er feststellte, daß die Wegwerfhandtücher wieder verkehrt herum in den Halter eingelegt worden waren. »Die Chancen stehen fünfzig zu fünfzig, und trotzdem schafften sie es nie, verdammt noch mal ...«

Anderson bat einen technischen Assistenten, einige der Proben in die Virologie zu bringen, bevor er sich seinen Tests zuwandte. Es war schon nach sieben Uhr, als er die Halter mit den Reagenzgläsern und die Testschalen sicher im Inkubator untergebracht hatte. Auf dem Weg nach draußen traf er John Kerr. Sie waren die letzten, die das Gebäude verließen.

»Haben Sie alles bekommen, was Sie brauchten?«

»Alles vorbereitet.«

»Wie ich höre, haben Sie zwei weitere Fälle, die nicht auf die Behandlung ansprechen«, sagte Kerr.

»Es ist ein Rätsel«, antwortete Anderson. »Die Patienten reagierten positiv auf die Antibiotikum-Behandlung, doch dann stagnierte der Heilungsprozeß plötzlich, und sie erlitten einen Rückfall.«

»Haben Sie eine alternative Therapie vorgeschlagen?«

»Ja. Aber ich weiß immer noch nicht, was da eigentlich vorgeht.«

Kerr nickte. »Überhaupt keine Idee?«

»Noch nicht. Und Sie?«

»Nein. Wir müssen mal darüber reden.«

Die Galomycin-Gruppe sollte sich nach fünf Tagen wieder treffen. Während dieser Zeit gelang es Anderson nicht, irgendeinen Hinweis auf eine bakterielle Infektion in den Proben zu finden, die er bei Martin Kleins Autopsie genommen hatte. Er wußte, daß auch die Virologen zu einem ähnlich dürftigen Ergebnis gekommen waren. Allerdings hatten sie

Tollwut mit Sicherheit ausschließen können. Lennox-Adams verkündete, daß auch das pathologische und das biochemische Labor zu vergleichbaren Befunden gekommen waren, und konnte seinen Ärger darüber kaum verbergen.

»Fünf Tage Nachforschungen, und wir haben rein gar nichts entdeckt. Das ist verdammt ärgerlich. Wenn man den Laborberichten irgend etwas entnehmen kann, dann ist der Tod wahrscheinlich durch ein starkes Toxin verursacht worden. Da die Biochemiker aber keines identifizieren konnten, ist die Todesursache meiner Meinung nach vermutlich bakteriellen Ursprungs.«

Verblüfft merkte Anderson, daß der Ball wieder ihm zugespielt worden war. Er holte zum Gegenschlag aus: »Ich habe keinerlei Hinweise darauf gefunden, daß Bakterien im Spiel waren, Sir.«

»Wollen Sie damit sagen, daß Sie überhaupt keine Bakterien in Kleins Körper gefunden haben?« fragte Lennox-Adams mit gespielter Ungläubigkeit.

Anderson biß sich auf die Zunge und zügelte sein Temperament. »Nein, Sir, natürlich nicht. Ich habe die normalen Organismen gefunden, die man im menschlichen Darm erwarten kann. Ich meinte damit, daß ich keinerlei Hinweis auf krankheitsverursachende Bakterien gefunden habe.«

»Vielleicht könnte Dr. Kerr sich die Mühe machen, einmal einen Blick auf die Kulturen zu werfen«, bemerkte Lennox-Adams abschließend, rückte seine Brille zurecht und blätterte einen Stapel Akten durch.

Anderson biß sich abermals auf die Zunge.

»Ich vertraue Dr. Andersons Fähigkeiten«, sagte Kerr.

»Nichtsdestotrotz . . .«

»Nichtsdestotrotz vertraue ich Dr. Andersons Fähigkeiten«, wiederholte Kerr kalt.

»Natürlich«, erwiderte Lennox-Adams mit einem kurzen,

aber wenig überzeugenden Lächeln. Er wechselte das Thema und informierte die Anwesenden über den neuesten Stand des Galomycin-Tests. »Bis jetzt haben wir sechsunddreißig Patienten mit dem Medikament behandelt, und alle zeigen bemerkenswerte Fortschritte. Nebenwirkungen hat es keine gegeben, oder?« Mit hochgezogenen Augenbrauen sah er sich in der Gruppe um.

Kerr antwortete: »Einer hat Soor entwickelt, aber das kann bei jedem Antibiotikum auftreten.«

»Ausgezeichnet. Wie stark wird das Medikament resorbiert, Dr. Anderson?«

»Sehr gut. Ich glaube, wir könnten die Dosis von fünfhundert auf, sagen wir mal, zweihundertfünfzig Milligramm senken.«

»Sehr gut. Kümmern Sie sich bitte darum, Miss Ryle.«

»Ja, natürlich, Dr. Lennox-Adams, sofort«, erwiderte Mary Ryle beflissen und fiel beinahe auf die Knie.

Anderson verließ das Treffen zusammen mit John Kerr. »Danke, daß Sie dort für mich eingetreten sind«, sagte er, während Kerr in seiner Tasche nach den Streichhölzern kramte.

»Ist schon in Ordnung«, sagte Kerr, und zündete sich seine Pfeife an. »Wohlgemerkt ... ich möchte diese Kulturen sehen ...«

Fearman kochte gerade Spaghetti, als Anderson hereinkam. »Möchtest du welche?«

»Nein, danke.« Anderson ließ sich auf einen Stuhl fallen. »Mein Gott, was für ein Tag.«

»Probleme?«

»Sag mal, ist Lennox-Adams von Natur aus so ein Schwein, oder macht er das mit Absicht?«

»Was hat er dir getan?«

»Er schlug vor, daß Kerr meine Ergebnisse kontrollieren solle, als wäre ich ein . . . ein verdammtes Schulkind!«

»Oje«, sagte Fearman, rührte in seinen Spaghetti und unterdrückte ein Lächeln.

»Eines Tages zerbreche ich seinen verdammten Doppelnamen in zwei Teile und stopfe ihm eins in jedes Nasenloch.«

»Das mag ich an den Schotten . . . sie haben so ein sanftes Gemüt.«

»Und dir stopf ich die Spaghetti rein!«

»Komm schon«, beschwichtigte ihn Fearman. »Nimm es nicht persönlich. So behandelt er jeden unterhalb des Ranges eines Oberarztes.«

Anderson schloß die Augen und legte den Kopf auf die Rücklehne des Stuhls. »Wahrscheinlich hast du recht«, gab er zu. »Aber abgesehen davon, hatte ich heute die halbe Belegschaft des Krankenhauses am Telefon. Alle wollten wissen, was ich eigentlich vorhabe.«

»Was meinst du damit?«

»Ich empfehle eine bestimmte Therapie. Drei Tage später erleidet der Patient einen Rückfall; der Erreger ist resistent gegen das Antibiotikum geworden. Während der letzten paar Wochen ist das zehnmal passiert.«

»Und du weißt nicht warum?«

Anderson schüttelte den Kopf.

»Was meint Kerr dazu?«

»Wir tappen beide im dunkeln.«

»Nun gut«, sagte Fearman, aß seine Spaghetti auf und stand mit dem Teller auf. »Ich muß jetzt Leben retten.«

»Nachtdienst?«

»Die ganze Woche. Gehst du heute aus?«

»Ich könnte Angela fragen, ob sie herkommt, wenn du nicht da bist.«

Anderson änderte seine Meinung jedoch und lud Angela

Donnington nicht ein, weil ihm das Problem mit den rückfälligen Patienten nicht aus dem Kopf ging. Statt dessen beschloß er, seinen Rückstand bei der Lektüre aktueller medizinischer Fachzeitschriften aufzuholen. Er goß sich einen Whisky ein und machte es sich mit Notizblock und Füller versehen bequem. Nach etwa einer halben Stunde gewann ein Aufsatz über »Plasmide« seine Aufmerksamkeit. Der Autor, ein Genforscher, versuchte eine Verbindung zwischen reiner Wissenschaft und klinischer Medizin herzustellen, indem er die Bedeutung solcher Gebilde bei der Behandlung von Patienten schilderte. Anderson las, daß Plasmide Bakterien auf die gleiche Weise infizieren können wie Bakterien den Menschen. Dabei verbreiten sich diese winzigen Elemente in einer Bakterienkultur wie ein Lauffeuer und übertragen ihren Wirten neue Eigenschaften. Zu diesen neuen Eigenschaften konnte auch die Resistenz gegen Antibiotika gehören.

Zum ersten Mal seit Tagen fühlte Anderson sich besser. Das konnte die Lösung sein. Wenn im Krankenhaus ein Plasmid sein Unwesen trieb, würde das erklären, warum sich der Charakter einiger Infektionen nach ein paar Tagen änderte und sie nicht mehr auf Antibiotika ansprachen. Aber er brauchte mehr Informationen darüber. Anderson schrieb die Liste von Literaturhinweisen am Ende des Artikels ab. Die Zeitschriften standen ihm in der Universitätsbibliothek zur Verfügung. Er warf einen Blick auf die Uhr: Es war bald elf. Morgen früh könnte er gleich als erstes hingehen ... Nein, er würde jetzt sofort gehen.

Ein bitterkalter Wind blies Anderson auf dem Fünfminutenspaziergang zum Institut entgegen. Die Straßen lagen verlassen da. Auf dem Weg traf er nur einen Menschen, einen Betrunkenen, der sich an der Mauer entlangtastete. Anderson ging durch den Seiteneingang und stieg die Steintreppe hinauf, deren Stufen in der Mitte von Generationen von Medizinstudenten abgetreten waren, die dieselbe Abkürzung zur Bibliothek benutzt hatten.

Er fand die Zeitschriften, die er suchte, und nahm neben einem Heizungskörper Platz, der allerdings kaum Wärme abstrahlte, da das Heizungssystem völlig veraltet war. Aber es war immer noch besser als nichts. Er brauchte vierzig Minuten, bis er alle Informationen herausgeschrieben hatte, die er benötigte, um Bakterien auf Plasmide zu testen. Anschließend stellte er die Zeitschriften in die Holzregale zurück, wobei er sorgfältig auf die Reihenfolge achtete, und knipste das Licht aus.

Als Anderson die Bibliothekstür abschloß, hörte er ein Bersten von Glas. Er erstarrte und lauschte am oberen Treppenabsatz, aber alles schien wieder ruhig. Er war sich sicher, daß das Geräusch aus der Pathologie ein Stockwerk tiefer gekommen war. Andererseits konnte er sich nicht daran erinnern, ein Licht gesehen zu haben, als er den Innenhof durchquert hatte.

Leise schlich er die Treppe hinunter und blieb vor der schweren Eichentür mit der Aufschrift »Pathologisches Institut der Universität« stehen. Er faßte die Bronzetürklinke an und stellte fest, daß die Tür offen war. Seltsam, dachte er, jemand muß da noch arbeiten. Aber in den Labors schien alles dunkel zu sein. Er ging hinein. Seine Schritte quietschten auf dem polierten Linoleum, als er den Gang hinablief. Er betrat den Museumssaal, einen großen, quadratischen Raum mit einer Statue von Sir Henry Struthers in der Mitte, dem ersten Inhaber eines Lehrstuhls für Pathologie an dieser Universität. Entlang der Wände waren in Glasgefäßen formalinkonservierte Exemplare menschlicher Organe und Gewebeproben ausgestellt, die dem Lehrbetrieb dienten.

Alles schien ruhig und in Ordnung zu sein. Da vom Krankenhaus auf der anderen Seite des Hofes genug Licht hereinfiel, schaltete Anderson keine Lampen an. Während er langsam an den Vitrinen entlangging, las er die Schilder und fragte sich, ob die ehemaligen Besitzer der ausgestellten Objekte sich in ihren kühnsten Träumen wohl je vorgestellt hätten, welche Art von »Unsterblichkeit« sie erlangen würden. Hatte »männlich, Alter: 49« sich vielleicht ausmalen können, daß seine krebszerfressene Lunge bis in alle Ewigkeit unter den Blicken der Öffentlichkeit in Formalin schwimmen würde? Wußten die Eltern des »Fetus: Rötelschädigung«, daß ihr grausam deformierter Nachwuchs für immer blind in einem glasversiegelten Vakuum hocken würde? Anderson hoffte, daß dies nicht der Fall war.

Als er an der mit einem Talar bekleideten Gestalt Sir Henrys vorüberging und in den Schatten der Statue trat, sah er am entgegengesetzten Ende des Raumes eine feuchte Stelle auf dem Boden. In einer Pfütze spiegelte sich Licht. Anderson dachte im ersten Moment, daß ein Fenster zerbrochen war und es hereingeregnet hatte. Aber dieser Teil des Raumes lag am weitesten von den Fenstern entfernt und war folglich auch am dunkelsten. Er hatte die Reflexion überhaupt nur gesehen, weil das Licht von einem weißen Wandkästchen, das Gallensteine enthielt, widergespiegelt wurde. An einem Gestell mit hauchdünn geschnittenen Präparaten von Blasentumoren vorbei näherte er sich langsam und entdeckte das geborstene Glas.

Eines der Glasgefäße lag zerschmettert am Boden; sein Inhalt war ausgeflossen. Anderson drehte den Kopf, um das aufgeweichte Etikett lesen zu können: »Leberzirrhose; männlich, Alter: 59«. Er blickte auf die Stelle, wo der Behälter gestanden hatte. Warum war er heruntergefallen? War das Glas defekt oder die Aufhängung zu schwach? Behutsam trat er um die Pfütze herum und fuhr mit der Hand das Regal entlang, um einen Hinweis zu finden. Das Exponat hatte am Ende der Reihe gestanden, dort wo das Regal in tiefer Dunkelheit lag . . .

Plötzlich schoß aus der Finsternis ein dunkler Schatten hervor, stieß ihn beiseite und rannte an ihm vorbei zur Tür. Anderson knallte gegen eine Glasvitrine mit dem Skelett eines Zwerges, dessen Protestgeklapper er aber vor Schreck und Überraschung nicht bemerkte. Er wollte hinterherjagen, dachte jedoch nicht an das Durcheinander auf dem Boden. Mit dem Fuß trat er auf das Präparat, glitt aus und rutschte über den Boden. Sein Schwung trug ihn quer über das feuchte Linoleum, bis er schließlich mit dem Kopf gegen die steinernen Füße Sir Henry Struthers krachte, dem das allerdings völlig gleichgültig war.

Anderson schätzte, daß er zehn bis fünfzehn Minuten bewußtlos gewesen war. Er hatte rasende Kopfschmerzen, und sein rechtes Bein tat weh, weil er sich am Glas des zertrümmerten Exponates geschnitten hatte. Langsam kam er auf die Beine und suchte den Lichtschalter. Im Museumssaal gab es kein Telefon, daher ging er durch die Tür neben der Nische, aus der der Angreifer gesprungen war, in das Büro der Pathologischen Abteilung und rief die Telefonzentrale des Krankenhauses an. Er teilte ihnen mit, daß er vor Ort bleiben werde, bis die Polizei komme.

In der kurzen Zeit, die er warten mußte, suchte Anderson nach weiteren Einbruchsspuren. Anscheinend gab es keine. Seltsam war nur, daß in der Registratur auf einem kleinen Tisch neben den Aktenschränken gleich drei Schreibtischlampen standen. Er ging hinüber und befühlte die Lampenschirme: Alle drei waren noch warm. Jemand hatte eine starke Lichtquelle benötigt . . . aber wozu? Anderson fiel auf, daß einer der Aktenschränke ein wenig offenstand. Er zog die Schublade noch weiter heraus und sah, daß eine der Akten die anderen überragte, als hätte sie jemand hastig zurückgesteckt. Er zog die Akte heraus und öffnete sie. Es war der Obduktionsbericht von Martin Klein.

Anderson schaute wieder zu dem kleinen Tisch hinüber. Irgend jemand hatte Kleins Obduktionsbericht gelesen – aber warum drei Lampen? Hatte der Eindringling ihn nur gelesen? Oder hatte er ihn auch fotografiert?

2

Wenn Sie mich fragen, war das ein verdammter Irrer«, sagte der Detective Sergeant, der sich mit offenkundiger Abscheu umsah.

»Sie könnten recht haben«, stimmte ihm Anderson zu. Er hatte sich entschlossen, über seinen Verdacht hinsichtlich der Gründe des Einbruchs zu schweigen. Zu sinnlos erschien ihm das Unterfangen, der Polizei zu erklären, wer Martin Klein war und unter welchen Umständen er gestorben war; er wäre nur noch später ins Bett gekommen. Darüber hinaus war ihm bewußt, daß die Polizei letzten Endes nicht mehr Ahnung haben konnte als er, warum jemand so verzweifelt den Obduktionsbericht von Klein sehen wollte.

»Und Sie meinen, es fehlt nichts, Sir?«

»Soweit ich weiß, nicht. Aber wie ich bereits sagte, ist dies nicht meine Abteilung. Das müssen Sie wirklich Professor Flenley fragen.«

»Ja, Sir, wir haben bereits einen Wagen geschickt, um ihn zu holen«, sagte der Sergeant.

»Ein Spinner, der hinter Stoff her war, Sergeant?« schlug der Konstabler vor, der Notizen gemacht hatte.

»Mehr als wahrscheinlich«, murmelte der Sergeant. Dann sagte er, zu Anderson gewandt: »In unserem Job sehen wir 'ne Menge seltsames Volk, Sir.«

Anderson lächelte und wartete darauf, daß dem Polizisten aufging, daß auch er in seinem Beruf hin und wieder mit Leuten zu tun hatte, die schwerlich auf der Gästeliste einer königlichen Gartenparty erscheinen würden – vergeblich.

»Könnten wir jetzt noch einmal die Zeiten durchgehen, Sir?«

»Natürlich«, antwortete Anderson, der jetzt nach der Maxime handelte, alles lächelnd über sich ergehen zu lassen. Noch einmal berichtete er dem Polizeibeamten, was sie bereits durchgekaut hatten, und verfolgte dabei jeden Schnörkel, den der Konstabler mit seinem Stift mühevoll zu Papier brachte. Ein Uniformierter erschien und meldete, daß Professor Flenley erschienen sei. Erleichtert hörte Anderson den Sergeant sagen: »Ich glaube, wir brauchen Sie nicht länger aufzuhalten, Sir.«

Anderson ging auf die Toilette, um sich zu waschen. Eine Untersuchung der Kopfwunde im Spiegel überzeugte ihn, daß außer einer Reinigung keine weitere Behandlung nötig war. Auch die Schnitte an seinen Beinen waren oberflächlich. Er kehrte in seine Wohnung zurück und nahm eine Schlaftablette.

Um Viertel nach sieben kam Anderson ins Labor und traf dort die Putzfrau an, die im Aufenthaltsraum eine Zigarette rauchte. Als er hereinschaute, stand sie hastig auf und klopfte sich die Asche von ihrem grünen Overall. Anderson lächelte. »Na, Morgenstund hat Kippe im Mund, oder wie?«

Die Frau gab ein rauchiges Gegacker von sich. »Sie sind ja 'n Schotte«, stellte sie fest.

Der erste von Andersons vielen seltsamen Besuchern an diesem Morgen tauchte kurz nach neun auf. Bereits gegen elf hatte er die Schnauze voll von Leuten, die sich nach dem Einbruch in der Pathologie erkundigten. Er wollte nur noch eine Person sehen, John Kerr, aber der kam erst nach halb zwölf ins Labor. Er hatte an einer Besprechung der Institutsleiter über das Problem der rückfälligen Patienten teilgenommen.

Als Kerr in Andersons Labor kam, trug er vier Kulturschalen vor sich her. Er stellte sie auf den Arbeitstisch und sagte:

»Das hier sind die Autopsiekulturen von Klein, die Sie für mich zurückgelassen hatten. Ich bin ganz Ihrer Meinung. Nichts außer normalen Darmbakterien. Wie ich höre, hatten Sie einen aufregenden Abend?«

Anderson erzählte Kerr von dem Einbruch, erwähnte jedoch nicht den Aktenschrank. Bei Tageslicht betrachtet, hielt er es für möglich, daß die Fantasie mit ihm durchgegangen war. Vielleicht war die Akte Klein von einer der Sekretärinnen als letzte in die Schublade gesteckt worden. Ebenso könnten die Schreibtischlampen von einer Putzfrau auf den kleinen Tisch geräumt worden sein, weil sie die Schreibtische polieren wollte.

Kerr fragte ihn, was er eigentlich in der Bibliothek zu tun hatte, und Anderson erzählte ihm von seiner Plasmid-Theorie.

»Das hört sich interessant an«, sagte Kerr.

»Ich hatte gehofft, daß Sie auch dieser Ansicht sind. Heute bereite ich entsprechende Tests vor.«

»Diese Plasmide bewirken doch keine Resistenzen gegen alle Antibiotika, oder?« fragte Kerr.

»Nein, normalerweise nur gegen ein oder zwei.«

»Gott sei Dank.«

»Wenn wir das Plasmid identifizieren können, das hier im Krankenhaus aktiv ist, und herausfinden, welche Antibiotikum-Resistenz es überträgt, können wir auf den Stationen einfach andere Medikamente einsetzen.«

Kerr nickte. »Sind Sie in der Lage, die Tests hier durchzuführen?«

»Ich kann abklären, ob ein Plasmid vorhanden ist oder nicht, aber ich benötige die Hilfe eines Experten, um es genau zu bestimmen. Vielleicht könnten Sie ja etwas mit dem molekularbiologischen Institut vereinbaren?«

»Geht in Ordnung.«

Anderson bereitete die Plasmid-Tests an Laborkulturen von vier der rückfälligen Patienten vor. Zusätzlich setzte er zwei Proben mit normalen Bakterien zur Kontrolle der Testreihe an. Dazu verwendete er, weil sie gerade zur Hand war, die Autopsiekultur von Klein, die Kerr zurückgebracht hatte. Die andere war eine harmlose Kultur, die er vorrätig hatte und auf die er kurzerhand den Namen »J. Smith« klebte.

Erst um sieben Uhr abends hatte Anderson die Vorbereitungen für seine Tests abgeschlossen. Er war sehr müde. Seine Kopfschmerzen hatten sich trotz häufiger Aspirinzufuhr beharrlich gehalten. Die Tests als solche hatten nicht sonderlich viel Arbeit erfordert. Weil er aber für solche Analysen nicht ausgerüstet war, mußte er ständig Ausflüge zu anderen Labors unternehmen, um die fehlenden Chemikalien und Gerätschaften zu beschaffen. Als endlich alle Proben im Elektrophoresebehälter verstaut waren, schaltete er erleichtert den Strom ein, wusch die Geräte ab und verschloß das Labor.

John Fearman trank gerade Kaffee, als Anderson in die Wohnung zurückkehrte. Er fuhr auf seinem Stuhl herum und lächelte. »Na so was, daß ich das noch erleben darf«, sagte er.

»Was denn?« fragte Anderson mit dem Gefühl, ihm dadurch auf den Leim gegangen zu sein.

»Ein Bakteriologe, der zwölf Stunden am Tag arbeitet . . .«

»So ein Komiker wie du hat mir gerade noch gefehlt.« Anderson goß sich einen Drink ein und bot Fearman ebenfalls einen an. Aber der schüttelte den Kopf.

»Das habe ich ja ganz vergessen. Du arbeitest heute noch.«

»Wie steht es denn mit dir? Vermutlich ziehst du dir wieder Umhang und Maske an und kämpfst gegen das Verbrechen in der Stadt.«

»Du hast davon gehört, hä?«

»Ich habe gehört, daß du es ganz alleine mit Sir Henry Struthers aufgenommen hast . . . mit deinem Kopf.«

Anderson lächelte resigniert. »Wahrscheinlich werde ich das mein Lebtag nicht mehr los.«

»Nicht, wenn ich es verhindern kann, mein Junge.«

Anderson setzte sich und erzählte Fearman von seiner Plasmid-Theorie, um die Rückfälle der Patienten zu erklären.

»Hört sich gut an. Wann weißt du Bescheid?«

»Morgen früh.«

Als Fearman zum Krankenhaus gegangen war, ließ sich Anderson ein heißes Bad ein und entspannte sich, bis das Wasser kalt wurde. Seine Kopfschmerzen waren verschwunden, aber jetzt plagten ihn ständig wiederkehrende Gedanken an den Einbruch in der Pathologie. In der stillen Wohnung fiel es ihm nicht mehr so leicht, die geöffnete Schublade des Aktenschrankes und die konzentrierten Lichtquellen als Zufall abzutun. Das Ziel des Eindringlings war Kleins Obduktionsbericht gewesen – davon war er jetzt überzeugt. Aber warum? Wer außer der Galomycin-Gruppe konnte solch ein verzweifeltes Interesse an Martin Kleins Todesursache haben? Schließlich waren Obduktionsberichte kein Geheimnis. Jede Person mit einem berechtigten Interesse konnte die Pathologie um eine Kopie bitten. Daher konnte man vermuten, daß es sich um jemanden handeln mußte, der kein berechtigtes Interesse daran hatte. Doch diese Schlußfolgerung brachte ihn nur wieder zu der unausweichlichen Frage zurück: Warum? Sie quälte ihn noch immer, als er sich schließlich auf die Seite drehte und einschlief.

Anderson war wieder früh auf den Beinen, weil er darauf brannte, das Resultat der Plasmid-Tests zu erfahren. Das eindeutige Ergebnis begeisterte ihn. Bei allen vier Problempatienten gab es klare Hinweise auf Plasmidaktivität. Die »J. Smith-Kultur« war erwartungsgemäß ohne Befund; das einzige Problem bildete die »Klein-Kultur«, die, als zweite negative Kontrollprobe gedacht, jetzt plötzlich ein positives Ergebnis aufwies. Hatte er womöglich etwas vertauscht? Anderson beschloß, daß das Problem wohl am besten durch eine Identifikation des Plasmids beantwortet werden konnte. Er wählte die Nummer, die John Kerr ihm hinterlassen hatte, und sprach mit Frank Teasdale in der Molekularbiologie.

Teasdale erklärte sich gerne bereit, Andersons Proben bei einer Serie von Tests, die er für den gleichen Tag geplant hatte, mit durchlaufen zu lassen. Sobald es Neuigkeiten gab, wollte er sich mit Anderson in Verbindung setzen, vermutlich am Donnerstag oder Freitag.

Am Donnerstag, kurz nach dem Mittagessen, landete mit der Hauspost ein Brief auf Andersons Schreibtisch. Er enthielt die Ergebnisse von Teasdales Analyse. Andersons Theorie wurde darin voll bestätigt. Die Patienten, die einen Rückfall erlitten hatten, waren alle Träger des Plasmids R76. Das Plasmid selbst war als Träger von Antibiotikum-Resistenzen bekannt und hatte mit größter Wahrscheinlichkeit die Behandlungsprobleme verursacht. Auch in Kleins Kultur war ein Plasmid nachgewiesen worden – der »Klonierungsvektor PZ9«.

Andersons anfängliche Euphorie, das Problem gelöst zu haben, erhielt einen Dämpfer, als er das Ergebnis von Kleins Kontrollprobe las. Die Kulturen waren also nicht vertauscht worden. Die Klein-Kultur wies tatsächlich ein eigenes Plasmid auf. Jedoch handelte es sich um einen Klonierungsvektor . . .

Über Plasmide wußte Anderson nur das, was er kürzlich gelesen hatte. Er wußte aber sehr wohl, daß Klonierungsvektoren etwas Besonderes waren. Es handelte sich dabei um künstliche Plasmidringe, die in der modernen Genforschung zu Zwecken des Gentransfers entwickelt worden waren. Bis jetzt wurden sie allerdings noch nicht direkt in der Medizin angewandt, sondern waren ausschließlich der experimentellen

Biologie vorbehalten. Anderson rief Teasdale an, um sich zu vergewissern.

»Nein, da liegt kein Fehler vor, die Probe auf den Namen Klein enthält tatsächlich den Klonierungsvektor PZ9.«

»Wie können Sie sich so sicher sein?«

»Es gibt ein Computerregister aller bekannten Klonierungsvektoren. Kleins Plasmid paßte hundertprozentig zu PZ9. Es hat ein Insert von 2,7.«

»Ich kann Ihnen nicht ganz folgen«, sagte Anderson.

»Entschuldigung. Der Vektor trägt ein Gen in der Größe von 2,7 Kilobasenpaaren DNA.«

»Welches Gen?«

»Keine Ahnung.«

Anderson erklärte ihm, woher die Kultur stammte.

»Verstehe«, sagte Teasdal. »Wenn es sich um einen Medizinstudenten handelte, kann ich nur vermuten, daß er bei einer praktischen Übung etwas geschluckt hat, was er nicht hätte schlucken sollen.«

»Hätte es ihn denn schädigen können?«

»Ich denke nicht, aber es hätte gar nicht erst passieren dürfen.«

»Ganz Ihrer Meinung. Könnten Sie für mich herausfinden, wer mit PZ9 arbeitet und in welchen Kursen es verwendet worden sein könnte?«

»Ich kann es versuchen.«

»Danke.« Anderson legte den Hörer auf und rieb sich mit den Handballen leicht die Schläfen. Das Unbehagen, das ihn das erste Mal in der Pathologie gepackt hatte, war zurückgekehrt.

John Kerr steckte seinen Kopf zur Tür herein. »Nun?«

Anderson lächelte und sagte: »Es ist bestätigt worden: Ein Plasmid hat den ganzen Ärger verursacht.«

»Gut gemacht«, lobte ihn Kerr lächelnd und betrat das Zimmer. »Wir wissen also, welche Antibiotika wir meiden müssen.«

Anderson nickte und schob ihm ein Blatt Papier hinüber.

»Ausgezeichnet. Aber Sie scheinen nicht besonders glücklich darüber zu sein.«

»Doch das bin ich«, widersprach Anderson. »Aber es ist noch etwas anderes herausgekommen.« Er berichtete Kerr von dem anderen Plasmid aus Kleins Darm.

»Er war also ein unvorsichtiger junger Mann. Aber da ist doch noch etwas?« bohrte Kerr nach, der Andersons Stimmung spürte.

Anderson vertraute Kerr an, welchen Verdacht er in bezug auf den Einbruch in die Pathologie hegte.

»Weiß die Polizei davon?«

Anderson gestand, daß er seine Vermutung für sich behalten hatte, weil sie sich zu fantastisch anhörte, solange ihm keine vernünftige Erklärung einfiel. Kerr nickte zustimmend und bat darum, informiert zu werden, sobald er von Teasdale erfuhr, woher das PZ9 stammte.

Teasdale rief ihn um halb fünf an. Er wirkte kleinlaut.

»Tut mir leid. Ich habe Sie in die Irre geführt.«

»Dann handelt es sich gar nicht um einen Klonierungsvektor?« fragte Anderson.

»Oh doch. Daran besteht kein Zweifel. Allerdings wird PZ9 an dieser Universität überhaupt nicht benutzt. Er wird hierzulande nirgendwo verwendet. Es handelt sich um einen israelischen Vektor, der aus dem Labor von Professor Jacob Strauss an der Universität Tel Aviv stammt.«

»Verstehe«, erwiderte Anderson langsam, als er erkannte, wie die Teile zusammenpaßten. »Das ergibt einen Sinn.«

»Wie das denn?« fragte Teasdale.

»Klein war ein Israeli.«

»Aha«, meinte Teasdale. »Dann haben Sie ja Ihre Antwort.«

Anderson dankte ihm und legte den Hörer auf. Er war erleichtert, daß sich Klein nicht hier an der Universität kontaminiert hatte. So blieb es ihm erspart, peinliche Sicherheitskontrollen während der Praxisseminare durchzuführen und dabei das Minenfeld der Empfindlichkeiten seiner Kollegen auf Zehenspitzen durchqueren zu müssen. Andererseits bedeutete das auch, daß es niemanden gab, den er zu dem Gen in Kleins Plasmid hätte befragen können. Nur das israelische Labor wußte darüber Bescheid.

»Was nun?« fragte Kerr, als Anderson ihm Bericht erstattet hatte.

Anderson verzog das Gesicht. »Ich habe bei dieser ganzen Geschichte ein ungutes Gefühl.«

»Meinen Sie etwa, dieser Klonierungsvektor hat ihn umgebracht?« fragte Kerr und zündete sich seine Pfeife an.

»Ich weiß, das hört sich ziemlich dramatisch an, und auch Teasdale war skeptisch, daß er ihm hätte schaden können. Aber die Tatsache bleibt: Wir wissen nicht, um welches fremde Gen es sich handelt. Ich hätte gerne Ihre Genehmigung, einige Tierversuche durchzuführen. Mir wäre viel wohler, wenn ich sicher wüßte, daß das Klein-Plasmid harmlos ist . . .«

»In Ordnung. Nur zu.«

Es war kurz nach fünf. Die Laboranten der Tierversuchsabteilung waren bestimmt schon nach Hause gegangen. Anderson beschloß daher, die Tests am nächsten Morgen gleich als erstes anzufordern.

Anderson nahm eine Abkürzung zum Tierhaus. Vom Keller der medizinischen Fakultät aus ging er einen der Versorgungstunnel entlang. Er mußte sich gebückt halten, um nicht mit dem Kopf an eines der Dampfrohre unter dem Deckengewölbe zu stoßen. Bevor er schließlich die Milchglastür erreichte, die ihn stets an ein Klassenzimmer erinnerte, hatten ihm der Geruch von feuchtem Sägemehl und die Kratzgeräusche der Bewohner bereits verraten, daß er sich dem Tierhaus näherte.

Als Anderson eintrat, kam der Cheflaborant herüber und fragte, was er für ihn tun könne. Anderson erkundigte sich, wie schnell eine Serie von Meerschweinchenimpfungen durchgeführt werden könnte. Ray Allan kontrollierte seine Bestandsliste und meinte: »Sobald Sie wollen.«

Anderson dankte ihm und versprach, die Proben herunterzuschicken, sobald sie fertig waren. An der Tür drehte er sich noch einmal um und warnte den Cheflaboranten: »Seien Sie vorsichtig damit. Vielleicht stellen sie sich als harmlos heraus, aber . . . spritzen Sie damit nicht in der Gegend herum.«

»Verstehe.«

Um sieben rief Anderson Angela Donnington an. Ihre Mitbewohnerin erklärte ihm nicht nur, daß sie ausgegangen sei, sondern verriet ihm obendrein, daß sie mit Phillip Green zusammen war, einem von James Mortons Chirurgen. »Sie hat erwartet, daß Sie am Montag anrufen.«

»Mir ist was dazwischengekommen.«

»Soll ich ihr etwas ausrichten?«

»Nein.«

C'est la guerre, dachte Anderson, als er den Hörer auflegte. Er machte einen Spaziergang. Die Luft war kalt, aber frisch und klar . . . sehr angenehm, solange man sich bewegte. Bei dieser Formulierung mußte er an Zuhause denken. Seine Mutter sagte das immer.

Anderson stammte aus einer Familie, die auf den hügeligen Weiden von Galloway an der schottischen Grenze Milchrinder züchtete. Sein älterer Bruder Tom sollte eines Tages die Farm übernehmen. Er hatte auch nie etwas anderes in Betracht gezogen. Aber Neil und seine Schwester Annie hatten einen anderen Weg eingeschlagen. Er hatte in Glasgow Medizin studiert und Annie, die zwei Jahre jünger war als er, Tiermedizin an der Royal Dick Veterinary School in Edinburgh.

Wie so viele Menschen, hatte Anderson seine Familie und seine Erziehung erst schätzengelernt, nachdem er von Zuhause weggegangen war. Sie hatten ein gutes Verhältnis zueinander: sie waren stolz auf ihn und er auf sie. Weihnachten irgendwo anders zu verbringen als auf der Leitholm Farm war für ihn undenkbar. In seiner Familie gab es keinen besonders eifrigen Briefeschreiber. Wenn man nichts voneinander hörte, ging man davon aus, daß alles beim alten war, und das genügte zur Beruhigung.

Andersons Gedanken wanderten wieder zu Martin Klein zurück. Er fragte sich, wie Klein gewesen und wo er aufgewachsen war. Er vermutete, daß der Dekan der medizinischen Fakultät den Eltern geschrieben hatte, und stellte sich vor, welchen Kummer ihnen dieser Brief bereitet haben mußte. War er ein Einzelkind gewesen? Oder hatte er auch eine Schwester? Anderson wollte mehr über Klein erfahren. Wüßte er mehr, könnte er sich vielleicht von diesem ständigen Unbehagen befreien, dem Gefühl, daß hinter der Klein-Affäre doch mehr steckte als nur der tragische Tod eines Medizinstudenten.

Anderson strich mit den Fingern über den Draht des Meerschweinchenkäfigs, worauf sich die Tiere unter dem Stroh verkrochen.

»Fit wie ein Turnschuh«, meinte Ray Allan, der herüberkam. »Wenn überhaupt, dann haben die Spritzen ihnen gutgetan.«

»Soviel also zu dieser Idee«, sagte Anderson achselzuckend. Er kehrte ins Labor zurück und setzte sich mit dem Büro des Studentenwohnheims in Verbindung. Mit dessen Hilfe konnte er den Namen des Studenten herausfinden, der sich die Wohnung mit Martin Klein geteilt hatte. Am Nachmittag spürte Anderson ihn in einer Biochemieübung für Studenten im dritten Studienjahr auf. Er wartete vor dem Hörsaal, bis die Studenten herausströmten.

Er sprach einen an, der ihn an einen großen blonden Jungen verwies. Anderson stellte sich vor und fragte ihn, ob sie miteinander reden könnten.

»Sie waren also Martin Kleins Freund?« fragte Anderson im leeren Hörsaal. Draußen begann der Regen gegen die Scheiben zu prasseln.

»Mehr oder weniger, wie alle anderen auch. Wir haben die Wohnung geteilt.«

»War wohl nicht besonders beliebt, hm?«

»Keiner hatte wirklich was gegen ihn. Es war eher so, als ob er nicht dazugehörte – oder nicht dazugehören wollte, um genau zu sein.«

»Wie das?«

Der junge Mann verzog sein Gesicht, um deutlich zu machen, wie schwierig das zu erklären war. »Martin kam einem viel älter vor, als er in Wirklichkeit war. Nie tat er etwas spontan, er betrachtete die Dinge immer von allen Seiten und wägte die Vor- und Nachteile einer Situation ab, bevor er sich auf etwas einließ. Abgesehen davon, hatte er nie vor, tatsächlich Medizin zu praktizieren.«

»Warum wollte er dann sein Examen machen?«

»Martin interessierte sich für Molekularbiologie. Sie wissen schon, Wissenschaft der Zukunft, Gentechnologie und all das. Er hatte sich ausgerechnet, daß ihm ein Abschluß in Medizin bei der Bewerbung um Forschungsstipendien nützlich sein könnte.«

»Clever.«

»Wie gesagt, er wägte immer alles genau ab.«

Anderson fragte ihn, ob Klein im vergangenen Jahr überhaupt Zuhause gewesen sei.

Zuerst verneinte der junge Mann diese Frage, besann sich dann aber: »Ja, Weihnachten ist er nach Hause gefahren. Er sagte, das sei keine Zeit für einen guten jüdischen Jungen, einfach so herumzusitzen. Das war übrigens der einzige Witz, den ich je von ihm gehört habe. Er besorgte sich einen Ferienjob an der Universität von Tel Aviv, aber ich kann mich nicht mehr erinnern, wem . . .«

»Aber ich«, erwiderte Anderson, »bei Professor Jacob Strauss.«

»Ich glaube, Sie haben recht.«

Anderson berichtete Kerr, was er herausgefunden hatte: Das Plasmid in Kleins Darm war harmlos, und Klein hatte tatsächlich in Tel Aviv in dem Labor gearbeitet, aus dem der Vektor stammte. »Sollen wir Strauss darüber informieren oder die Sache auf sich beruhen lassen?«

»Ihn informieren«, antwortete Kerr. »Harmlos oder nicht, die Tatsache bleibt bestehen, daß ein Student sich in seinem Labor mit einem Klonierungsvektor kontaminiert hat. Das hätte nicht passieren dürfen.«

»Werden Sie ihm schreiben?« fragte Anderson.

»Nein, das machen Sie, aber gehen Sie es behutsam an. Jacob Strauss ist schließlich ein angesehener Wissenschaftler. Sie brauchen ihm deswegen aber nicht in den Arsch zu kriechen.«

»Schotten kriechen niemandem in den Arsch.«

»Aber sie können einem manchmal auf die Nerven fallen.«

Anderson entwarf den Text dreimal, bevor er mit dem Ergebnis zufrieden war: Der Brief war gleichzeitig höflich und präzise. Er adressierte den Umschlag und warf ihn in den Korb mit der Ausgangspost. Er reckte sich, lehnte sich in seinem

Stuhl zurück und schaute zur Decke. Eine herausragende Frage stand immer noch im Raum. Was hatte Martin Klein umgebracht?

Dieselbe Frage tauchte wieder am Montag bei einem weiteren Treffen der Galomycin-Gruppe auf. Die Zusammenkunft war einberufen worden, um Behandlungsfortschritte in Zusammenhang mit der reduzierten Dosierung zu diskutieren. Statt dessen nutzte Lennox-Adams die Gelegenheit, um wütend darauf hinzuweisen, daß die Krankenhauslabors bei der Suche nach Kleins Todesursache völlig versagt hätten.

Kerr warf ein, daß Anderson etwas entdeckt habe, und bat ihn, von dem Klonierungsvektor-Plasmid zu berichten.

»Sehr interessant«, kommentierte Lennox-Adams in einem Tonfall, der das Gegenteil besagte. »Vielleicht haben Sie ja bis zum nächsten Treffen etwas handfestere Ergebnisse aufzuweisen.«

Anderson kehrte allein in das Gebäude der medizinischen Fakultät zurück, weil Kerr an einem Arbeitsessen mit dem medizinischen Direktor teilnahm. Als er das Treppenhaus hinter der Seitentür betrat, glaubte er, ein Geräusch gehört zu haben, und blieb auf der ersten Stufe stehen, um zu lauschen. Nichts. Auf dem Treppenabsatz hielt er erneut inne. Diesmal war er davon überzeugt, etwas gehört zu haben. Der Wind heulte, als er um die Gemäuer des Gebäudes fuhr. Dann hörte er wieder das Geräusch. Es drang aus dem dunklen Schatten des Treppenschachtes. Ein leises Schluchzen, das im Wind halb unterging.

Anderson stieg in die Dunkelheit hinab und fragte, ob da jemand sei. Als seine Augen sich an das Dämmerlicht gewöhnt hatten, glaubte er einen weißen Laborkittel ausmachen zu können und ging darauf zu. Er erkannte die schmächtige Gestalt einer der Laborantinnen aus der Tierversuchsabteilung.

Sie befand sich in einem Zustand des Schocks, die Augen ungläubig aufgerissen, die Finger vor den Mund gepreßt.

Zuerst gelang es Anderson nicht, irgend etwas aus dem Mädchen herauszuholen. Dann stammelte sie: »Mr. Allan ... es ist Mr. Allan ...«

»Der Cheflaborant?«

»Mr. Allan ... Mr. Allan ...«

In dem Augenblick betrat eine der Institutssekretärinnen das Gebäude.

»Kümmern Sie sich bitte um sie, Sheila«, bat Anderson die verblüffte Frau, übergab ihr das Mädchen und rannte zur Kellertreppe. Auf dem Weg zum Tierhaus konnte er nur mit Mühe vermeiden, sich in der Eile an der Tunnelbeleuchtung den Kopf zu stoßen. Die Milchglastür stand weit offen. Als er die Abteilung betrat, hörten die Meerschweinchen auf zu schreien; nur das Scharren der Mäuse war zu hören sowie das immer wieder aussetzende Summen einer defekten Neonleuchte.

»Mr. Allan ...? Sind Sie hier ...?«

Keine Antwort.

Langsam ging Anderson durch die Käfigreihen und rief nach dem Cheflaboranten. Als er in einen der Nebenräume schaute, schreckte er beim Anblick einer Ratte zurück, die ausgestreckt auf dem Untersuchungstisch lag, die Eingeweide durch einen langen Mittelschnitt entblößt, das blutige Skalpell daneben. Anderson schloß die Tür und folgte einem Gang, der nach hinten führte. Am Ende des Ganges wandte er sich nach links und blieb wie angewurzelt stehen. Ray Allan, der Cheflaborant, starrte ihn durch die Glastür seines Büros an, nur ... sein Blick stierte an ihm vorbei auf die düsteren Weiten der Ewigkeit.

Allans Nase war gegen die Glasscheibe gepreßt, seine Lippen waren in einem stummen Schrei der Qual bis weit über die Zähne zurückgezogen. Er sah aus wie eine furchteinflößende Dämonenfratze an der bröckelnden Fassade einer mittelalterlichen Kathedrale. Blut tropfte langsam aus seinem Mund.

Anderson mußte heftig schlucken, um seinen Brechreiz zu unterdrücken. Dann begann er hektisch zu telefonieren. Bis Kerr kam, war es ihm gelungen, Allans Leiche ein wenig von der Tür zurückzuschieben. Gemeinsam schafften sie es, in das Zimmer zu gelangen.

Lennox-Adams erschien und untersuchte die Leiche. »Der arme Kerl hatte einen Herzinfarkt«, sagte er und richtete sich steifbeinig wieder auf.

»Was ist mit dem Blut aus seinem Mund?« fragte Kerr.

»Er hat sich in die Zunge gebissen. Muß vor Schmerz passiert sein.«

»Er sieht aus wie Klein«, meinte Anderson.

»Er sieht aus wie jeder, der gerade unter großen Schmerzen gestorben ist«, entgegnete Lennox-Adams. Aber Andersons Kommentar brachte ihn auf einen Gedanken: »Er war doch keiner der Galomycin-Freiwilligen, oder?«

»Nein«, erwiderte Anderson.

Die Obduktion erbrachte keine Todesursache. Ray Allans Herz war völlig gesund gewesen. Die Worte »möglicher toxischer Schock« sprangen Anderson in die Augen: genau wie Klein. Mit dem Bericht in der Hand ging er zu John Kerr: »Es ist dieses verdammte Plasmid!« sagte er.

»Schließen Sie die Tür«, sagte Kerr. Anderson tat wie ihm geheißen. »Also, was meinen Sie damit?«

»Fällt Ihnen nichts auf? Klein stirbt qualvoll – ich finde PZ9 in seinem Darm. Ich gebe Allan PZ9, um es zu testen – Allan stirbt qualvoll. Das Plasmid ist die Verbindung! Es muß einfach so sein . . .«

»Ich nehme doch an, Mr. Allan hat es sich nicht selbst injiziert«, wandte Kerr ruhig und gelassen ein.

»Nein, aber . . .«

»Und die Meerschweinchen, denen er es gespritzt hatte, überlebten und waren bei bester Gesundheit?«

»Ja, aber . . .«

»Sie sind Wissenschaftler, Anderson, und kein Astrologe. Nach wissenschaftlichen Erwägungen ist das Plasmid harmlos.«

»Ja, Sir.«

»Wohlgemerkt«, fuhr Kerr fort und machte wieder mal eine Pause, um seinen Tabak in Brand zu setzen, »ich behaupte nicht, in der Wissenschaft gäbe es keinen Platz für Intuition, Instinkt, Ahnung, wie auch immer Sie es nennen wollen. Aber dem muß man in aller Stille nachgehen. Lassen Sie sich davon leiten, aber schweigen Sie darüber, bis Sie ins Schwarze getroffen haben.«

»Jawohl, Sir.« Anderson schloß hinter sich die Tür.

Am nächsten Morgen fand Anderson einen Luftpostbrief mit dem Wappen der Universität Tel Aviv. Er stammte von Jacob Strauss.

Sehr geehrter Dr. Anderson,

mit Bedauern habe ich vom Tod Martin Kleins erfahren. Wenn ein junger Mensch stirbt, ist das stets eine furchtbare Tragödie, um so mehr, wenn es sich um jemanden von so unbestreitbarer Begabung wie Klein handelt. Im vergangenen Dezember und Januar arbeitete er sechs Wochen lang in meinem Labor.

Das Plasmid, das Sie erwähnen, stammt in der Tat aus meinem Labor: Ref. PZ9. Das eingesetzte Gen ist dem harmlosen Darmorganismus *E. coli* entnommen und stellt deshalb keine

Gefahr dar. Da Klein im Grundstudium war, hätte man ihm nie gestattet, mit Substanzen zu arbeiten, die auch nur im entferntesten eine Gefahr für seine Gesundheit dargestellt hätten. Es ist jedoch interessant, festzustellen, daß das Plasmid PZ9 im menschlichen Darm überleben kann, und ich bin Ihnen für diese Information sehr dankbar.

Hochachtungsvoll

Jacob Strauss

Anderson klopfte mit seinem Füller auf den Schreibtisch und las den Brief noch einmal. Er hatte eine beruhigende Wirkung. Die nagenden Zweifel hinsichtlich des Plasmids begannen zu schwinden. Es war sehr tröstlich, so etwas schwarz auf weiß vor sich zu haben. Er öffnete seine Schreibtischschublade, holte die Akte über Martin Klein heraus und blätterte kurz die Laborberichte durch, bevor er den letzten entfernte, einen Ausdruck von Teasdales Analyse aus dem Institut für Molekularbiologie. Er wollte Strauss Brief gerade einheften, als er es sich noch einmal überlegte und beschloß, das Schreiben John Kerr zu zeigen.

Kerr grunzte und warf ihn quer über den Schreibtisch zurück. »Zufrieden?«

»Ja.«

Anderson beschloß, die Akte »Martin Klein« zu schließen, und kontrollierte daher, ob sie vollständig war. Das war nicht der Fall: Der Obduktionsbericht der getesteten Meerschweinchen fehlte. Auch wenn die Versuchstiere keine offensichtlichen Reaktionen zeigten, war es gebräuchliche Praxis, eines von ihnen zu töten und auf verborgene innere Schäden zu untersuchen. Anderson rief in der Tierversuchsabteilung an und sagte Bescheid, daß er hinunterkommen würde.

Eine ihm unbekannte große und dunkelhaarige Frau empfing ihn.

»Ich bin Ann Veitch aus der Immunologie«, sagte sie lächelnd, »hierher abkommandiert, bis sie Ersatz für Mr. Allan bekommen. Kann ich Ihnen helfen?«

Anderson erklärte ihr, wer er war. Er fand diese junge Frau, die solch ein lässiges Selbstbewußtsein ausstrahlte, sehr sympathisch. »Wie läuft's denn hier unten?«

»Schwierig.« Ann Veitch lachte. »Ich bin eben eine typische Anfängerin. Aber ich werde es schon noch lernen.«

Das bezweifelte Anderson nicht. »Ich suche den Obduktionsbericht über eines meiner Meerschweinchen«, sagte er und reichte ihr eine Kopie des Antragsformulars mit der Referenznummer.

Ann warf einen kurzen Blick darauf und sagte: »Karen weiß darüber sicher besser Bescheid als ich.« Sie rief eine der Laborantinnen zu sich. Es war das Mädchen aus dem Treppenhaus. Auf dem Plastikschild an ihrem Revers stand der Name Karen Davies. Anderson erkundigte sich bei ihr nach dem fehlenden Bericht.

»Tut mir leid. Im Augenblick sind wir etwas im Rückstand.« Das Mädchen ging zu einem großen grünen Metallaktenschrank, in dem Allan seine Obduktionsberichte aufbewahrt hatte. Es gelang ihr allerdings nicht, die untere Schublade zu öffnen. Also hockte sich Anderson hin und erledigte das für sie. Dann stand er wieder auf und wartete, während sie die Akten durchblätterte und schließlich einen blauen Ordner herauszog.

»Da haben wir es. Bericht drei-eins-zwei . . . Meerschweinchen . . . angefordert von N. Anderson, Bakteriologie. Ergebnis: negativ . . . Keine Anomalien.«

Anderson schrieb sich die genauen Angaben und Referenznummern für seine eigene Akte ab und gab die Karteikarte zurück. Er wollte gerade gehen, als Ann Veitch wütend in den Raum platzte. In der Hand hielt sie eine kleine braune Flasche.

»Schon wieder ist Ihnen das passiert!« fuhr sie Karen Davies an. »Diesmal im Vorbereitungsraum.«

Nachdem Ann Veitch wieder gegangen war, fragte Anderson die Laborantin, was sie eigentlich verbrochen habe.

Karen schaute beschämt drein. »Ich bin Freiwillige bei dem Galomycin-Versuch«, sagte sie. »Dauernd lasse ich meine Kapseln überall herumstehen. Vorige Woche habe ich sie hier vergessen, und Mr. Allan hat aus Versehen eine davon statt seiner eigenen genommen. Wenn Sie meinen, Miss Veitch sei wütend, dann hätten Sie *ihn* mal hören sollen!«

»Er hatte allen Grund«, sagte Anderson.

»Ich weiß.«

»Warum nahm Mr. Allan ein Medikament ein?« fragte Anderson, der sich an den Bericht des Pathologen erinnerte, in dem von keiner Krankheit die Rede war, die eine Behandlung erforderlich gemacht hätte.

»Als Vorsichtsmaßnahme. Er hatte sich geschnitten, als er eines der Tiere untersuchte. Er ließ sich eine Extra-Tetanus-Spritze geben und ... eine Antibiotikumprophylaxe, so nannte er das, glaube ich.«

Anderson nickte. »Wissen Sie, womit das Tier infiziert war?«

»Nein, aber Mr. Allan schien nicht allzu besorgt zu sein. Es wird im Unfallbuch stehen.« Karen holte eine ziemlich abgegriffene Kladde aus dem Regal oberhalb des Schreibtisches und blätterte die Seiten durch. »Siebeneinhalb Zentimeter langer Schnitt zwischen Daumen und Zeigefinger der linken Hand durch ein Skalpell während der Obduktion eines Meerschweinchens, Referenznummeer drei-eins-zwei ... Tier infektionsfrei ... kein bekanntes Risiko. Was für ein Zufall, Dr. Anderson ... Das war Ihr Meerschweinchen.«

Anderson wurde leichenblaß. Er ließ sich langsam auf den Drehstuhl sinken, der Allan gehört hatte, und stützte die Ellenbogen auf den Schreibtisch. Während er sich noch die Stirn mit den Fingerspitzen massierte, dämmerte ihm allmählich die entsetzliche Wahrheit.

»Sind Sie okay, Dr. Anderson?«

Anderson reagierte nicht, weil ihm angesichts der Zusammenhänge, die sich aufklarten, der Kopf wirbelte. Allan hatte sich bei der Untersuchung des PZ9-infizierten Meerschweinchens geschnitten. Dabei konnte das Plasmid in seinen Organismus gelangt sein – was ihm an sich nicht geschadet hätte. Anschließend hatte er aber Galomycin genommen, und das hatte ihn umgebracht! Die Kombination aus PZ9 und Galomycin! Martin Klein hatte das Plasmid bereits in seinen Eingeweiden, als er als Testfreiwilliger Galomycin einnahm. Die Kombination von PZ9 und Galomycin war tödlich!

Anderson merkte, daß ihn Karen Davies seltsam musterte.

»Karen, ich möchte, daß Sie für einige Tage ins Krankenhaus gehen.«

Sie schaute ihn fragend an. »Aber warum? Mit mir ist alles in Ordnung.«

»Es ist nur . . . eine Vorsichtsmaßnahme«, sagte Anderson und versuchte verzweifelt, sich nicht anmerken zu lassen, wie dringlich es ihm war. »Ein paar Tage zur Beobachtung, das ist alles.«

Aber es gelang ihm nicht, Karen zu überzeugen. In ihrem Gesicht spiegelte sich jetzt Angst wider. Sie wich ein wenig zurück. »Irgend etwas stimmt nicht, oder? Ich bin in Gefahr . . . Sagen Sie es mir, Doktor. Ich will es wissen . . . Ich habe ein Recht darauf . . .«

Anderson legte ihr beide Hände auf die Schultern. »Wahrscheinlich besteht gar kein Grund, sich Sorgen zu machen«, meinte er beschwichtigend, »aber vielleicht gibt es irgendein Problem mit dem Galomycin. Wenn dem so ist, möchte ich, daß Sie dort sind, wo man am besten damit fertig werden kann – und das ist hier im Krankenhaus. Das ist doch vernünftig, oder?«

Das Mädchen nickte und versuchte zu lächeln.

»Gut«, lobte Anderson sie. »Jetzt rufen Sie Ihre Mutter an, und dann gehen Sie hoch zu Schwester Vane. Ich sage ihr Bescheid, daß sie Sie erwarten soll.«

»Ja, Doktor.« Karen wandte sich um und wollte gehen.

»Ach, Karen?«

»Ja?«

»Geben Sie mir bitte Ihre Kapseln.« Das Mädchen reichte ihm die Arzneimittelflasche.

Anderson rief die Cheflaborantin ins Büro. »Miss Veitch, ich werde Ihnen später alles erklären, aber tun Sie jetzt bitte drei Dinge: Erstens, schließen Sie ihre Abteilung ab, sobald ich sie verlassen habe; niemand, wirklich niemand darf sie betreten. Zweitens, suchen Sie die Kulturen, die man den Tieren für Versuch drei-eins-zwei injiziert hat. Drittens, finden Sie heraus, was genau mit den drei Meerschweinchen aus dem Test geschehen ist. Verstanden?«

»Verstanden«, erwiderte Ann Veitch gelassen.

Während Anderson den Kellerflur zurückrannte, hörte er, wie die Tür hinter ihm abgeschlossen wurde. Er platzte in Kerrs Zimmer, fand es aber leer vor. »Scheiße!« Er riß den Hörer von der Gabel und fragte in der Telefonzentrale nach Lennox-Adams Telefonnummer.

»Dr. Lennox-Adams ist im Moment nicht da«, sagte seine Sekretärin. »Kann ich ihm etwas ausrichten?«

Ohne ein weiteres Wort knallte Anderson den Hörer auf. Dann hob er ihn wieder hoch und rief Linda Vane an. ». . . Zur Beobachtung bitte, Schwester. Ein Einzelzimmer . . .«

Ein aufflammendes Streichholz kündigte die Rückkehr John Kerrs an. Er war überrascht, Anderson in seinem Büro vorzufinden, und ließ das Streichholz wieder ausgehen, bevor es überhaupt die Pfeife erreicht hatte.

»Das Plasmid hat Klein und Allan umgebracht«, sagte Anderson. »Es ist die Kombination von Galomycin und PZ9, die tödlich ist.«

Kerr hörte zu, während Anderson ihm berichtete, was er entdeckt hatte. »Was haben Sie bis jetzt veranlaßt?«

Anderson sagte es ihm.

»Gut, ich lasse die Versuchsreihe stoppen und informiere die Firma. Setzen Sie sich mit der pharmazeutischen Abteilung in Verbindung und lassen Sie alle Galomycinvorräte sicherstellen.«

Drei Stunden später, nachdem das gesamte Galomycin eingesammelt worden war und sich unter Verschluß befand, traf sich die Arbeitsgruppe, um die Neuigkeiten von Anderson persönlich zu erfahren.

»Mein Gott!« rief Lennox-Adams. »Haben Sie irgendeine Vorstellung, was da passiert?«

Anderson verneinte.

»Vielleicht wird das Medikament durch das Plasmid in irgendeiner Weise verändert«, schlug Mary Ryle vor.

»Ein guter Gedanke, Miss Ryle«, lobte Lennox-Adams. »Ist die Firma bereits informiert?«

Kerr bestätigte das.

»Und Professor Strauss?«

»Noch nicht«, sagte Anderson, »aber wir sind die einzige Gruppe, die Zugang zu Galomycin hat. Für die Israelis besteht keine unmittelbare Gefahr.«

Kerr klopfte den verbrannten Inhalt seiner Pfeife in den Aschenbecher, den Lennox-Adams ihm zugeschoben hatte, und sagte: »Meiner Meinung nach können wir nicht sicher sein, ob das Plasmid eine tödliche Wirkung des Medikaments hervorruft oder umgekehrt. Es liegt in jedermanns Interesse, das schnell herauszufinden. Ich schlage daher vor, daß wir mit dem Pharmaunternehmen vereinbaren, Professor Strauss etwas Galomycin zu schicken und ihn selbst, als den Schöpfer dieses Plasmids, darum bitten, herauszufinden, was eigentlich los ist.« Alle stimmten Kerrs Vorschlag zu, und das Treffen wurde damit beendet.

Sobald er zurück im Labor war, rief Anderson Ann Veitch in der Tierversuchsabteilung an.

»Ich dachte schon, Sie hätten mich vergessen«, sagte sie. Sie hatte die erwünschten Informationen gefunden. Eines der drei Meerschweinchen war getötet und obduziert worden – dasjenige, an dem sich Allan infiziert hatte. Die anderen beiden lebten noch. Die Kulturen, die man den Tieren injiziert hatte, waren im Autoklav sterilisiert worden.

»Gut«, sagte Anderson. »In zehn Minuten komme ich rüber.«

Anderson schaute bei Kerr vorbei und erzählte ihm, daß zwei der Versuchstiere noch am Leben waren. Er schlug vor, die Kombinationstheorie zu überprüfen, indem man den Tieren Galomycin spritzte. Kerr erklärte sich einverstanden und begleitete ihn zum Tierhaus. Anderson erläuterte Ann Veitch, was vor sich ging, und bat sie, für das neue Experiment Isolationskäfige vorzubereiten.

»Karen ist also in Gefahr«, sagte Ann Veitch. »Sie hat mit den plasmid-infizierten Tieren gearbeitet, und sie nimmt Galomycin.«

»Ja«, bestätigte Kerr, »sie ist in Gefahr.«

»Wie lange . . . ich meine, wann werden Sie es wissen?«

»Nach sechsunddreißig Stunden hat sich das Galomycin in ihrem Organismus vollständig abgebaut. Dann ist sie sicher«, sagte Kerr. »Es hängt wirklich alles davon ab, wie sorgfältig sie gearbeitet hat und ob sie sich mit dem Plasmid infiziert hat.«

Anderson mußte daran denken, wie sorglos Karen mit ihren Galomycin-Kapseln umgegangen war, und bemerkte, daß Ann Veitch derselbe Gedanke durch den Kopf ging. Sie wechselten einen besorgten Blick. Als sie ins Institut zurückkehrten, fiel ihm auf, wie mürrisch Kerr war. »Beunruhigt Sie etwas?« fragte er.

»Diese Laborantin, Karen Davies«, sagte Kerr.

Anderson fiel dazu nichts Tröstliches ein, das er hätte sagen können.

Als Anderson die Wohnung betrat, war es dort kalt und still. Fearman hatte eine Nachricht hinterlassen, daß er für einige Tage nach Hause gefahren sei. Er machte die Gasheizung an und goß sich einen Drink ein. Dabei schwappte etwas Whisky über den Rand des Glases, weil er unwillkürlich zittern mußte. Es war halb sieben. Karen Davies hatte ihre letzte Kapsel Galomycin um drei Uhr nachmittags genommen. Anderson begann, die Abendzeitung zu lesen, konnte sich aber nicht konzentrieren und schleuderte sie zu Boden. Er versuchte es mit Fernsehen, allerdings mit demselben Erfolg. Sein Blick wanderte ständig zum Telefon, das jedoch stumm blieb. Er hatte im Krankenhaus um sofortige Nachricht gebeten, falls Karen Davies krank werden sollte. Schließlich wurde ihm die Stille zu unheimlich. Er rief im Krankenhaus an und erkundigte sich, ob alles in Ordnung sei. Karen sah fern und aß Erdnüsse. Wollte er überhaupt mit ihr sprechen?

Gleich nach dem Aufstehen rief Anderson wieder an. Karen ging es gut. Im Laufe des Tages kreisten seine Gedanken des öfteren um sie. Um fünf Uhr nachmittags war seine Zuversicht so gewachsen, daß er John Kerr darauf ansprach. »Sieht aus, als sei sie davongekommen«, sagte er.

Kerr nickte. »Sie hat Glück gehabt.«

Anderson hatte etwas mehr als eine Stunde geschlafen, als das Telefon klingelte. Es war Schwester Donovan, die Nachtschwester auf Linda Vanes Station. Karen Davies Temperatur stieg, und sie klagte über einen steifen Nacken. Die Doktoren Kerr und Lennox-Adams seien bereits informiert worden.

Der Winterregen rann wie Tränen an den Scheiben von Karen Davies Zimmer hinunter, als sich um drei Uhr morgens ihr Leben dem Ende zuneigte. Ihr Körper bäumte sich unter den unvorstellbaren Schmerzen, die das Toxin in ihr auslöste, in unkontrollierbaren Krämpfen auf. Obwohl man die Schwestern auf das, was geschehen würde, vorbereitet hatte, erschütterten die Qualen ihrer Patientin sie doch zutiefst. Zum ersten Mal in ihrer Berufslaufbahn beteten die jungen Schwestern darum, daß der Tod die Leiden beenden möge. Anderson verließ das Zimmer und packte auf dem Flur die Griffe eines Rollwagens, bis seine Fingerknöchel weiß hervortraten.

»Was für ein Pech . . . was für ein beschissenes Pech.«

Kerr legte ihm im Vorübergehen die Hand auf die Schulter, sagte aber nichts.

Um zwei Uhr nachmittags erhielt Anderson ein Telex aus Tel Aviv. Darin äußerte Strauss sein Erstaunen darüber, daß das Plasmid PZ9, unter welchen Umständen auch immer, tödlich gewirkt haben sollte. Nach seiner Überzeugung mußte das Antibiotikum Galomycin aufgrund einer chemischen Veränderung für die Todesfälle verantwortlich sein. Selbstverständlich wollte er entsprechende Experimente durchführen, sobald er einen Vorrat von Galomycin erhalten hatte, und ihnen dann seine Ergebnisse mitteilen.

»Ich hoffe bei Gott, daß er recht hat«, seufzte Kerr, als er das Telex las.

»Warum?« fragte Anderson.

»Wenn es am Galomycin liegt, können wir ein anderes Medikament verwenden, nur für den Fall, daß wir uns mit dem

Klein-Plasmid infiziert haben. Aber wenn das Plasmid tödlich wirkt, können wir nicht sicher sein, daß es nicht auch durch ein anderes Antibiotikum aktiviert wird.«

»Was für ein entsetzlicher Gedanke. Möchten Sie, daß ich das Personal untersuche, um festzustellen, ob es noch mehr Träger des Plasmids gibt?«

Kerr schwieg eine ganze Weile. Langsam und bedächtig kratzte er seine Pfeife aus, bevor er Anderson anschaute und sagte: »Ich glaube nicht. Wenn das Plasmid der Killer ist und einige von uns kontaminiert sind, dann können wir, verdammt noch mal, nichts dagegen tun . . .«

Anderson registrierte in dem Moment das Ticken der großen Wanduhr mit dem römischen Zifferblatt. »Als trüge man eine Zeitbombe mit sich herum«, sagte er.

»Brutal, aber zutreffend.«

»Sie meinen also, es sei besser, nicht Bescheid zu wissen.«

»Sie nicht?«

Anderson seufzte und nickte. »Aber wir müssen alle davor warnen, Medikamente einzunehmen.«

Kerr nickte. »Keine Antibiotika für irgendeinen von uns, wenn es sich nicht gerade um Leben oder Tod handelt.«

»Und wenn es das tut?«

»Dann können Sie die betreffende Person untersuchen.«

Anderson verließ Kerr und ging hinunter zur Tierversuchsabteilung. Diesmal wählte er nicht die Abkürzung durch den Keller, sondern den längeren Weg durch den oberen Flur und die Haupttreppe hinunter, wo auf jedem Absatz Büsten der früheren Dekane der medizinischen Fakultät standen. Als er die Vordertür erreichte, blickte er zu der großen hölzernen Gedenktafel für die Gefallenen der beiden Weltkriege auf. Der erste Name lautete »Anderson«. »Mein Gott«, murmelte er, als er über das feuchte Kopfsteinpflaster des Innenhofes marschierte.

Ann Veitch wirkte blaß und mitgenommen, erledigte die Laborarbeit jedoch mit der kühlen Effizienz, die Anderson mittlerweile schon von ihr erwartete. Sie sprachen kurz über Karens Tod, obwohl beide wußten, daß es nur wenig zu sagen gab, was hätte trösten können.

»Ihre Tiere sind tot«, sagte Ann Veitch und ging zu den Isolationskäfigen.

Anderson betrachtete die kalten steifen Kadaver der beiden Meerschweinchen. Sie lagen auf dem Boden ihrer Käfige, die Zähne zu der ihm langsam vertraut werdenden Totenmaske entblößt.

»Äschern Sie sie ein«, sagte Anderson.

Er hatte seinen Beweis.

Nach zwei Wochen, in denen Ann Veitch auf den vakanten Posten des Cheflaboranten der wiedereröffneten Tierversuchsabteilung berufen worden war, kehrte das Leben dem Anschein nach wieder zur Normalität zurück. Nachdem allerdings drei weitere Wochen ins Land gegangen waren und immer noch keine Reaktion aus Israel eingetroffen war, schlug Andersons Ungeduld in Gereiztheit um. »Was, zum Teufel, treiben die eigenlich?« explodierte er während eines Gesprächs mit John Fearman.

»Vielleicht hat sich die Arzneimittelfirma Zeit gelassen, ihnen das Galomycin zu schicken«, schlug Fearman vor und sagte damit genau das Falsche.

»Machst du Witze?« rief Anderson ungläubig. »Diese Firma hat bestimmt zehn Millionen Pfund in Galomycin angelegt! Wenn es nötig gewesen wäre, hätten die eine verdammte Concorde gechartert, um das Zeug dahin zu schaffen!«

»Ist ja gut, ist ja gut«, fauchte Fearman, »aber laß das doch, um Gottes willen, nicht an mir aus! In letzter Zeit bist du 'ne echte Nervensäge geworden!«

Anderson verschlug es die Sprache. Zum allerersten Mal erlebte er, daß sein sonst so ausgeglichener Mitbewohner die Stimme erhob. Während des eisigen Schweigens, das nun folgte, starrte er zum Fenster hinaus und beruhigte sich. Ihm wurde klar, daß Fearman recht hatte. »Ich möchte mich entschuldigen«, sagte er. »Können sechs Pints und ein China-Imbiß die Sache aus der Welt schaffen?«

»Geht in Ordnung.« Fearman lächelte.

Am Donnerstag der vierten Woche erhielt Anderson den langersehnten Bericht aus Tel Aviv. Als er ihn gelesen hatte, war er am Boden zerstört. Strauss hatte eingehende Tierversuche mit einer Vielzahl von Plasmid- und Galomycin-Kombinationen durchgeführt. Alle Tiere hatten ohne die geringsten Nebenwirkungen überlebt. Auch die Verdoppelung der Galomycin-Dosis hatte zu keinem anderen Resultat geführt. Er kam zu dem Schluß, daß sowohl das Medikament als auch das Plasmid völlig harmlos waren.

Anderson mußte sich angesichts dieser Demütigung innerlich tüchtig winden. Er konzentrierte seinen Blick auf den Notizblock vor sich und malte eine Reihe konzentrischer Kreise in die obere rechte Ecke. Dabei bemühte er sich um einen angemessenen undurchdringlichen Gesichtsausdruck.

»Anscheinend waren Dr. Andersons Schlüsse ein wenig zu voreilig«, meinte Dr. Lennox-Adams vor der versammelten Arbeitsgruppe.

»Vielleicht steckt mehr dahinter, als wir zuerst gedacht haben . . .«, gab James Morton zu Bedenken.

Anderson spürte, daß Lennox-Adams die Situation genoß: Er konnte mit ihm spielen, ihn umkreisen wie eine Hyäne ein verwundetes Tier, sich auf ihn stürzen und ihn mit Begriffen wie »eigensinnig«, »unerfahren« oder »fehlgeleitet« treffen. »Jetzt, da Professor Strauss nachgewiesen hat, daß dieses Plasmidzeug«, Lennox-Adams machte eine wegwerfende Handbewegung, »völlig harmlos ist . . .«

»Nein, das hat er nicht«, unterbrach Kerr und zog damit alle Blicke auf sich. »Das, was er getan hat, ist, eine andere Antwort zu liefern als Anderson.«

»Aber ein Mann von Strauss' Kaliber . . .«

»Kann sich genau so irren wie jeder andere auch.«

»Aber in diesem Fall . . .«

»In diesem Fall, Nigel, liegen drei Leute auf dem Friedhof, die nie geglaubt hätten, daß sich Anderson geirrt hat.«

Im Raum herrschte völliges Schweigen. Mary Ryle rutschte unbehaglich auf ihrem Stuhl hin und her.

»Was schlagen Sie also vor, Dr. Kerr?« fragte Lennox-Adams mit kalter, ausdrucksloser Stimme.

»Ich schlage vor, daß wir Dr. Anderson nach Tel Aviv schikken, damit er und Jacob Strauss gemeinsam eine Lösung für dieses Durcheinander finden.«

»Ich glaube kaum, daß die Regionale Gesundheitsbehörde diesen Vorschlag allzu wohlwollend aufnehmen wird.«

»Die Pharmafirma wird dafür zahlen.«

»Werden Sie sie fragen?«

»Das habe ich bereits getan.«

Als ihm Anderson hinterher danken wollte für seine Verteidigung, grunzte Kerr nur. »Sie sollten Strauss lieber ein Telex schicken und ihn fragen, ob er damit einverstanden ist.«

»Sofort«, sagte Anderson und stand auf.

»Noch eins«, sagte Kerr, als Anderson die Tür erreicht hatte. »Falls Sie einen Fehler gemacht haben . . . sollten Sie sich nach einer Stelle auf den Hebriden umschauen.«

Bereits am nächsten Morgen erhielt Anderson eine Antwort auf seine Anfrage: Jacob Strauss war mit der vorgeschlagenen Zusammenarbeit einverstanden. Eine Woche später brach Anderson nach Tel Aviv auf.

3

Auf die Ankündigung des Piloten hin schaute Anderson durch das Fenster und sah die Lichter von Tel Aviv in der Finsternis unter sich auftauchen. Flug BA 576 von London Heathrow nach Ben Gurion International setzte zur Landung an. Der Flug hatte nicht gerade dazu beigetragen, seine Abneigung gegen das Reisen zu mildern. Normalerweise verband er damit ein endloses, monotones Schlangestehen und Warten. Der Flug nach Israel war sogar noch schlimmer als die meisten anderen, die er bis jetzt erlebt hatte, weil noch erheblich mehr Zeit für Sicherheits- und Gepäckkontrollen verlorengegangen war. Um ein weiteres Schlangestehen zu vermeiden, blieb Anderson sitzen, bis die anderen Passagiere die Maschine verlassen hatten. Das geschäftsmäßige Lächeln der Stewardeß verwandelte sich in ein echtes, als Andersons erster Sprechversuch nach diesem langen Flug in einem kläglichen Krächzen endete.

Anderson stand oben an der Gangway und ließ sich von der israelischen Nacht einhüllen. Mein Gott, war das heiß. Nicht länger geschützt durch die Klimaanlage der Lockheed Tri-Star, spürte er, wie die feuchte Wärme ihm zwischen Kragen und Hals kroch. Als er sein Gepäck abgeholt und den Zoll passiert hatte, tropfte ihm der Schweiß in Strömen von der Stirn. Er ging in den Empfangsbereich hinaus, der von sich umarmenden Menschengruppen bevölkert war, die Söhne und Liebhaber zu Hause willkommen hießen.

Anderson blieb stehen und schaute sich um – eine Geste, die ihn sofort zum Ziel einer wetteifernden Horde von Taxifahrern machte, die ihn umzingelten, am Arm zupften und wie ein mißtönender Chor Fahrziele herunterleierten.

Noch während dieses Theaters, das Andersons Geduld bis aufs Äußerste strapazierte, fiel ihm ein hochgewachsener Mann mit Brille auf, der abseits der Meute stand. Ein schwaches Lächeln auf seinem Gesicht bewies, daß er dieses Schauspiel genoß. Als Anderson ihn mit beiden Augen fixierte, verschwand das Lächeln. Der Mann kam näher, krächzte etwas auf Hebräisch, und sofort verschwanden die Taxifahrer.

»Dr. Anderson?« erkundigte sich der Mann, ohne zu lächeln. »Ich bin Arieh Cohen, einer von Professor Strauss' Mitarbeitern. Er bat mich, Sie abzuholen.«

Der Umstand, daß Cohen nicht lächelte, überzeugte Anderson davon, daß dieser sich mit Absicht zurückgehalten hatte. Es war klar, daß ein Außenseiter, der zudem die Ergebnisse seiner Gastgeber in Frage stellte, in dem israelischen Labor auf gewisse Ressentiments stoßen würde. Anderson fragte sich, ob Cohens Feindseligkeit darüber hinaus grundsätzlicher Natur sein könnte. Und wennschon! Schließlich war er kein Schulmädchen. Er würde mit jeder Scheiße fertig werden, die man ihm in den Weg legte, seinen Job erledigen und wieder verschwinden.

Der Volvo fuhr auf die Schnellstraße. Anderson zerrte an seinem Kragen, weil ihn die Hitze der Nacht schier zu erstikken drohte. Es schien ihm, als ob sogar die Autoheizung in Betrieb war. Ungläubig legte er seine Hand auf die Lüftung.

»Das Belüftungssystem ist defekt, fürchte ich«, sagte Cohen.

Anderson wußte nicht, ob er ihm das abnehmen sollte oder nicht. Ohne erst zu fragen, drehte er das Fenster an der Beifahrerseite herunter und atmete tief die warme Brise ein. Aus Furcht, daß ihre Beziehung nun völlig zusammenbrechen könnte, versuchte Anderson zumindest einen Anschein von Normalität aufrechtzuerhalten. »Entschuldigen Sie bitte, aber ich muß mir einfach mein Jackett ausziehen.« Er lächelte.

»Das wäre sicher die intelligenteste Lösung«, erwiderte Cohen kalt.

Anderson überging diese hämische Bemerkung. »Ist es immer so heiß?« fragte er.

»In Tel Aviv, ja. Allerdings ist es die Luftfeuchtigkeit, nicht die Hitze, die Ihnen zu schaffen macht. Daran werden Sie sich noch gewöhnen.«

»Wenn Sie das sagen.«

Die Fahrt nach Tel Aviv dauerte fünfzehn Minuten. Cohen sagte nicht viel, daher las Anderson die Straßenschilder, die an ihnen vorbeihuschten, und wurde sich plötzlich bewußt, daß er mitten im Heiligen Land war. Die Namen erinnerten ihn an längst vergangene Tage, die kalten Morgen in der Schulaula von Dumfries, an denen sich die Kinderstimmen zum vorgeschriebenen Gotteslob erhoben.

Als sie die Randbezirke Tel Avivs erreichten, erklärte ihm Cohen, daß Professor Strauss Anderson eine Unterkunft in einem Studentenwohnheim in unmittelbarer Nähe zur Universität besorgt hätte. Die Studenten waren noch in den Ferien, daher würde es relativ ruhig sein. Außerdem hatte er ein Apartment ganz für sich allein.

»Hört sich gut an«, sagte Anderson.

»Es ist ziemlich einfach.«

Sie steckten jetzt mitten im Tel Aviver Verkehr und kamen nur langsam voran. »Die Universität befindet sich im Norden der Stadt«, sagte Cohen. »Vielleicht würden Sie gerne etwas Kaltes trinken, bevor wir dorthin fahren?«

Anderson, der die lähmende Hitze im stockenden Verkehr immer stärker zu spüren kriegte, stimmte bereitwillig zu. Cohen bog von der Hauptstraße ab und kurvte durch ein Labyrinth von Nebenstraßen, bis sie schließlich das Meer erreichten und der Hauch einer kühlen Brise über Andersons Wangen strich.

»Das ist der Atarim Square«, verkündete Cohen, als sie auf einen hell erleuchteten Platz, gesäumt von Bars und Cafés, zugingen. »Touristen-Tel Aviv, Touristengeschmack, Touristenpreise.«

Anderson war sich sicher, daß das als Beleidigung gemeint war, aber im Augenblick hatte der Gedanke an ein kaltes Bier Vorrang vor allen anderen Erwägungen. Sie fanden einen Tisch mit Blick auf den Yachthafen und bestellten etwas zu trinken. Anderson bestellte ein Bier, Cohen einen Orangensaft.

»Sie trinken kein Bier, Dr. Cohen?« fragte Anderson.

»Ich rühre keinen Alkohol an.«

Die Vorstellung, einen amüsanten Abend mit Cohen in der Innenstadt von Tel Aviv zu verbringen, konnte er unter »abwegig« verbuchen. Er stellte einige höfliche Fragen und erhielt dafür ebenso höfliche, aber knappe Antworten. Als er merkte, daß ihn Cohen auflaufen ließ, startete er keine weiteren Initiativen, sondern trank schweigend sein Bier.

»Sollen wir gehen?« fragte Cohen nach einem Blick auf seine Uhr. Anderson nickte.

Als sie die Stadt verließen und in Richtung des nördlichen Vorortes Ramat Aviv fuhren, gewann der Wagen rasch an Geschwindigkeit. Anderson hatte bis zu dem Moment, in dem sie das Tempo drosselten und in eine breite baumbestandene Allee namens »Einstein« einbogen, kaum auf die Umgebung geachtet.

»Die Universität liegt am oberen Ende der Einstein«, sagte Cohen. »Und hier . . .«, fuhr er fort, als sie nach rechts in einen weiten, von hohen Betonbauten umgebenen Innenhof abbogen, »werden Sie wohnen.«

Anderson erfuhr, daß er ein Dachapartment im »Französischen Haus« beziehen sollte. Die einzelnen Wohnblocks waren nach Ländern benannt worden, die der Gründung des

Staates Israel wohlwollend gegenübergestanden und dieses Wohlwollen auch durch kräftige Zahlungen untermauert hatten. Wie sich herausstellte, bezog sich die Bezeichnung »Apartment« auf einen einzigen Raum, der nur mit dem Allernotwendigsten, was eine zivilisierte Umgebung bieten mußte, ausgestattet war: ein schmales Bett, ein Tisch, ein Stuhl, ein Herd und ein Spülbecken. Darüber hinaus besaß es jedoch eine Toilette und eine Dusche, und die Aussicht auf eine Dusche fesselte Andersons Aufmerksamkeit völlig.

Als er seine Taschen absetzte, huschten zwei fette Kakerlaken über den Boden und entlockten ihm unwillkürlich ein Geräusch des Ekels. Er sah Cohen an und bemerkte das Amüsement in seinem Blick.

»Treten Sie drauf«, sagte er und wandte sich zum Gehen. »Morgen früh holt Sie jemand ab.«

Mit einem Klicken fiel die Tür ins Schloß. Hastig riß sich Anderson die Kleider vom Leib, um unter die Dusche zu kommen. Er wandte sein Gesicht dem Duschkopf zu, wie ein Inka, der die Sonne anbetete. Dann ließ er das Wasser über seinen Körper strömen, um sich, wenn auch nur vorübergehend, von der unangenehmen Hitze der Tel Aviver Nacht zu befreien. Er drehte den Temperaturregler auf »kalt« und betrachtete einige Minuten lang seine Füße. Als seine Körpertemperatur gesunken war und er sich besser fühlte, schlang er ein Handtuch um die Hüften und ging zum Bett hinüber. Er legte sich hin und schaute zur konturlosen weißen Decke hinauf, bis der Tag nicht länger in seinem Kopf umherkreiste und sich der Schlaf seines müden Gehirns bemächtigte.

Kurz nach fünf wachte Anderson auf. Die Strahlen der Morgensonne fielen durch das schmale Belüftungsgitter in zweieinhalb Metern Höhe und tanzten auf seinen Augenlidern. Da ihm klar war, daß er unmöglich würde wieder einschlafen können, stand er auf, wusch sich und zog Shorts an.

Die Bezeichnung »Dachapartment« kam ihm in den Sinn. Hatte er wirklich einen Zugang zum Dach? Er öffnete die Tür und schaute nach. Rechts lag die Treppe nach unten, aber zur Linken befand sich ein schmaler Gang, der zu dem breiten Flachdach des »Französischen Hauses« führte. Er ging zur Brüstung hinüber und spürte an seinen Fußsohlen, daß die warme Morgensonne die betonierte Oberfläche bereits angenehm aufgeheizt hatte. In der einen Richtung führte die Einstein-Allee in breiten Schwüngen hinab zum Mittelmeer, in der anderen hinauf zu den Campusgebäuden der Universität.

Anderson kehrte in sein Zimmer zurück und inspizierte die Schränke – Geschirr, Besteck . . . und Essen. Jemand hatte den Schrank über der Spüle mit Kaffee, Eiern und Pittabrot bestückt. Ein anderer kleiner Schrank entpuppte sich als Kühlschrank, der Orangensaft und Milch enthielt. Anderson revidierte seine voreilig gebildete Meinung über die Israelis, die lediglich auf seiner Erfahrung mit Cohen beruhte. Gekochte Eier, Toast und Kaffee stimmten ihn doch beträchtlich milder.

Als er fertig gefrühstückt hatte, nahm Anderson seinen Stuhl mit hinaus aufs Dach und ließ sich dort bei einer zweiten Tasse Kaffee nieder. Derartig gesättigt, fühlte er sich entschieden besser und war gespannt darauf, was ihm der Tag zu bieten hatte. Mit höher steigender Sonne schob er seinen Stuhl in den Schatten des Wasserturms zurück und dachte über die Gründe seines Besuches nach.

Kurz vor neun hörte er ein angestrengtes Keuchen von der Treppe her und wandte sich der Tür zu. Nach einer halben Ewigkeit zeigte sich ein älterer Herr am Eingang, der vom Treppensteigen ganz offensichtlich erschöpft nach Atem rang. Bevor er überhaupt etwas sagen konnte, klopfte er sich auf die Brust, als sei das eine Erklärung für die Verzögerung.

»Guten Morgen. Ich bin Jacob Strauss.«

Anderson geleitete Strauss hinüber zu dem Stuhl, auf dem

er selbst gesessen hatte. Dankbar nahm der alte Mann Platz. Er fächelte sich mit seinem Panamahut Luft zu, bis er sich ausreichend erholt hatte, um ein Gespräch zu beginnen. Er nickte in Richtung Treppe und meinte: »Für Sie sind das nur ein paar Stufen, für mich . . . der Eiger.«

Anderson lächelte. Das also war Jacob Strauss, ein Name, der während seines Studiums regelmäßig in Vorlesungen und Handbüchern aufgetaucht war; überhaupt nicht so, wie er ihn erwartet hatte. Strauss wirkte eher wie ein wohlwollender alter Herr, von der Sorte, wie man sie an Sommernachmittagen auf Parkbänken findet, wo sie Hunde tätscheln und den Hut vor vorübergehenden Müttern mit Kinderwagen ziehen.

Strauss entwarf Pläne für den Tag. »Als erstes der verdammte Papierkram . . .« Er machte eine ärgerliche Geste mit dem Hut. »Dann zeige ich Ihnen mein Labor, und wir reden miteinander, ja?«

»Prima«, antwortete Anderson.

Strauss' Auto, ein sehr staubiger Mercedes, wurde am Eingang des Universitätsgeländes von einem bewaffneten Wachposten angehalten. Anderson fand zwar, daß der Mann alt und fett aussah, aber im Gegensatz dazu schien seine Waffe wirklich echt zu sein. Strauss stieg aus und ging zu dem Posten hinüber, der vor dem Professor salutierte. Sie unterhielten sich kurz auf Hebräisch – Anderson vermutete, über ihn –, dann bat man ihn auszusteigen, und seine Tasche wurde durchsucht.

»Ich hoffe, Sie entschuldigen diese Unhöflichkeit«, sagte Strauss, als sie durch das Tor fuhren.

»Aber natürlich.«

Strauss zählte die verschiedenen Gebäude auf, an denen sie auf der baumbestandenen Allee vorüberfuhren. Am Verwaltungsgebäude hielten sie an und verbrachten eine halbe Stunde mit dem »verdammten Papierkram«, bevor sie weiter zur medizinischen Fakultät fuhren, die sich als vielstöckiger Turmbau entpuppte.

Rasch und leise glitt der Aufzug in den sechsten Stock, wo Strauss sein Labor hatte und eine Gruppe von Leuten in weißen Laborkitteln sie empfing. Anderson wurde mit allen Personen bekannt gemacht, obwohl die Chancen gering standen, daß er sich auch nur an einige der so fremd klingenden Namen erinnern würde.

»Dr. Cohen kennen Sie bereits«, sagte Strauss.

»Ja.«

Cohen nickte kurz, lächelte aber nicht.

Als letztes wurde Anderson einer Frau Ende Zwanzig vorgestellt.

»Und dies ist meine rechte Hand.« Strauss lächelte breit und legte der Frau seinen Arm um die Schultern. »Darf ich Ihnen meine Forschungsassistentin Myra Freedman vorstellen?«

Anderson schüttelte ihr die Hand und fand ihr Lächeln sehr herzlich.

»Es freut mich, Sie kennenzulernen, Doktor«, sagte die Frau.

Er war verblüfft über ihren amerikanischen Akzent, denn von allen Leuten, die er bisher getroffen hatte, hätte er Myra Freedman als diejenige ausgewählt, die am stärksten dem Typ des Israelis entsprach. Sie war klein, hatte eine blasse Haut und dunkles lockiges Haar, das sich auf der Stirn kräuselte und ihr bis auf die Schultern fiel. An beiden Handgelenken sowie um den Hals trug die Goldschmuck.

»Sie sind Amerikanerin?« fragte Anderson und verriet damit seine Überraschung.

Ihr breiter Mund verzog sich zu einem Lachen und enthüllte ihre wohlgepflegten Zähne. »Chicago«, sagte Myra. Das Telefon in Strauss' Büro klingelte. Er entschuldigte sich und ließ Anderson und Myra allein.

»Was macht also eine Amerikanerin hier?« fragte Anderson.

»Ich bin keine Amerikanerin mehr«, entgegnete Myra mit gespielter Strenge. »Seit zwei Jahren bin ich Israeli. Sam und ich dachten, es sei Zeit.«

Der Name kam Anderson bekannt vor. »Sam Freedman? Doch nicht der Biochemiker?«

Die Frau lächelte. »Genau der.«

Anderson hatte gerade mit der Frage angesetzt: »Aber warum sollte . . .«, als er sich unterbrach. Aber zu spät. Myra Freedman beendete den Satz für ihn. »Warum sollte ein Spitzenforscher wie Sam alles aufgeben, um irgendwo in die Provinz zu gehen?«

»Entschuldigung. Ich wollte nicht unhöflich sein.«

»Sie brauchen sich nicht zu entschuldigen. Glauben Sie ja nicht, es hätte keine Augenblicke gegeben, in denen ich mir nicht selbst genau diese Frage gestellt habe, an Tagen, an denen es über vierzig Grad heiß ist, die Luftfeuchtigkeit hundert Prozent beträgt und die Klimaanlage wegen eines Stromausfalls zusammenbricht. Aber der Hauptgrund ist, daß wir Juden sind und beide das Gefühl hatten, es reiche nicht mehr aus, Israel allein mit Worten zu unterstützen. Das Land braucht Menschen, und zwar nicht nur staatenlose und vertriebene Menschen, die bei null anfangen oder vor einem despotischen Regime flüchten, sondern etablierte Leute, Akademiker, Leute, die hier arbeiten wollen. Das sind die Menschen, die der israelischen Kunst, der Wissenschaft und Forschung Ansehen verleihen werden. Das sind die Leute, die den Weg in die Zukunft bauen. Klingt das vernünftig?«

Anderson stimmte ihr zu. Er fragte sie, ob ihr Mann ebenfalls an der Universität arbeite.

»Nein. Sam ist der Direktor des Kalman-Instituts in Hadera. Das ist eine kommerzielle Firma, die Auftragsforschung betreibt, aber Sam arbeitet weiter an seinen eigenen Projekten.«

»Gefällt es ihm hier? Gefällt es Ihnen hier?«

»Es gefällt uns beiden.« Myra lächelte. »Die Menschen in Israel tun etwas; sie sitzen nicht nur den ganzen Tag herum und reden darüber.«

Strauss gesellte sich wieder zu ihnen und rieb sich die Hände. »Gut«, freute er sich, »wie ich sehe, seid ihr beide dabei, euch kennenzulernen.« Er wandte sich Anderson zu und erklärte: »Ich habe Myra gebeten, Ihnen bei Ihren Experimenten hier zu assistieren. Glauben Sie, daß Sie miteinander arbeiten können?«

»Da bin ich mir sicher«, antwortete Anderson mit einem einverständlichen Lächeln, das Myra erwiderte.

»Gut, dann lasse ich euch zur Besprechung der Einzelheiten allein. Vielleicht können wir uns unterhalten, wenn Sie fertig sind?«

»Natürlich«, antwortete Anderson.

Myra holte ihr Notizbuch und schrieb sich die Einzelheiten der Experimente auf, die Anderson wahrscheinlich während seines Aufenthaltes durchführen würde. Sie diskutierten über die notwendigen Ausrüstungsgegenstände und Apparaturen und kamen dann zu den erforderlichen Tierversuchen. Anderson erkundigte sich, ob das Paket mit den Plasmidkulturen und dem Galomycin, das er vorausgeschickt hatte, eingetroffen sei.

Myra nickte. »Im Kühlschrank.«

Schließlich bat er Myra, zu überprüfen, ob genügend Versuchstiere vorhanden waren.

»Meerschweinchen oder Mäuse?«

»Meerschweinchen.«

»Wird erledigt.«

Anderson ging zu Strauss ins Büro zurück. Sie unterhielten

sich kurz über den großartigen Ausblick auf Tel Aviv, bevor sie sich zum Gespräch niederließen. Für Anderson war es eine Offenbarung. Hier in seiner vertrauten Umgebung, dem Forschungslabor, war Strauss nicht länger der freundliche alte Herr von der Parkbank. Er war ein Gigant. Sie sprachen miteinander oder, besser gesagt, Strauss sprach, und Anderson hörte zu, während der Israeli über die Wissenschaft und die Medizin im allgemeinen philosophierte. Er erörterte Probleme und Möglichkeiten, Wahrscheinlichkeiten genauso wie Unsicherheiten mit einer Mühelosigkeit und einem intellektuellen Scharfblick, die Anderson mit Ehrfurcht vor diesem Mann erfüllten. Es schien einfach kein Forschungsgebiet zu existieren, in dem Strauss nicht bewandert war, und das nicht nur oberflächlich. Dazu gehörten im übrigen auch die neuesten Forschungsergebnisse im medizinischen Bereich, die Anderson ansprach.

Das Vergnügen, das Anderson jetzt empfand, stand im krassen Gegensatz zu der spröden Langeweile vieler Seminare während seines Studiums, an deren Ende er höflich zu applaudieren pflegte, obwohl er wieder nur einen ganzen Haufen i-Punkte und t-Striche gemalt hatte. Mit einem hämischen Grinsen hatte er es ertragen, wenn Studenten pflichtschuldigst Fragen stellten, weil man ihnen beigebracht hatte, daß das ein Zeichen von Intelligenz sei.

Seit seinem Examen hatte Anderson herausgefunden, daß Forschung kein schnell fließender Strom war, wie viele meinten. Wo man auch hinsah, staute sich das Treibholz der Mittelmäßigkeit, viele Forscher dümpelten glücklich im seichten Wasser ausgewaschener Buchten. Strauss war anders: Er hatte eine Vision. Er konnte eine lange Strecke flußabwärts blicken und die Felsen ausmachen, an denen ein Projekt scheitern mußte, oder die schwierigen Biegungen erkennen, über die man mehr erfahren mußte, bevor man sie umschiffen konnte.

Anderson tat es leid, als Strauss zu einem Punkt kam und sagte: »Und jetzt, mein Freund . . . zum Plasmid-Problem.« Er erhob sich von seinem Sessel, öffnete die Bürotür und bat Arieh Cohen herein. »Dr. Cohen hat unsere Experimente mit dem Plasmid PZ9 geleitet, Dr. Anderson. Vielleicht sollten Sie beide zunächst einmal die technischen Details vergleichen.«

Strauss richtete seinen Blick auf die mit Leder bespannte Oberfläche seines Schreibtisches, während Anderson Cohen Einzelheiten über Volumen, Konzentrationen und Tiergewichte in seinen Experimenten mitteilte. Als er geendet hatte, zuckte Cohen mit den Achseln und wandte sich an Strauss: »Es besteht kein signifikanter Unterschied.«

Strauss nickte nachdenklich und fragte Anderson: »Wie ich gehört habe, haben Sie Ihre eigenen Kulturen mitgebracht?«

»Sie sind vorausgeschickt worden. Myra sagte, sie seien bereits eingetroffen.«

»Gut«, sagte Strauss. »Dann sollten Sie Ihre Experimente mit unseren Tieren wiederholen.«

Als Anderson ins Labor zurückkehrte, teilte ihm Myra Freedman mit, daß es mit den Tieren keinerlei Probleme gäbe. Sie stünden zur Verfügung, wann immer er sie brauchte.

»Ich werde einige Plasmid-Kulturen zur Injektion ansetzen«, sagte Anderson.

»Ich war so frei und habe das bereits für Sie erledigt«, entgegnete Strauss' Assistentin. »Am späten Nachmittag sollten sie fertig sein.«

Dankbar akzeptierte Anderson mittags Myras Angebot, mit ihm in die Mensa zu gehen. Im Endeffekt genoß er ihre Gesellschaft mehr als das Essen, aber unter diplomatischen Gesichtspunkten fühlte er sich verpflichtet, so viel wie möglich herunterzuwürgen, bevor er klein beigab und so tat, als sei er nicht sehr hungrig.

Als sie in die glühende Hitze der Mittagssonne hinaustraten, sagte Myra: »Herzlichen Glückwunsch.«

»Wozu?« fragte Anderson.

»Sie haben siebzig Prozent ihres Gerichts aufgegessen; das ist ein Rekord.«

Anderson lachte zum ersten Mal in Israel. »In meinem Touristenführer heißt es, daß die Israelis die Küche von acht verschiedenen Kulturen übernommen haben.«

»Der Führer hat allerdings verschwiegen«, fügte Myra hinzu, »daß wir alle versaut haben!«

Sie waren noch keine fünfzig Meter gegangen, da mußte Anderson schon eine Pause im Schatten eines Baumes einlegen.

»Es dauert eine Weile, bis man sich daran gewöhnt«, meinte Myra.

Anderson wischte sich über die Stirn, hockte sich auf das Gras und beobachtete mit zusammengekniffenen Augen, wie die Rasensprenger arbeiteten. »Wie kommt es, daß Sie nicht mit Ihrem Mann zusammenarbeiten?« fragte er.

»Wir würden verrückt werden«, lächelte Myra. »Wir führen zwar eine gute Ehe, aber täglich vierundzwanzig Stunden zusammenzusein, das würde ich nicht aushalten. Daher arbeitet Sam oben in Hadera, und ich arbeite bei Jacob Strauss hier in Tel Aviv. Was halten Sie von Professor Strauss?«

»Ich finde ihn brillant«, entgegnete Anderson.

»Da haben Sie recht. Das ist er.«

Anderson verließ das Labor um sieben Uhr, als sich die Sonne am Himmel bereits geneigt hatte. Die einsetzende Abenddämmerung schien jedoch keine oder nur eine geringe Auswirkung auf die Temperatur zu haben. Binnen Minuten, nach Verlassen des Gebäudes, wurde seine Haut feucht. Aber abgesehen von dieser Plage, die sich durch eine wohltuende Dusche beheben ließ, fühlte er sich gut. Die Plasmid-Kulturen waren gut gewachsen. Anschließend hatte er drei Versuchstiere damit beimpft und sie in Isolationskäfige gesetzt.

Als die Fußgängerampel grün aufleuchtete, überquerte Anderson die Straße und schlenderte langsam die Einstein-Allee durch die frühabendliche Menge hinab. Angesichts der vielen Menschen schien es überraschend ruhig zu sein, so ruhig, daß er schon anfing, sich den Kopf zu zerbrechen, warum, bis ihm schließlich klar wurde, daß fast alle Sandalen trugen und sich viel langsamer bewegten, als es im abendlichen Gedränge zu Hause der Fall war. Er steuerte auf den Supermarkt an der Ecke Einstein und Brodetsky zu, der ihm aufgefallen war, als Cohen ihn vom Flughafen abgeholt hatte.

Nachdem er seinen Kühlschrank und die Vorratsschränke aufgefüllt hatte, duschte Anderson und ging mit einem Bier aufs Dach. An die Brüstung gelehnt, beobachtete er den Verkehr auf der Einstein-Allee. Das Schicksal der Meerschweinchen beschäftigte ihn sehr. Wahrscheinlich war dieses Testergebnis das wichtigste, auf das er je gewartet hatte. Mit der Philosophie eines Biertrinkers kam er jedoch zu dem Schluß, daß zu ihrer Zeit alle Ergebnisse von überragender Bedeutung sind. Wenn jedoch am nächsten Morgen die drei Meerschweinchen noch leben sollten, würde er noch eine ganze Weile dumm aus der Wäsche schauen ... irgendwo auf den Hebriden.

»Hallo«, sagte eine amerikanische Stimme.

Anderson dehte sich überrascht um und sah einen hochgewachsenen Schwarzen Ende Zwanzig vor sich stehen.

»Miles Langman.« Der Mann gab ihm die Hand.

»Neil Anderson. Ich dachte, alle seien in Urlaub.«

»Die Leute aus Tel Aviv sind es auch, aber es gibt hier eine ganze Menge Amerikaner, hauptsächlich Studenten, die ein Jahr lang so tun, als seien sie Israelis, um ihrer Familie eine Freude zu machen.

»Und Sie?« fragte Anderson, der fand, daß Langman für einen Studenten etwas zu alt aussah.

»Ich bin Wissenschaftler – ich erforsche talmudisches Recht und verbringe hier mein Freisemester.«

»Talmudisches Recht? Dann sind Sie . . .«

»Ja, ich bin Jude, ein schwarzer Jude. Manchmal treibt Gottes Werk eben seltsame Blüten . . .«

Anderson grinste, Langman gefiel ihm. »Ein Bier?«

»Ja, gerne.«

Anderson holte noch zwei Dosen aus dem Kühlschrank in seinem Zimmer und fragte: »Wie viele amerikanische Studenten gibt es hier?«

»Ungefähr dreißig, und dann noch einmal etwa dreißig Austauschstudenten aus Europa.«

Die beiden Männer vernichteten noch eine ganze Reihe von Bieren, bis der Amerikaner schließlich ging. Vorher hatte er Anderson mitgeteilt, daß er im zweiten Stock wohne, und er nur zu rufen brauche, falls er etwas wolle.

Anderson schrieb seine Labornotizen nieder und ging früh zu Bett. Wegen der Hitze konnte er jedoch nicht schlafen. Also stand er wieder auf und suchte erneut Zuflucht auf dem Dach, wo er sich mit dem Rücken gegen die Brüstung lehnte und zu den Sternen am nachtschwarzen samtigen Himmel emporschaute. Irgendwo unter ihm sangen die Amerikaner Folk Songs. Nach etwa einer Stunde nahm er eine kalte Dusche und legte sich wieder ins Bett – in der Hoffnung, daß er einschlafen könne, bevor ihm wieder zu heiß wurde. Es klappte sogar.

Weil er erst nach fünf Uhr aufwachte, zerplatzte sein ursprünglicher Plan, früh ins Labor zu gehen. Aber sein Ärger verrauchte, als er merkte, wie wohl er sich nach solch einer erholsamen Nacht fühlte. Darüber hinaus wurde ihm klar, daß er das Schicksal der Meerschweinchen so oder so nicht beeinflussen konnte. Da er am vorigen Tag wegen der Hitze wenig gegessen hatte, fühlte er sich wie ausgehungert. Er verschob daher seinen Aufbruch noch ein wenig und frühstückte zunächst ausgiebig.

Die medizinische Fakultät befand sich am entgegengesetzten Ende des Campus. Also mußte Anderson die beträchtliche Strecke quer über das Gelände zurücklegen. Er genoß es, die von exotischen Bäumen und Büschen gesäumten Wege entlangzugehen und dabei den kühlen feuchten Dunst der Rasensprenger zu spüren, bevor er endgültig die Morgenhitze gegen die Klimaanlage der medizinischen Fakultät eintauschte. Als der Aufzug den sechsten Stock erreichte, fragte sich Anderson, wie er sich wohl in wenigen Augenblicken fühlen würde . . .

Myra Freedman blickte auf, als er hereinkam. Sie sagte: »Sie haben ja einen ganz schönen Wirbel verursacht. Cohen ist beim Professor.«

»Die Meerschweinchen?«

»Alle tot.«

Das mußte Anderson sich mit eigenen Augen anschauen. Er verließ sich auf seine Erinnerung vom Vortag, als er zusammen mit Myra das Tierlabor besucht hatte, und machte sich alleine auf den Weg. Dort angekommen, betrachtete er die Kadaver der toten Meerschweinchen. Sie lagen steif in ihren Käfigen, die Zähne auf die für den Plasmidtod inzwischen so typische Weise entblößt. »Gott sei Dank«, murmelte er, als er die Tür schloß und ins Labor zu Strauss und Cohen zurückging.

Strauss schob die Brille auf die Stirn und lehnte sich in seinem Schreibtischstuhl zurück. »Wir haben also ein echtes Problem, meine Herren. Da es jetzt keinen Unterschied in den äußeren Bedingungen der Experimente mehr gibt, muß ein Unterschied zwischen den Komponenten der Experimente bestehen. Was schlagen Sie vor?«

Anderson sagte: »Ich würde zwei weitere Tierversuche machen. Bei einem injizieren wir Ihr Plasmid und mein Galomycin, beim anderen Ihr Galomycin und mein Plasmid.«

Strauss sah Cohen an. »Sind Sie damit einverstanden, Arieh?«

»Es liegt auf der Hand, das zu versuchen«, sagte Cohen.

Es lag auf der Hand, weil ich es dir gerade gesagt habe, dachte Anderson ungnädig und eigentlich grundlos, denn bisher hatte sich Cohen fachlich kaum geäußert, so daß sich Anderson gar kein Urteil über dessen Fähigkeiten und Kompetenzen erlauben konnte. Der Gedanke war eine Frucht seiner wachsenden Abneigung gegen den mürrischen Israeli, mit dem er den Rest des Tages zubringen würde, um die neuen Experimente vorzubereiten.

Im Laufe des Nachmittags mußte Anderson zugeben, daß es an Cohens Kompetenz nichts auszusetzen gab – um ehrlich zu sein, hatte er ihm sogar mit Vergnügen bei der Arbeit zugesehen. Seine großen, so grobschlächtig erscheinenden Hände arbeiteten, sobald es um den Umgang mit Bakterienkulturen ging, mit der Geschicklichkeit eines Schweizer Uhrmachers. Aber abgesehen von dem Respekt für Cohens Professionalität, hielt Anderson ihn noch immer für einen unterkühlten Hurensohn, der nicht ein Wort mehr als nötig sagte.

Nachdem sie einer Reihe von Tieren Injektionen verpaßt hatten, kehrten beide kurz nach fünf ins Hauptlabor zurück. Myra Freedman wollte gerade nach Hause gehen. Anderson blieb stehen und wechselte ein paar Worte mit ihr. Cohen ging einfach weiter.

»Er ist wirklich zum Schießen«, sagte Anderson.

»Er ist ein guter Wissenschaftler, aber er fühlt sich ständig angegriffen.«

»Weswegen?«

»Keine Ahnung. Er redet nie.«

Anderson ging schon weiter, als Myra ihm hinterherrief: »He, Freitag sind Sie zum Dinner eingeladen. Dann können Sie Sam kennenlernen.«

»Danke.«

Beim Gedanken an sein Schwitzkasten-Apartment verspürte Anderson wenig Lust, die kühle Klimaanlage der medizinischen Fakultät zu verlassen. Er fuhr mit dem Aufzug zum obersten Stockwerk, in dem sich die Bibliothek befand, und blätterte die laufenden Nummern der medizinischen Fachzeitschriften durch. Bis sieben Uhr blieb er, von den schimmernden Lichtern Tel Avivs abgelenkt, dort. Dann befahl ihm sein Hunger, daß eine Mahlzeit jetzt wichtiger sei als die Temperatur. Die Frage war nur, ob er Essen gehen oder sich selbst etwas kochen sollte. Letztendlich war es Miles Langman, der dieses Problem lösen sollte. Er hörte, wie Anderson erschöpft die Treppe des »Französischen Hauses« emporklomm, und steckte den Kopf zur Tür hinaus. »Hattest du einen anstrengenden Tag, mein Liebling?« äffte er eine liebevolle Ehefrau nach.

Im Laufe der darauffolgenden Unterhaltung gestand Anderson, daß er sich nicht traue, Essen zu gehen, weil er die Befürchung hatte, daß das Essen so sein könnte wie in der Mensa.

Langman verdrehte die Augen. »Auf keinen Fall«, widersprach er, »dieses Etablissement ist ein wenig speziell; selbst Kakerlaken meiden es.« Er schlug vor, mit dem Bus nach Jaffa zu fahren und arabisch essen zu gehen. Anderson war einverstanden.

Der Bus raste durch den Stadtverkehr. Der Fahrer trat abwechselnd entweder hart auf die Bremse oder aufs Gaspedal. Ein wenig Trost schöpfte Anderson aus der Tatsache, daß das weder Langman noch die übrigen Passagiere in irgendeiner Weise zu stören schien. Er versuchte sich auf das zu konzentrieren, was es im Vorüberfahren zu sehen gab – die Silhouette von Dattelpalmen, Neonlichter in Hebräisch, das Leuchten der Straßencafés – bis Langman ihn schließlich anstieß, nachdem der Bus zu einem abrupten Halt gekommen war. Beim Aussteigen bemerkte Anderson, daß der Fahrer ungeduldig mit der Innenseite seines Siegelringes gegen das Lenkrad trommelte, weil er diesen erzwungenen Boxenstopp hinter sich lassen wollte. Es war ein wundervolles Gefühl, wieder festen Boden unter den Füßen zu haben.

»Sie hatten also recht und die anderen unrecht«, faßte Langman zusammen, nachdem Anderson ihm erzählt hatte, warum er in Tel Aviv war.

»So einfach ist das nicht«, erwiderte Anderson. »Ich habe bewiesen, daß es ein ernsthaftes Problem im Zusammenhang mit dem Plasmid oder mit dem Medikament gibt, aber wir müssen noch herausfinden, worum es sich handelt.«

»Wie lange kann das dauern?«

»Morgen wissen wir, ob es am Plasmid oder am Medikament liegt.«

»Und wie stehen die Chancen?«

»Eins zu eins.«

Anderson bestand darauf, für beide zu zahlen. Dann verließen sie das Café, um durch die engen Gassen des restaurierten Künstlerviertels von Alt-Jaffa zu schlendern, das von Minaretten und Türmen aus längst vergangenen Zeiten geziert ist.

Langman meinte: »Wenn sich herausstellt, daß es am Medikament liegt, ist die Arzneimittelfirma in großen Schwierigkeiten.«

»Stimmt.«

»Allerdings wäre es ein interessanter Fall«, sagte Langman.

»Inwiefern?«

»Nach dem, was Sie gesagt haben, ruft dieses Plasmidzeugs im Medikament tödliche Veränderungen hervor.«

»Ja.«

»Aber Sie erwähnten auch, daß das Plasmid künstlich hergestellt sei?«

»Das stimmt.«

»Dann könnte die Arzneimittelfirma doch behaupten, daß mit ihrem Medikament alles in Ordnung sei, weil es in einer rein natürlichen Umgebung völlig sicher ist.«

Langman hatte die Betonung auf »natürlich« gelegt. Anderson mußte ihm zustimmen. »Vielleicht zieht die Firma Sie ja zu ihrer Verteidigung heran«, meinte er.

Langmans Aussichten auf einen solchen Job lösten sich am nächsten Morgen um acht Uhr in Luft auf, als Cohen und Anderson die Versuchstiere besichtigten: Drei waren tot, drei lebten noch. Der Test mit Andersons Plasmidkulturen und dem israelischen Galomycin hatte sich als tödlich herausgestellt. Die israelische Version des PZ9 zeigte keinerlei Auswirkungen auf die Tiere.

Cohen wollte Strauss darüber informieren, während Anderson losging, um ein Telex nach Hause zu schicken. An die Adresse von John Kerr schrieb er kurz und bündig: »Plasmid tödlich, Medikament nicht.«

Ausnahmsweise bemerkte Anderson auf seinem Rückweg über den Campus nicht die brütende Hitze, weil ihm gerade ins volle Bewußtsein drang, was sie gerade entdeckt hatten. Martin Klein hatte in seinem Darm einen Klonierungsvektor mit sich herumgetragen, und der hatte ihn umgebracht. War es möglich, daß der Vektor in ihm mutiert war? Konnte ein harmloses Bakterien-Gen durch eine spontane Veränderung wirklich tödlich werden? Diese Erklärung war zwar wie ein rettender Strohhalm, konnte Anderson aber nicht wirklich überzeugen. Andererseits waren alle übrigen Erklärungen, die sich anboten, so attraktiv wie ein Brennesselfeld. Irgend etwas stimmte nicht mit der Erklärung der Israelis, um welches Gen es sich bei dem Plasmid handelte ... War es möglich, daß Strauss und Cohen logen?

»Dr. Anderson«, bat Strauss, »erzählen Sie uns noch einmal, wie Sie zu dem Schluß gelangt sind, daß es sich bei dem Plasmid, das man bei Martin Klein fand, um unser PZ9 handelt.«

Schritt für Schritt berichtete Anderson, wie er das Plasmid aus Kleins Gewebeproben isoliert hatte. »Das mikrobiologische Institut analysierte das Plasmid und identifizierte es definitiv als PZ9, einem israelischen Klonierungsvektor. Klein war Israeli. Er hatte in Tel Aviv in dem Labor gearbeitet, aus dem das Plasmid stammte. Es paßte alles zusammen.«

»Die Erklärung scheint wasserdicht zu sein«, seufzte Strauss resigniert. Cohen zuckte zustimmend die Achseln.

»Haben Sie eine Kopie der Analyse bei sich?« fragte Strauss Anderson, der sich für einen Augenblick entschuldigte und Teasdales Bericht holte. Er reichte ihn dem Professor, dessen Kopf sich leicht hin- und herbewegte, während er die Daten überflog. Plötzlich verharrte er in seiner Bewegung und zog die Stirn nachdenklich in Falten.

»Stimmt etwas nicht?« fragte Anderson.

»Die Größe des Inserts«, erwiderte Strauss langsam. »Ihre Kollegen haben festgestellt, daß es sich um zwei Komma sieben Kilobasenpaare DNA handelte. Wir wissen, daß es zwei Komma neun sind.«

»Sicher haben die Briten falsch gemessen«, meinte Cohen.

»Ein Unterschied von null Komma zwei«, sagte Strauss, der immer noch in Gedanken versunken war.

»Vielleicht hat es sich in Kleins Darm verändert«, schlug Anderson vor.

»Ein spontaner Verlust eines Teils des Gens? Das wäre wohl möglich«, meinte Strauss.

»Aber unwahrscheinlich«, fügte Cohen hinzu, der von seiner Version, daß sich die Briten geirrt hatten, überzeugter war.

Im Raum herrschte wieder Schweigen, während Strauss nachdachte und Cohen und Anderson abwarteten. Der Ventilator der Klimaanlage schien im Laufe der Minuten immer lauter zu werden. Anderson beobachtete, wie eine kleine steingraue Eidechse die sonnendurchglühte Außenfläche des Gebäudes hochkletterte.

Schließlich warf Strauss seinen Füller auf den Schreibtisch und stieß die Brille nach oben, um sich die Augen zu reiben. »Eine einfache Möglichkeit gibt es nicht«, sagte er. »Wir müssen die DNA von beiden Versionen des Plasmids analysieren und den Unterschied selbst herausfinden.«

Strauss' Entscheidung verurteilte Anderson und Cohen zu drei weiteren Tagen harter und pausenloser Arbeit, eine Aufgabe, die noch erschwert wurde durch Cohens hartnäckige Weigerung, die gemeinsame Anstrengung durch ein kameradschaftliches Verhältnis zu erleichtern. Anderson war froh, als es endlich Freitagabend war und er zum Essen zu Myra und Sam Freedman gehen konnte.

Sie hatten vereinbart, daß Sam Freedman Anderson um sieben Uhr auf seinem Heimweg vom Institut in Hadera nach Tel Aviv abholen sollte. Um Viertel vor sieben war er bereit und wartete auf dem Dach, bis er einen weißen Mercedes sah, der lautlos vor das Apartmentgebäude glitt und stehenblieb. Er rannte die Treppe hinunter, um Freedman die Mühe zu ersparen, hinaufzusteigen. Ein kleiner, dunkelhäutiger Mann mit falkengleichen Gesichtszügen und blitzschnellen Augen, die alles zu analysieren schienen, erwartete ihn.

»Sam Freedman?« fragte Anderson.

»Neil Anderson, vermute ich«, sagte Freedman und streckte die Hand aus. »Nett Sie kennenzulernen.« Während sie sich die Hände schüttelten, schlug Freedman Anderson auf die Schulter, eine Geste, die ihn in Andersons Augen als extrovertierten Menschen klassifizierte. Der stolze Gang und das übertriebene Schwingen der Arme auf dem Weg zum Auto bestätigten diese Diagnose.

In den Straßen herrschte ein gespenstisches Schweigen, als sie quer durch die Stadt preschten. Anderson meinte, es wirke eher wie zwei Uhr nachts als am frühen Abend.

»Schabbat«, unterrichtete ihn Freedman, »der jüdische Sabbat. Vom Sonnenuntergang am Freitag bis zum Sonnenuntergang am Samstag. Wenn Sie es hier ruhig finden, sollten Sie mal nach Jerusalem gehen. Da rührt sich nichts.« Freedman nahm eine Hand vom Steuer und machte eine hackende Bewegung. »Wir würden das Risiko eingehen, gesteinigt zu werden, wenn wir am Schabbat durch bestimmte Teile der Hauptstadt fahren würden.«

»Von wem?« fragte Anderson.

»Religiösen Spinnern«, sagte Freedman.

Freedmans Antwort verriet Anderson, wie es um die religiöse Überzeugung dieses Mannes stand. »Ich dachte, Tel Aviv sei die Hauptstadt«, sagte er.

Freedman warf den Kopf zurück und lachte auf. »Für Israelis ist Jerusalem die Hauptstadt. Die Amerikaner und die Briten tun immer noch gerne so, als sei es Tel Aviv. Sie wollen die Araber nicht verletzen.«

Das Auto bog von der Durchgangsstraße ab und schnurrte leise durch einige Seitenstraßen, bis es in die Auffahrt einer weißgestrichenen Villa mit Flachdach einbog. Sie war von dichtem Gebüsch umgeben, dem eine berauschende Mischung von Düften entströmte.

»Da sind wir«, verkündete Freedman. Er stieg aus und knallte die Tür hinter sich zu. Anderson schloß die seine mit einem sanften Klicken und folgte seinem Gastgeber ins Haus.

Während sich Sam und Myra umarmten, wartete er, wurde dann aber von Myra willkommen geheißen und in einen Raum geführt, der wunderschön eingerichtet war. An den pastellblau gestrichenen Wänden hingen ein paar gute Exemplare moderner Kunst. Die Sitzgruppe, ein Ensemble von farblich aufeinander abgestimmten Ledersesseln in wohlproportionierter Entfernung zur Wand und im Wechselspiel mit Stehlampen und Spotlights geschmackvoll angeordnet. Hier und da standen einige religiöse Gegenstände und erinnerten Anderson daran, daß er sich in einem jüdischen Haushalt befand. Nach dem, was Freedman im Auto gesagt hatte, wunderte er sich ein wenig darüber. Freedman bemerkte, wie sein Blick auf die Menora, den siebenarmigen jüdischen Leuchter fiel, und schien seine Gedanken zu erraten. »Für einen Juden ist es schwierig, Religion und Tradition voneinander zu trennen, sie sind so eng miteinander verwoben.«

»Es gibt Ihnen sicher ein Geschichtsbewußtsein«, vermutete Anderson.

»Manches davon beleidigt den Intellekt«, antwortete Freedman. »Andererseits ist es ein tröstliches Gefühl, ein Teil von etwas zu sein, das die Jahrhunderte überdauert hat. Wir alle brauchen die Sicherheit, irgendwo dazuzugehören, auch wenn wir es vielleicht nicht gerne zugeben.«

Sam Freedman, so stellte sich heraus, unterschied sich von Cohen in einer Art und Weise, wie sie sich Anderson nicht besser hätte wünschen können. Wo es Cohen schwerfiel zu reden, war es für Freedman schwierig aufzuhören. Sein lebhafter Verstand sprang ohne Pause von einem Thema zum nächsten, und anders als Jacob Strauss, der erst gut überlegte, bevor er sprach, sagte Freedman alles, was ihm in den Sinn kam, und modifizierte es, wenn ihm Einwände einfielen. Anderson konnte so aus erster Hand den ruhelosen Intellekt kennenlernen, der Sam Freedman zu einem der herausragendsten Forscher auf dem Gebiet der medizinischen Biochemie gemacht hatte.

Er erkundigte sich bei ihm nach dem Kalman Institut.

»Wir stellen Forschungseinrichtungen und technisches Fachwissen für Firmen zur Verfügung, die es sich nicht leisten können oder wollen, eigene Forschung zu betreiben«, erläuterte Freedman.

»Hört sich interessant an«, sagte Anderson mit soviel Begeisterung, wie er gerade aufbringen konnte.

Sam Freedman lachte laut auf: »Vielen Dank für Ihre Höflichkeit, aber wir wissen beide, daß das alles andere als interessant ist. Ehrlich gesagt, ist es wahrscheinlich der langweiligste Job auf Erden, für andere Leute Kosmetika auf mögliche allergische Wirkungen zu untersuchen. Aber das Institut verdient eine Menge Geld damit, und es sichert viele Arbeitsplätze.«

»Wie steht es denn mit Ihrer Forschungsarbeit?« fragte Anderson.

»Ich bekomme einen kleinen Zuschuß vom Institut, der es mir ermöglicht, meine eigene Arbeit fortzuführen, und die technische Ausstattung im Kalman ist hervorragend.«

»Kann das Institut denn nicht mitbestimmen, woran Sie gerade arbeiten?«

»Nein, ich habe völlige akademische Freiheit. Die einzige Beschränkung ist finanzieller Natur: Wenn ich auf irgend etwas stoße, mit dem Geld zu machen ist, bekommt das Kalman sechzig Prozent und ich vierzig.«

»Bevor ich zurückfahre, würde ich mir das Institut gerne einmal ansehen«, sagte Anderson.

»Sie sind herzlich willkommen.«

Als sie sich nach dem Essen ausruhten, brachte Freedman das Gespräch auf den Grund für Andersons Israel-Aufenthalt.

»Ich habe gehört, Ihr Besuch hat mit Martin Kleins Tod zu tun«, sagte Freedman.

»Und mit dem Tod von zwei anderen Menschen«, ergänzte Anderson.

»Myra sagte, Sie hätten in Kleins Körper etwas Eigenartiges gefunden.«

»Ein Plasmid.«

»Viele von uns tragen Plasmide mit sich herum.«

»Bei diesem hier handelt es sich um einen Klonierungsvektor.«

Freedman pfiff leise. »Verstehe, und Sie glauben, er kam aus Tel Aviv?«

»Ja, er wurde von Professor Strauss entwickelt – PZ9. Klein arbeitete während der Ferien in seinem Labor.«

»Ja, ich kann mich erinnern.«

»Sie kannten Martin Klein?«

»Myra brachte ihn einmal zum Essen mit. Ein sehr intelligenter junger Mann.«

»Das habe ich auch gehört.«

Es war schon nach Mitternacht, als Sam Freedman Anderson durch die still und verlassen daliegenden Straßen zu seinem Apartment zurückbrachte. Freedmans Mercedes raste wie ein weißes Gespenst Richtung Norden durch Ramat Aviv, an dem weitgestreckten Gelände von »Ha Universita« entlang, bog in die Einstein-Allee ein und hielt vor den Apartmentgebäuden an.

»Nicht vergessen. Wenn Sie sich im Kalman umsehen wollen, brauchen Sie nur Myra Bescheid zu sagen, und wir vereinbaren etwas.«

Anderson versprach, daß er das tun werde.

4

Andersons Wecker klingelte um sechs, und seine Kopfschmerzen, ein Andenken an Freedmans Gastfreundschaft, sorgten dafür, daß er wach blieb. Nach einer ausgiebigen Dusche und einem guten Frühstück ließen die Kopfschmerzen nach, und als er sich schließlich auf den Weg zum Labor machte, waren sie völlig verschwunden. Es war Samstag, Schabbat. Anderson war allein auf der Straße, als er die Einstein-Allee hinaufging und die normalerweise so lebhaften Kreuzungen ohne Hilfe der Ampeln überquerte. Er wußte, daß heute nur Cohen und er arbeiten würden. Aber die Gewißheit, daß diese Zusammenarbeit heute enden und sie zu einem Ergebnis kommen würden, machte die düstere Aussicht auf den Tag erträglicher.

Eine erfreuliche Abwechslung im Vergleich zu Cohens angespanntem Schweigen bedeutete der unerwartete Besuch von Myra, die kurz nach elf auftauchte, um einen Auftrag für Professor Strauss zu erledigen. Anderson machte einen Witz über seinen Kater und dankte ihr noch einmal für das Essen.

»Ich freue mich, daß es Ihnen gefallen hat. Wie geht die Arbeit voran?«

»Noch ein paar Stunden, und wir müßten Bescheid wissen.«

Als Cohen und Anderson dabei zusahen, wie der Drucker mit ratternden Geräuschen begann, ihnen die Ergebnisse auszudrucken, war Myra schon lange wieder weg.

PROBE EINS: PLASMID PZ9; INSERT 2,9

PROBE ZWEI: PLASMID PZ9; INSERT 2,7

Anderson schaute Cohen an, aber der Israeli wich seinem Blick aus. Es bestand also tatsächlich ein Größenunterschied zwischen den eingefügten Genen. Darüber hinaus bestätigte der Computer die von Teasdale im molekularbiologischen Institut ermittelten Werte.

»Tja, ja«, bemerkte Anderson, der diesen Augenblick genoß.

Cohen ignorierte ihn und tat so, als sei er hochkonzentriert, während er dem Computer die nächste Frage eingab. Mit überkreuzten Armen, die Brille gefährlich weit auf seiner Nasenspitze, saß er da und wartete auf die Antwort.

Der Drucker spuckte das Ergebnis stotternd aus: GENHOMOLOGIE: NULL. Die eingesetzten Gene hatten demnach nicht die geringste Ähnlichkeit.

Andersons Selbstzufriedenheit schwand dahin. Er rückte auf seinem Stuhl näher an den Bildschirm heran. »Aber da sollte doch hundert Prozent stehen«, sagte er ruhig, die Bestürzung in seiner Stimme war jedoch unverkennbar.

Cohen sagte nichts. Statt dessen tippte er die Frage erneut ein.

Ratter . . . ratter . . . GENHOMOLOGIE: NULL.

»Aber das ist doch verrückt!« protestierte Anderson. Der Computer sagt, daß zwischen den beiden Inserts überhaupt keine Ähnlichkeit besteht. Es ist also nicht nur ein kleines Stück DNA verlorengegangen. Sie waren gar nicht gleich! Es sind völlig verschiedene Gene!«

Cohen starrte auf den Monitor und schüttelte den Kopf. »Das verstehe ich nicht«, sagte er. »Ich verstehe es einfach nicht. Daß ein kleines Stück des ursprünglichen Gens fehlt, wäre ja möglich gewesen . . . aber das?«

Anderson wartete auf die Anzeichen einer Reaktion. Es war schwierig, bei Cohen überhaupt irgendwelche Gefühle auszumachen. Also setzte er ihn noch ein wenig mehr unter Druck. »Korrigieren Sie mich bitte, falls ich mich irren sollte, Doktor«, sagte er, »aber bedeutet das im Falle des Klein-Plasmids nicht, daß jemand ein völlig anderes Gen in den PZ9 geklont hat?«

Cohen rutschte voller Unbehagen hin und her. »Möglicherweise Klein selbst.«

»Mit wem hat er zusammengearbeitet, als er hier war?« fragte Anderson.

»Mit mir.«

»Also?«

Cohen holte tief Luft, aber innerlich schäumte er vor Wut. »Was genau wollen Sie damit andeuten?« flüsterte er heiser.

»Ich glaube, das wissen Sie«, erwiderte Anderson.

Ein leichtes Zittern ging über Cohens Gesicht. Er stand kurz vor einem Wutanfall. »Sie glauben, daß ich an einem illegalen Experiment des Studenten Klein beteiligt war! Sie glauben, daß ich auf irgendeine Weise für den Tod unschuldiger Menschen verantwortlich bin!«

Andersons Puls raste. Einen normalerweise völlig emotionslosen Menschen vor Wut zittern zu sehen war ein erschütternder, wenn nicht gar furchteinflößender Anblick. »Irgend jemand hier weiß mehr, als er zugeben will, und Sie hatten die Aufsicht über Klein ...« Einen Augenblick lang glaubte Anderson, daß Cohen ihn schlagen wolle, aber im letzten Moment drehte der sich auf dem Absatz um und stürmte aus dem Raum. Anderson atmete erleichtert auf.

Er saß einen Augenblick lang still da und fühlte sich nach dieser unerfreulichen Szene ganz ausgelaugt. Äußerlich war er zwar ganz ruhig geblieben, aber sein Herz klopfte heftig, und im Magen hatte er ein flaues Gefühl. Er hoffte, daß Cohen das Gebäude inzwischen verlassen hatte, denn Wut und Mißtrauen hingen in der Luft wie ein Blitz, der Entladung suchte, und Cohen und er waren die einzigen heute anwesenden Menschen. Er sammelte die Computerausdrucke ein und kehrte ins Labor zurück.

Als er seinen Hocker von der Arbeitsbank abrückte, um sein Laborbuch aus einer Schublade zu holen, verwandelte sich Andersons Vorahnung in Entsetzen. Denn im gleichen Moment krachte eine Glasflasche von der Ablage über seinem Arbeitsplatz herunter und zerschmetterte in tausend Splitter. Der unverkennbar stechende Geruch von Salzsäure drang in seine Lungen, während die Flüssigkeit auf seiner Haut zu brennen anfing und Horrorvisionen von Entstellung und Blindheit ihn mit Panik erfüllten. In dem verzweifelten Versuch, sein Augenlicht zu retten, tastete er sich mit fest zusammengepreßten Augen zum Becken und fuhr über das kalte, glatte Metall, um die Wasserhähne zu finden. Rauch stieg von seinen Händen auf, weil sich die Säure langsam in sein Fleisch brannte, und er mußte lauthals fluchen, als ein Tropfen Säure in den linken Augenwinkel spritzte. Aber der dünne Wassserstrahl, der aus den Hähnen rann, schien viel zu klein für seine Bedürfnisse. Er ließ soviel Wasser wie nur irgend möglich über sein Gesicht strömen.

Plötzlich wurde er von Kopf bis Fuß mit Wasser überschwemmt. Dann traf ihn ein erneuter Guß, als Cohen einen zweiten Behälter mit fünfundzwanzig Liter destilliertem Wasser über ihm ausgoß.

»Hier entlang!« drängte Cohen, als er Anderson, der seine Augen immer noch fest geschlossen hielt, den Gang entlang hinter sich herzerrte – dem sicheren Tod entgegen, wie Anderson meinte. Er sah es ganz klar vor sich – ein Unfall im Labor: Von der Säure geblendet und vor Schmerzen in Panik geraten, war er gestolpert und durch ein Fenster des sechsten Stocks in den Tod gestürzt.

Cohen gab ihm einen kräftigen Stoß, und während Anderson rückwärts überfiel, erwartete er das Splittern von Glas und den freien Fall. Aber statt dessen glitt er die kalten Fliesen der Duschkabine hinunter, in die ihn Cohen gestoßen hatte.

Der Israeli drehte den Wasserhahn auf und sagte: »Ich bin gleich wieder zurück.«

Anderson riß sich seine schwelende Kleidung vom Leib.

»Hier, benutzen Sie das!« Cohen drückte Anderson einen dicken Schwamm in die Hand. »Das ist eine milde alkalische Substanz.« Cohen tränkte den Schwamm in regelmäßigen Abständen in der Flüssigkeit, und Anderson neutralisierte damit die auf seiner Haut verbliebene Säure. »Ihre Augen, Doktor, können Sie etwas sehen?«

Anderson öffnete vorsichtig die Augen, erst das eine, dann das andere, und hielt dabei den laugengetränkten Schwamm bereit. »Ja . . . ich kann sehen.«

»Ist hauptsächlich oberflächlich, Doktor«, sagte Cohen, als er Andersons Hände verband. »Sie hatten großes Glück.«

»Hören Sie«, sagte Anderson ruhig, zitterte aber immer noch unter der Nachwirkung des Schocks. »Ich stehe in Ihrer Schuld, Dr. Cohen. Wenn Sie nicht gewesen wären . . .«

»Bitte, reden Sie nicht weiter.«

Andersons Dankbarkeit wurde von einem hartnäckigen Zweifel geschmälert: Obwohl Cohen so rasch reagiert und ihn dadurch vor Entstellungen und Blindheit bewahrt hatte, konnte er nicht recht glauben, daß der Israeli völlig unschuldig an dem Vorfall war.

»Vielleicht sollten Sie besser ins Krankenhaus gehen«, meinte Cohen.

Anderson beharrte darauf, daß dies nicht nötig sei. Er wollte viel lieber in sein Apartment zurückkehren.

»Ich habe noch Ersatzkleidung in meinem Spind«, sagte Cohen und holte sie.

Anderson zog Hemd und Hose an und betrachtete dann die verkohlten Überreste seiner eigenen Kleidung. Ihn schauderte.

»Dann fahre ich Sie wenigstens zu Ihrem Apartment«, schlug Cohen vor.

Aber auch das lehnte Anderson ab, weil er der Meinung war, daß ein kurzer Spaziergang im Sonnenschein genau das Richtige wäre, um die traumatischen Erlebnisse der letzten halben Stunde zu vergessen.

Cohen zuckte die Achseln. »Na gut. Dann bis morgen.«

»Bis morgen, und nochmals vielen Dank.«

Anderson ging langsam über den Campus, machte im Schatten eines Baumes aber noch eine Pause, bevor er das Universitätsgelände verließ. Er konnte jetzt objektiv über den Vorfall nachdenken. Wie war es möglich gewesen, daß die Säure von der Ablage fiel? Er hatte sie am Tag zuvor nicht benutzt und war sich sicher, daß die Flasche nicht vorne am Rand gestanden hatte. Der Behälter war heruntergekracht, als er den Hocker bewegt hatte. Aber er war damit nicht gegen den Labortisch gestoßen – im Gegenteil, er hatte ihn vom Tisch weggerückt. Von Neugierde getrieben, änderte Anderson seine Meinung und kehrte nicht in sein Apartment zurück, sondern zum Gebäude der medizinischen Fakultät.

Als er im sechsten Stock aus dem Aufzug trat, hörte er ein Geräusch und blieb wie angewurzelt stehen. Jemand war in seinem Labor! Auf Zehenspitzen schlich er zur Tür und spähte hinein. Es war Cohen. Er bückte sich gerade neben dem Arbeitstisch, wo der Unfall geschehen war.

»Stimmt etwas nicht, Dr. Cohen?«

Überrascht wirbelte Cohen herum. Er wirkte verwirrt. »Die Säure ... die Putzfrauen morgen früh ... ich dachte, ich schaue besser einmal nach, ob nichts zurückgeblieben ist ...«

Anderson ging zu ihm und hockte sich nieder, um sehen zu können, was Cohen gerade so eingehend betrachtet hatte. Ein Elektrokabel war um eines der Hockerbeine geschlungen. Sein Blick folgte dem Kabel nach oben, über die Ablage, wo es in einer Steckdose endete. Es war das Kabel eines kleinen Kühlschranks, der sich unter der Arbeitsplatte befand.

»Ihr Hocker hing in dem Kabel fest«, sagte Cohen. »Als Sie ihn verrückten, riß das Kabel die Säureflasche herunter – wirklich Pech.«

»Wirklich«, erwiderte Anderson mit ausdrucksloser Stimme.

Als Anderson in sein Apartment zurückkehrte, war Miles Langman auf dem Dach des Gebäudes damit beschäftigt, frischgewaschene Wäsche an einer improvisierten Leine aufzuhängen. Als er Anderson sah, hielt er inne und starrte ihn an. »Wir Juden haben ja einige merkwürdige Bräuche«, sagte er, »aber keinen, der vorschreibt, daß wir unsere Hände bandagieren und die Hose acht Nummern zu groß tragen sollen . . .«

»Ein Bier?«

»Ja, gerne.«

Anderson holte zwei Bier aus seinem Kühlschrank und erzählte Langman von dem Unfall.

»Scheiße! Das ist nicht witzig.«

»Nein«, stimmte ihm Anderson zu, »überhaupt nicht.« Er nahm einen großen Schluck vom eiskalten Bier. Langman betrachtete die bandagierten Hände, die die Dose umklammerten. »Kommen Ihre Hände wieder in Ordnung?« fragte er.

Anderson versicherte ihm, daß sich die Verletzungen auf oberflächliche Verbrennungen beschränkten. Was ihm keine Ruhe ließe, sei die Vorstellung, was hätte passieren können.

»Das kann ich verstehen«, meinte Langman ernst.

Anderson lehnte sich mit dem Rücken gegen die Brüstung. »Das war vielleicht ein Tag.« Er berichtete Langman von dem Computerbericht über die Plasmide.

»Bedeutet das, der Bursche hat auf eigene Faust herumexperimentiert?«

»Das ist die offizielle Version, aber ich glaube das nicht.«

»Sie meinen, er hätte das nicht gekonnt?«

»Oh doch, das hätte er sehr wohl, genausogut wie Physikstudenten Wasserstoffbomben bauen können. Ich meine nur, er hätte es nicht tun können, ohne daß jemand davon etwas erfahren hätte.«

»Dieses ›andere Gen‹, das er geklont hat – was war das?«

»Reine Vermutung.«

»Können Sie das nicht herausfinden?«

»Nein. Theoretisch könnte es von jedem Lebewesen auf dieser Erde stammen, vom Virus bis zur Palme.«

»Und was machen Sie jetzt?«

Bedächtig schüttelte Anderson den Kopf. Er versuchte die Antwort auf eine ganz andere Frage zu finden. Warum wollte Langman so viel wissen?«

Anderson fand einen Brief auf seinem Schreibtisch vor, doch seine bandagierten Hände machten ihm das Öffnen nicht gerade leicht. Er fummelte herum, bis er etwas gefunden hatte, das ihm als Brieföffner dienen konnte, und schlitzte das Kuvert auf. Das Schreiben stammte von John Kerr und enthielt die weitergeleitete Bitte des Dekans der medizinischen Fakultät, ob Anderson bei Gelegenheit Martin Kleins Eltern in Caesarea besuchen und ihnen im Namen aller Studenten und Dozenten sein Mitgefühl aussprechen könne. Er legte den Brief in seine Schreibtischschublade und seufzte bei dem Gedanken an derart erbauliche Aufgaben.

Strauss wirkte alt und sorgenvoll, als er ins Labor kam. Anderson sah ihm an, daß er bereits Bescheid wußte. »Kommen Sie herein, Dr. Anderson«, bat er von der Tür seines Büros aus. »Dr. Cohen hat mich gestern abend noch angerufen.« Ein paar Minuten später gesellte sich Cohen zu ihnen und erkundigte sich nach Andersons Händen. Strauss, der tief in Gedanken versunken gewesen war, schaute auf und stellte dieselbe Frage.

»Mir geht es gut«, sagte Anderson.

»Dr. Anderson glaubt, daß wir geheime Klon-Experimente durchgeführt haben«, sagte Cohen und beendete damit den Austausch von Höflichkeiten.

»Tatsächlich?« bemerkte Strauss und schaute Anderson über seine Brille hinweg an.

Anderson blieb gelassen und erwiderte: »Es fällt mir schwer zu glauben, daß ein Medizinstudent im dritten Studienjahr in diesem Labor ein kompliziertes Klonierungsexperiment durchführen konnte, ohne daß jemand etwas davon bemerkte.«

Strauss starrte ihn weiter an, bis er schließlich sagte: »Ja, Doktor, ich muß Ihnen zustimmen.« Sein eindringlicher Blick fiel jetzt auf Cohen.

»Ich weiß nicht, wie er es angestellt hat, aber es muß nun einmal so gewesen sein«, sagte Cohen.

Plötzliches Schweigen trat ein, als der Ventilator der Klimaanlage aussetzte. »Ein Kurzschluß«, meinte Strauss. Fast augenblicklich schien die Temperatur anzusteigen.

»War Klein je längere Zeit allein im Labor?« fragte Anderson.

»Nein, nie«, antwortete Cohen.

»Führte er ein Laborbuch?«

»Natürlich.«

»Kann ich es einmal sehen?«

Cohen verließ den Raum, kehrte wenige Augenblicke später zurück und reichte Anderson eine dunkelblaue Kladde. Er schlug sie auf und begann darin zu lesen, während ihm der Schweiß über den Rücken lief. Diese Notizen waren ein kleines Kunstwerk, das Produkt eines Verstandes von offenbar besessener Ordentlichkeit. Die Klonierungsexperimente entsprachen genau dem, was Strauss in seinem ersten Brief beschrieben hatte. Es wurden keinerlei private Experimente erwähnt. Anderson beugte sich vor, legte die Kladde auf Strauss' Schreibtisch und meinte: »Ich wünschte, alle Studenten würden sich solch akkurate Notizen machen.«

Strauss nickte mit einem schwachen Lächeln, und Anderson sah, wie sich auf seiner Stirn parallel zur steigenden Zimmertemperatur mehr Schweißperlen bildeten. Der alte Mann lehnte sich in seinem Schreibtischsessel zurück und fächelte sich mit einigen Papieren vom Schreibtisch Luft zu. »Meine Herren, wir müssen realistisch sein. Vielleicht erfahren wir nie, was Martin Klein getan hat oder warum, aber ich möchte trotzdem zwei Vorschläge machen.« Ächzend sprang die Klimaanlage an, als endlich wieder Strom floß. Anderson und Strauss begrüßten das Geräusch mit einem Lächeln, während Cohen nur flüchtig aufschaute. »Als erstes sollten Sie versuchen, mit dem Plasmid Toxin zu produzieren. Vielleicht können wir das Gift aufgrund seiner Wirkung identifizieren, gesetzt den Fall, daß es sich um eine gut dokumentierte Substanz handelt.«

»Brillant«, sagte Anderson.

»Und zweitens«, fuhr Strauss fort, »müssen wir die Reaktion anderer Medikamente auf das Plasmid testen.«

»Ich fange gleich an«, sagte Cohen und stand auf.

»Ich begleite Sie«, sagte Anderson, aber Strauss unterbrach ihn.

»Seit Ihrer Ankunft haben Sie ununterbrochen gearbeitet. Sie nehmen sich jetzt mal zwei Tage frei.«

»Aber das trifft genauso auf Dr. Cohen zu«, protestierte Anderson.

Cohen drehte sich in der Tür um. »Gehen Sie ruhig, Doktor«, sagte er. »Einer genügt, um diese Tests vorzubereiten, und Ihre Hände sind immer noch bandagiert. Außerdem kann mir Myra Freedman assistieren, wenn ich Hilfe brauche.«

Anderson blickte auf seine Hände nieder und willigte widerstrebend ein. »Aber am Mittwoch übernehme ich die Arbeit, und Sie nehmen sich zwei Tage frei.«

»Einverstanden«, sagte Cohen und schloß die Tür.

Nachdem er Strauss' Büro verlassen hatte, holte Anderson den Brief von Kerr aus der Schreibtischschublade und fragte Myra: »Wie komme ich nach Caesarea?«

»Von Tel Aviv aus kommen Sie nicht direkt hin. Fahren Sie erst nach Hadera, und nehmen Sie von dort einen Bus. Warum?«

Anderson zeigte ihr den Brief. »Ich habe zwei Tage frei. Ich wollte morgen Kleins Eltern besuchen.«

Myra hatte eine Idee. »Das Kalman Institut ist in Hadera«, sagte sie. »Lassen Sie sich doch morgen von Sam mitnehmen. Sie könnten sich vormittags dort alles anschauen und hinterher nach Caesarea fahren. Es liegt gar nicht so weit entfernt.«

Anderson gefiel die Idee. Er vereinbarte mit Myra eine Uhrzeit, zu der ihn Sam Freedman morgens abholen sollte, und verließ das Labor.

Anderson kam sich bei so viel Freizeit etwas verloren vor. Sein erster Einfall war es, den Swimmingpool der Universität zu benutzen, aber angesichts seiner Verbände war das wohl doch keine so gute Idee. Daher entschloß er sich, mit dem Bus nach Tel Aviv zu fahren und sich die Touristenattraktionen anzuschauen. Er wanderte eine Weile zwischen den Marktständen umher, doch wurde ihm mit der Zeit die Verlockung des nahegelegenen Mittelmeeres zu groß: Er zog sich die Sandalen aus und spazierte den Strand entlang bis zum alten Hafen von Jaffa, wo er und Langman ein paar Abende zuvor gegessen hatten. Er genoß den Blick auf die Skyline aus seltsamen Türmen und Türmchen, während das warme Wasser den Strand hinaufspülte und um seine Fußgelenke strudelte.

»Sie haben also den ganzen Tag herumgegammelt«, faßte Miles Langman zusammen, als er und Anderson sich zu ihrem mittlerweile regelmäßigen abendlichen Treffen auf dem Dach einfanden.

»Mehr oder weniger«, gab Anderson zu. »Ich habe es richtig genossen.«

»Und morgen wieder das gleiche Programm?« fragte Langman.

Anderson erzählte ihm von seinem Plan, Kleins Eltern zu besuchen.

»Das ist ja nicht so angenehm«, meinte Langman, »aber der Besuch im Kalman Institut hört sich interessant an.«

Als der weiße Mercedes die Kilometer entlang der Küste von Tel Aviv aus Richtung Norden fraß und der Tacho ständig auf Zahlen über hundertsechzig km/h getrieben wurde, begriff Anderson rasch, aus welchem Grund Freedman gesagt hatte, die Fahrt werde nicht lange dauern.

»Das Institut liegt außerhalb von Hadera«, sagte Freedman, als das Auto in einem Neubaugebiet am Stadtrand sein Tempo verlangsamte.

»Allerdings auf der anderen Seite«, fügte Freedman hinzu, als sie tiefer in die Straßen einer anscheinend langweiligen, staubigen und ziemlich durchschnittlichen Stadt drangen.

Das Kalman Institut war ein langgestrecktes, zweigeschossiges weißes Gebäude. Freedman hielt an der Einfahrt und wartete, bis zwei Männer in grünen Uniformen geöffnet hatten; als das Auto vorüberfuhr, salutierten sie. Ein weiterer uniformierter Wachmann hielt ihnen die Tür zu einer modernen eindrucksvollen Empfangshalle auf. In ihrer Mitte befand sich ein Zierteich, aus dem eine abstrakte Skulptur zu einer grünen Glaskuppel in neun Metern Höhe aufragte.

Freedman ging voran, als sie eine der beiden halbkreisförmigen Treppen hinaufstiegen, die auf der Rückseite der Skulptur zu einer Balustrade im zweiten Stock führten.

»Da sind wir«, sagte Freedman und öffnete eine Tür.

Auf Andersons Gesicht spiegelte sich deutlich die Überraschung wider, die er beim Anblick von Feedmans Büro empfand.

Sein Gastgeber mußte lachen. »Ich habe alles aus den Staaten mitgebracht. Das moderne Zeug bleibt mir hier draußen.« Er deutete zur Tür.

Anderson bewunderte das Ivy-League-Arbeitszimmer mit seinen grünen Ledersesseln und den Stilmöbeln. »Ich bin ganz Ihrer Meinung«, sagte er. »Die Skulptur da draußen ist ein wenig . . . ein wenig . . .«

»Sieht wie ein Riesenschwanz aus«, konstatierte Freedman unverblümt. »Die Kunden sind davon allerdings beeindruckt.«

»Die kommerzielle Seite dieses Unternehmens habe ich noch nicht ganz begriffen«, gestand Anderson. »Wenn Ihre Kunden sich keine eigene Forschung leisten können, wie können sie sich dann die Dienste dieses Instituts leisten?«

»Wahrscheinlich habe ich einen falschen Eindruck vermittelt, als ich den Begriff ›nicht leisten können‹ benutzte«, sagte Freedman und setzte sich in seinen Drehstuhl. »Alle unsere Kunden sind sehr erfolgreiche Firmen. Davon sind viele im großen internationalen Geschäft tätig, aber von Zeit zu Zeit können sie auf etwas stoßen, das nicht direkt mit ihrer Branche zu tun hat. Eine Erdölfirma entdeckt beispielsweise eine Substanz, die möglicherweise in der Pharmazie verwendet werden könnte. Vom ökonomischen Standpunkt aus betrachtet, wäre es nicht sinnvoll, für ein solches Nebenprodukt extra ein pharmazeutisches Labor zu bauen und auszurüsten. Deshalb wenden sie sich an uns, damit wir für sie die erforderlichen Forschungsarbeiten durchführen. Ergibt das einen Sinn?«

Anderson stimmte ihm zu.

»Kommen Sie, ich zeige Ihnen alles.«

Freedman führte Anderson wieder auf die Balustrade hinaus. »Wir haben vier Hauptlabors, eine Hochsicherheitseinrichtung im Keller, ein großes Versuchstierhaus und all die üblichen Dienstleistungen. Hier ist eines der Hauptlabors.« Freedman öffnete eine Tür mit dem Schild »L1«. Offensichtlich war das Labor nach den neuesten Standards ausgerüstet und verfügte über zehn Arbeitsplätze. Alle waren besetzt mit Technikern, die eine hellblaue OP-Kleidung trugen, verziert mit einem goldenen K-Motiv an den Epauletten. Anderson wollte sich gerade erkundigen, woran sie arbeiteten, als Freedman ihm zuvorkam. »Fragen Sie nicht«, bat er. »Ein Großteil unserer Arbeit ist langweiliger Kram, aber vertraulicher langweiliger Kram. Unsere Kunden verlangen das, und unser Ruf hängt davon ab.«

Anderson nickte. »Ich verstehe.«

Entlang der Gänge stieß man in regelmäßigen Abständen auf hervorragend ausgestattete Instrumentenräume. Zentrifugen summten, während ihre Motoren ein Vielfaches an Schwerkraft produzierten; Szintillationszähler rasselten, sobald die Proben automatisch ausgewechselt wurden; rote, grüne und blaue Lichter blinkten aus allen Richtungen. Sie kamen zu einem anderen Laborbereich, wo alle Arbeitskräfte in grün gekleidet waren. »Biochemie«, sagte Freedman.

Als die beiden Männer nach unten gingen, verreit der Geruch Anderson, daß sie sich dem Tierhaus näherten. Es war die größte Tierversuchsabteilung, die Anderson je gesehen hatte; eine riesige helle Halle, die auf Grund der verschiedenfarbigen Plastikpaneele an den Käfigen ein wenig an Disney World erinnerte. Grün war für die Meerschweinchen, blau für Kaninchen, pink für Ratten und gelb für Tiere, die, den leeren Käfigen nach zu urteilen, größer sein mußten. »Beagles«, sagte Freedman. »Wir erwarten gerade eine neue Lieferung.«

Sie verließen den Komplex und kehrten über mehrere

Gänge und Treppen in die Eingangshalle zurück. »Also, das war's«, sagte Freedman, »abgesehen vom Hochsicherheitstrakt im Keller. Im Augenblick ist er nicht in Gebrauch, alles ist verschlossen, aber Sie kennen diese Sachen ja – Gasabzugshauben, Luftfilter, Entlüftungsstutzen und so weiter.«

Anderson nickte. Auf dem Weg zurück zu seinem Büro ging Freedman voran. Dort angekommen, holte er eine Flasche Single Malt Whisky hervor. »Ein Schlückchen vor dem Essen?«

»Können Sie sich vorstellen, daß ein Schotte da nein sagt?«

Freedman machte es sich in seinem Sessel bequem und schenkte zwei großzügige Portionen ein. Das Telefon klingelte. Er wandte sich ab, um den Anruf entgegenzunehmen, und hievte dabei einen Fuß auf die Ecke seines Schreibtisches.

Wie stets in solch einer Situation fühlte sich Anderson als Eindringling, obwohl in diesem speziellen Fall gar kein Grund dafür bestand, denn Freedman sprach hebräisch. Keine schöne Sprache, dachte Anderson, ein bißchen wie Afrikaans, ganz gewiß keine Sprache der Liebe. Im Laufe des Telefongesprächs begannen Andersons Augen über die Bücherregale zu wandern. Sie fielen auf einige vertraute Titel, und er stand auf, um genauer nachzuschauen. Als er auf das Regal zuging, krachte es plötzlich hinter ihm. Er fuhr erschreckt herum. Freedman hatte mit dem Fuß das Tablett heruntergestoßen, und nun war der ganze Teppich mit Glenfiddich Whisky durchtränkt und von Kristallsplittern übersät.

Freedman feuerte eine letzte gutturale Salve in den Hörer und legte auf. Er starrte Anderson an.

Anderson meinte: »Sie sollten sich besser einen Augenblick umdrehen.«

Freedman sah ihn befremdet an. »Ich verstehe Sie nicht ganz«, sagte er.

Anderson lächelte. »Sie wollen doch nicht sehen, wie ein Schotte weint ... oder?«

Nach dem Essen sorgte Freedman dafür, daß Anderson ins Stadtzentrum von Hadera gebracht wurde. Dort erwischte er gerade noch einen alten Bus, auf dessen Fahrplan auch Caesarea als Ziel angegeben war. Die Fahrt in der glühenden Hitze war zwar gnädigerweise nur von kurzer Dauer, aber der Fahrer, der Anderson für einen Touristen hielt, setzte ihn dafür an den vor der Stadt gelegenen antiken Ruinen ab – mitten in der Wüste, wie es schien.

Der Bus klapperte in einer Staubwolke, die ihm den Atem raubte, davon. Anderson ging zu einer kleinen Anhöhe hinüber und stieg hinauf. Er konnte das Meer sehen, das hier, anders als das trübe Wasser in Tel Aviv, blaugrün und mit strahlend weißen Schaumkronen eine alte Kreuzfahrerfestung umspülte.

Anderson näherte sich dem Pförtnerhaus und zeigte dem Wärter den Zettel mit Kleins Adresse. Der Alte nickte und deutete mit dem Finger den Strand hinunter. »Wie weit?« fragte Anderson, bekam zur Antwort jedoch nur ein ausdrucksloses Starren. Er versuchte es mit den Fingern. »Ein Kilometer? Zwei Kilometer?«

Der Alte lachte heiser. »*Ken, ken*, zwei Kilometer.«

Anderson beschloß, vor dem Zweikilometermarsch in der glühenden Sonne erst noch einmal seine Kräfte zu sammeln, und ließ sich dazu im kühlen Schatten eines bröckelnden Steinbogens nieder. Der Alte kam aus seiner Hütte zu ihm herüber und bot ihm aus einer bauchigen Flasche Wasser an. »*Toda*«, sagte Anderson – das einzige Wort, das er auf hebräisch kannte – und nahm das Angebot dankbar an. Er trank einen großen Schluck lauwarmes Wasser, gab die Flasche zurück und zog seine Geldbörse heraus, worauf der Alte wütend abwinkte. »Entschuldigung«, sagte Anderson, »*toda, toda.*«

Anderson ging durch das schiefe Mauerwerk der Festung, bis er den Strand erreichte. Dort zog er die Sandalen aus und tappte über den glühendheißen Sand, um sich die Füße in den Ausläufern der Wellen zu kühlen. Er setzte seinen Strohhut so auf, daß er den größtmöglichen Schutz gegen die Sonne gewährte. Dann machte er sich in die Richtung auf, die ihm der Alte gewiesen hatte, wobei er sich nie mehr als ein paar Meter vom kühlen Wasser entfernte. Nach einem Kilometer gelangte er zu den Überresten eines römischen Aquädukts und setzte sich in den Schatten seiner Bögen, um sich abermals auszuruhen. Er konnte inzwischen die Straße ausmachen, die landeinwärts führte.

Als er zu den Häusern gelangte, stellte Anderson fest, daß sie genauso schön waren wie ihre Umgebung. Flache weiße Bungalows schmiegten sich in das üppige grüne Laub der Vorgärten. Exotische Blüten leuchteten in ihrer Farbenpracht, und überall zischten Rasensprenger in der schweißtreibenden Nachmittagshitze. Anderson fand das gesuchte Haus und öffnete das Tor, das leise in den Angeln quietschte, als wolle es den Frieden dieses Ortes nicht stören. Er betrat einen makellosen Blumengarten, dessen akkurate Pflanzenreihen ihn an die akribische Genauigkeit in Martin Kleins Laborbuch erinnerten. Dieser Gedanke ließ ihn mit einem Male innehalten. Klein mußte einfach niedergeschrieben haben, was er getan hatte. Es war ihm zur zweiten Natur geworden, alles genau zu notieren. Wenn in seinem offiziellen Laborbuch auch nichts Ungewöhnliches stand, gab es vielleicht trotzdem noch ein anderes. Und wenn dieses Buch sich nicht in Tel Aviv befand, so war es vielleicht hier, bei ihm zu Hause. Anderson überprüfte die Daten in seinem Kalender. Klein hatte am achten Januar seine Arbeit im Labor beendet und gesagt, daß er seine Eltern besuchen wolle, bevor er nach Großbritannien zurückkehre. Dort war er am neunzehnten wieder eingetroffen. Er war also zehn Tage zu Hause gewesen. Das Buch *mußte* einfach hier sein!

»Ja bitte, kann ich Ihnen helfen?« fragte eine ältere Frau, deren graues Haar zu einem Knoten gebunden war.

»Ich bin Neil Anderson von der St. Thomas Medical School.«

Die Hände der Frau fuhren zu ihrem Mund. »Martins Universität?« fragte sie ungläubig. Anderson nickte und wappnete sich gegen das, was auf ihn zukam. »Oh, du lieber Himmel, kommen Sie herein, kommen Sie doch herein.«

Anderson betrat das kühle Innere des Hauses und folgte der Frau über den gefliesten Boden in ein exquisit möbliertes Wohnzimmer. »Maurice!« rief die Frau einige Male, bis sich ein Mann Mitte Sechzig zu ihnen gesellte, der sich dabei den Kopf kratzte, als hätte er gerade geschlafen. Überrascht stellte er fest, daß sie einen Besucher hatten, und schaute seine Frau fragend an. Diese kam zu ihm herüber und nahm ihn beim Arm. »Maurice, dieser junge Herr kommt von Martins Universität«, sagte sie voller Stolz.

Anderson stellte sich vor und erzählte ihnen, wie traurig alle in St. Thomas über Martins Tod seien.

»Kannten Sie unseren Sohn, Doktor?« fragte Klein.

Anderson gestand, daß dies nicht der Fall war, und sah, wie sich Enttäuschung auf den Gesichtern der Kleins breitmachte. Hastig fügte er hinzu, daß er jedoch mit vielen Leuten gesprochen habe, die ihn gekannt hatten. Er versicherte ihnen, daß ihr Sohn sehr beliebt gewesen sei und von allen vermißt werde. Das Ehepaar lächelte sich zu, und Anderson dachte, daß es im Leben wohl Momente gab, in denen es richtig war zu lügen, auch wenn sich dabei die Balken bogen.

Mrs. Klein schlurfte in die Küche, um kalte Getränke zu holen. Währenddessen unterhielten sich Anderson und ihr Mann. Klein erkundigte sich nach den Verbänden an seinen Händen.

»Ein kleiner Unfall im Labor.«

»Dann arbeiten Sie also hier in Israel?«

»In Tel Aviv, im Labor von Professor Strauss.«

Mrs. Klein kehrte wieder zu ihnen zurück und trug ein Tablett mit Getränken, in denen Eiswürfel klingelten. »Mütterchen, Dr. Anderson arbeitet an der Universität Tel Aviv . . . bei Professor Strauss.«

Mrs. Klein schnalzte bewundernd mit der Zunge. Jedoch hätte Anderson an der Tatsache, daß die Kleins Strauss' Name nicht aufgriffen, merken können, daß irgend etwas nicht stimmte. Statt dessen fuhr er fort: »Ich würde Sie gerne etwas fragen.«

Die Kleins schauten ihn aufmerksam an. »Bitte, Herr Doktor, fragen Sie ruhig.«

»Hat Martin hier ein Notizbuch zurückgelassen, als er im Januar nach Hause kam?«

Die Kleins sahen verwirrt drein. »Im Januar?« fragte er.

»Ja, als er seine Arbeit in Tel Aviv beendet hatte.«

»In Tel Aviv?«

Oh mein Gott, dachte Anderson, vor dem plötzlich eine ernüchternde Wahrheit Gestalt annahm. Martin Klein war überhaupt nicht nach Hause gekommen, und ausgerechnet er hatte den Eltern des toten Jungen gerade mitgeteilt, daß ihr Sohn in Israel gewesen war und sich nicht einmal die Mühe gemacht hatte, sie zu besuchen.

Anderson brach der Schweiß im Genick aus, so peinlich war ihm die Situation. Der Ausdruck auf Mr. Kleins Gesicht verriet ihm, daß es keinen Weg zurück gab. Es war zu spät, um so zu tun, als ob es sich um ein Mißverständnis gehandelt hätte. Klein hatte begriffen, was geschehen war. Seine Frau jedoch noch nicht. Sie sah Anderson an und sagte: »Aber Martin ist seit zwei Jahren nicht mehr zu Hause gewesen, seit er nach Großbritannien an die Universität gegangen ist . . .«

Während Klein seiner Frau erklärte, was in Wirklichkeit geschehen war, schaute Anderson weg. Als er den verletzten Ausdruck in ihren Augen sah, fühlte er sich noch schlechter. Klein legte den Arm um sie und tätschelte ihr tröstend die Schulter. »Mütterchen, wir sind unhöflich zu unserem Gast.«

Anderson war froh, als er das Haus verlassen konnte. Nach einem weiteren kalten Getränk hatte er die Einladung der Kleins ausgeschlagen, zum Abendessen dazubleiben. Er hatte es ebenfalls abgelehnt, daß Klein ihn mit dem Auto nach Hadera zurückbrachte, und gesagt, er wolle sich vor seiner Rückkehr die Kreuzfahrerfestung noch einmal genauer anschauen.

Am Meer schüttelte sich Anderson die Sandalen von den Füßen, lief in die Brandung, bückte sich und füllte seinen Strohhut mit Wasser, um es sich über das Gesicht zu schütten. Er schloß die Augen, als das herrlich frische Wasser ihm den Schweiß vom Gesicht wusch. Dieser Bastard! dachte er, dieser verfluchte kleine Bastard! Wie war so ein nettes Paar wie die Kleins nur zu so einem Sohn gekommen? Während er in Schlangenlinien den Strand entlanglief und das Wasser nach Lust und Laune hochspritzte, beruhigte sich Anderson ein bißchen. Eine neue Frage drängte sich ihm auf. Was hatte Klein in den zehn Tagen getan, nachdem er Tel Aviv verlassen hatte? Eine Frage führte zur nächsten. Hatte Cohen vielleicht während derselben Zeit gefehlt? War das möglich? Langsam schien ein Teil ans andere zu passen. Womöglich hatte der geheime Klonversuch überhaupt nicht in Strauss' Labor stattgefunden. Konnten Cohen und Klein ihn irgendwo anders durchgeführt haben? Das ergäbe einen Sinn.

Eine Sandfontäne stieb neben Anderson auf und lenkte ihn ab. Er blieb stehen und suchte nach dem Verursacher, vermutlich einem kleinen Tier. Als er sich hinhockte, spritzte links von ihm wieder etwas Sand auf, aber diesmal korrellierte die Fontäne mit einem entfernten Geräusch. Jemand schoß auf ihn!

Anderson versuchte gleichzeitig davonzurennen und zu fluchen. Beides klappte nicht richtig. Er verlor im weichen Sand den Halt und taumelte fluchend in den Schutz des römischen Aquädukts. Eine Kugel prallte wimmernd vom Stein ab, während er sich auf den Boden preßte und stillag. Was jetzt, fragte er sich, und spähte seine Fluchtmöglichkeiten aus. Auf der einen Seite lag ungefähr ein Kilometer offener Strand zwischen ihm und der Festung, auf der anderen Seite des Aquädukts befand sich in unerreichbarer Ferne der Hafen von Haifa – er saß in der Falle! Landeinwärts zu fliehen kam auch nicht in Frage, da das Gelände dort ebenso flach und offen war wie der Strand.

Anderson rührte sich nicht; der Heckenschütze wiederum schoß nicht. Der nachmittägliche Frieden wurde nur durch das Plätschern der Wellen auf dem Strand und Andersons Herzklopfen gestört. Seine letzten Zweifel darüber, ob der Vorfall mit der Säure im Labor ein Zufall gewesen sei, verflogen in der sengenden Hitze. Jemand versuchte ihn umzubringen, und die Chancen standen zu dessen Gunsten.

Ein Blick auf die Uhr verriet ihm, daß zehn Minuten vergangen waren. Vielleich war sein Angreifer mittlerweile verschwunden. Vorsichtig stieß er seine Umhängetasche ins Freie. Krach! Die Tasche flog zur Seite, als hätte ihr jemand einen Tritt versetzt. Anderson zog sie am Riemen wieder zu sich und mußte feststellen, daß sie in der Seite ein schwarzes Loch hatte. Von diesem Anblick wurde ihm ganz übel. Das war's also. Er würde im glühendheißen Sand von Judäa sterben, weit entfernt von Dumfries, und dafür fühlte er sich noch überhaupt nicht bereit.

Wenn er nur genau wüßte, wo sich der Heckenschütze versteckt hielt, könnte er sich vielleicht etwas ausdenken. Vielleicht war es ja möglich, die Biegung des Aquädukts auszunutzen und in ihrem Schutz landeinwärts zu rennen. Aber da ein über hundert Meter breites, flaches und offenes Gelände zwischen dem Strand und der nächsten Deckung lag, mußte er sich dessen schon sehr sicher sein. Eine Kugel aus einem modernen Hochgeschwindigkeitsgewehr würde ihn nicht so heroisch mit einer Fleischwunde davonhumpeln lassen, wie das in Western allgemein üblich war. Sie würde ihn zur Strecke bringen, und auch wenn sie ihn nicht gleich umbrächte, risse sie ihm beim Austreten ein solch gewaltiges Loch oder zerfetzte seine Eingeweide dermaßen, daß der Tod fast angenehm schien. Aber es war seine einzige Chance.

Mit Hilfe seiner Reisetasche wollte er den Heckenschützen erneut zum Schießen verleiten. Diesmal wollte er die Tasche aber mit Schwung hinausschleudern und gleichzeitig von der anderen Seite des Aquäduktbogens aus nach dem Mündungsfeuer spähen. Das Timing war dabei entscheidend. Wenn er zu früh hinausspähte, zielte der Schütze auf seinen Kopf statt auf die Tasche.

Er stellte die Reisetasche ans Ende des Bogens und legte ein langes Stück Treibholz dahinter, um die Tasche dann von der anderen Seite aus mit dem Fuß bewegen zu können. Als er alles so gut wie möglich in Stellung gebracht hatte, wiederholte er im Geiste noch einmal, was er vorhatte. Dann war es soweit.

In einer einzigen fließenden Bewegung stieß er das Holz mit seiner linken Ferse an, wodurch die Tasche ins Freie flog, wirbelte nach rechts herum und spähte hinaus; gerade rechtzeitig, um den Feuerstoß im Gebüsch zu sehen, als der Schütze auf seine Tasche feuerte. Keinen Augenblick zu früh riß er den Kopf wieder zurück, denn schon prallte eine zweite Kugel wieder an der Stelle ab, wo sich sein Kopf befunden hatte.

Anderson stieß die angehaltene Luft aus und entspannte sich in seinem Versteck für ein paar Sekunden. Jetzt wußte er genau, wo der Heckenschütze steckte. Er rechnete sich aus, daß er, wenn er zwei Aquäduktbögen weiter vorne wäre, über das offene Gelände laufen könnte, ohne vom Schützen erwischt zu werden. Aber um zwei Bögen weiter zu gelangen, mußte er drei oder vier Sekunden lang aus seiner Deckung herauskommen. Konnte er das riskieren?

Realistisch betrachtet, schätzte Anderson seine Chancen gleich null ein. Jedesmal, wenn seine Tasche zum Vorschein gekommen war, hatte der Schütze sie binnen dem Bruchteil einer Sekunde getroffen. Er mußte also eine andere Lösung finden. Vielleicht konnte er einen behelfsmäßigen Schutz errichten. Im Schatten des Bogens lagen reichlich Felsstücke und Kopfsteine. War es eventuell möglich, einen kleinen Schutzwall zu bauen, hinter dem er herkriechen konnte? Er begann damit, Steine an der Ecke des Bogens aufzuschichten. Dabei war er ängstlich darauf bedacht, seine Hände nicht zu weit herauszustrecken, denn sollte eine Kugel seine Hand erwischen, würde er sie verlieren.

Der Heckenschütze bemerkte, was vor sich ging, und schoß mehrmals. Steinsplitter flogen in alle Richtungen, so daß Anderson sich zu Boden warf. Nachdem er seinen ganzen Mut zusammengenommen hatte, machte er weiter. Dabei redete sich erneut gut zu, daß ihm nichts passieren konnte, solange er in Deckung blieb. Er stieß einen weiteren Felsen nach draußen, um sein Mäuerchen zu verlängern, und sofort feuerte der Heckenschütze wieder. Diesmal jedoch traf Anderson ein abgesplitterter Stein an der Stirn. Er fiel nach hinten, zwar noch bei Bewußtsein, aber benommen. Mit der Hand wischte er sich das Blut weg, das ihm in die Augen tropfte. Plötzlich hörte er, wie sich ein Motor durch den Sand quälte. Kam der Heckenschütze, um ihn endgültig zu erledigen?

In Andersons Kopf verschwammen Angst, Schwindel und Verwirrung, als sich die Luft um ihn herum mit einem Male mit lauten Rufen und scharfen Salven aus Automatikfeuerwaffen füllte. Er versuchte um die Ecke des Bogens zu kriechen, konnte aber vor Kopfschmerzen nicht mehr richtig sehen. Daher lehnte er den Kopf gegen einen Stein und starrte in den wolkenlosen blauen Himmel.

Das Licht wurde plötzlich von einer Gestalt verdeckt, die im Bogeneingang erschien. Eine Frauenstimme fragte: »Ist mit Ihnen alles in Ordnung?«

Anderson strengte seine Augen an und sah, daß sich die Epauletten eines Uniformhemdes gegen den Himmel abzeichneten. Er meinte sich getäuscht zu haben und antwortete: »Ich komme schon wieder in Ordnung. Ist nur ein Kratzer am Kopf.«

»Sieht scheußlich aus«, meinte die Frauenstimme.

»Sie sind doch eine Frau«, sagte Anderson, der jetzt sicher war, daß er sich nicht verhört hatte.

»Unglaublich, nicht wahr?« entgegnete die Frau, als sie in den Bogen hineinkroch und Andersons Stirn untersuchte. Im Dämmerlicht konnte Anderson sie nicht richtig betrachten, aber was er sah, gefiel ihm.

»Was ist mit den Signalhörnern passiert?« fragte er, während sanfte Finger das Blut wegwischten.

»Signalhörner?«

»Die Kavallerie bläst doch immer die Signalhörner, wenn sie zur Rettung herbeieilt.«

»Ach, ich verstehe. Amerikanische Filme. Sie hören sich aber nicht amerikanisch an.«

»Nein, ich bin Schotte.«

»Bleiben Sie einen Moment still sitzen«, sagte die Frau. »Wir haben Verbandszeug im Jeep.« Sie krabbelte rückwärts aus dem Bogen heraus und rannte zum Srand hinunter, wo der Jeep mit offenen Türen stand. Binnen weniger Augenblicke kehrte sie mit einer kleinen Holzkiste zurück, die sie gegen einen Felsen lehnte und öffnete. Noch einmal wischte sie das

Blut von Andersons Wunde, bevor sie sich für einen großen Verband entschied.

Anderson versuchte die Abzeichen auf ihrer Uniform zu entziffern. Nachdem ihm klar geworden war, daß er sie nicht lesen konnte, nicht etwa weil das Licht zu schlecht war, sondern weil sie in hebräisch waren, gab er auf. »Sind Sie Krankenschwester« fragte er.

»Nein, ich bin keine Krankenschwester«, erwiderte die Frau mit bedächtiger Entschiedenheit.

»Aber Sie sind in der Armee?«

»Ja, ich bin in der Armee.«

Anderson sah die Sterne auf ihren Schultern, als sie um ihn herumgriff, um den Verband zu sichern. »Ich bin Ihnen sehr dankbar, Hauptmann«, sagte er. »Sie haben mir das Leben gerettet.«

»Wir verlieren nur sehr ungern Touristen«, meinte die Frau lächelnd. »Wir brauchen die ausländischen Devisen.«

Anderson lächelte zurück. »Ganz im Ernst . . . ich bin Ihnen dankbar.«

»Können Sie aufstehen?«

»Kein Problem.« Anderson kroch zur Ecke des Bogens und stand im Sonnenlicht auf. Jetzt, da sie beide standen, konnte er seine Retterin erst richtig betrachten. Die Hände in die Hüften gestützt, blickte sie in Richtung Buschwerk, aus dem hin und wieder Gewehrsalven ertönten. Sie trug einen olivgrünen Drillichanzug, der ihre schlanke Figur betonte, und hielt ihr dunkles Haar mit der Hand zurück, damit es ihr der Seewind nicht ins Gesicht blies. Anderson hielt sie für nicht älter als fünfundzwanzig Jahre, aber ihr stolzer Gesichtsausdruck und ihre leicht hochmütige Haltung verwiesen auf ein Selbstbewußtsein sowie eine Rangstellung, die für ihr Alter ungewöhnlich waren. »Was ist da los?« fragte er.

»Meine Männer verfolgen Ihren Angreifer.«

Anderson bemerkte den Ausdruck »meine Männer«, hielt aber seine Überraschung im Zaum.

»In welchem Hotel wohnen Sie, Mr. . . .?«

»Anderson, Dr. Anderson, aber ich wohne nicht im Hotel. Ich auch kein Tourist.«

»Sondern?«

Anderson fuhr mit der Hand zum Kopf, der in der glühenden Hitze zu pochen begann. »Also, ich . . .« Der Sand rann ins Meer, das Meer floß in den Himmel, und die Nacht senkte sich plötzlich in totaler Finsternis herab.

Anderson wachte im Krankenhaus wieder auf. Er verstand zwar nicht in welchem, als es ihm die Schwester gesagt hatte, aber zumindest soviel, daß es sich in Hadera befand. »Wie spät ist es?« fragte er.

»Acht Uhr abends.«

Die Tür schloß sich, er blieb allein zurück und konnte in Ruhe seine Umgebung betrachten. Die Wände waren weiß, die Decke war weiß, der Boden war braun. So weit, so gut. Er streckte die Hand aus und zog seine Reisetasche vom Nachttisch. Es waren wirklich Löcher darin. Also war das kein böser Traum gewesen, sondern Realität.

»Dr. Anderson, Sie haben Besuch«, sagte die Schwester und hielt die Tür auf. Andersons Retterin kam herein, immer noch in ihrer staubigen olivgrünen Uniform.

»Wie fühlen Sie sich?«

»Viel besser, danke. Ich fürchte, ich kenne nicht einmal Ihren Namen.«

»Mirit Zimmerman. Sie fielen in Ohnmacht, bevor ich Sie noch einige Dinge fragen konnte, die ich für meinen Bericht brauche.«

»Haben Ihre Männer den Schützen gefaßt?« fragte Anderson.

»Ich fürchte nicht, aber alle Strandpatrouillen in dem Gebiet sind alarmiert worden, falls noch mehr auftauchen sollten.«

»Noch mehr?«

»Noch mehr Terroristen. Sie kommen in kleinen Booten an Land, verursachen Chaos und verschwinden dann wieder. Damit soll unsere Moral untergraben werden.« Mirit Zimmerman sagte das auf eine Art und Weise, als ob die Terroristen genau das Gegenteil erreichten.

»Ich verstehe. Dann glauben Sie also, es war ein Terrorist?«

Die kühlen dunklen Augen schauten ihn geradewegs an. »Sie etwa nicht?« entgegnete sie.

Anderson hielt ihrem Blick einen Augenblick stand und fragte sich, ob sie nicht vielleicht mehr wußte, als sie preisgab, aber ihre Gesichtszüge blieben unbeweglich. Er hatte im Gegenteil sogar das sichere Gefühl, daß Mirit Zimmerman seine Reaktion testete. »Sie sind die Expertin auf diesem Gebiet, Hauptmann.«

Er gab ihr die erforderlichen Informationen über die Gründe seines Aufenthalts in Israel sowie seine Adresse in Tel Aviv, falls man ihn wegen des Vorfalls noch einmal kontaktieren wollte. Als sie aufstand, um zu gehen, drehte sich Mirit um und lächelte, als amüsierte sie sich insgeheim über etwas. »Gibt es sonst noch irgendeine Sache, die ich wissen sollte, Doktor?« fragte sie.

»Ich glaube nicht«, erwiderte Anderson, »außer noch einmal die Tatsache, wie dankbar ich Ihnen bin.«

Das leichte Lächeln lag immer noch auf Mirits Gesicht, als sie nickte und das Zimmer verließ.

Anderson fühlte sich ausgesprochen unwohl. Nichts hätte er lieber geglaubt, als daß ein Terrorist in Caesarea auf ihn geschossen hatte; aber er konnte es einfach nicht, und er vermutete, daß auch Mirit Zimmerman aus irgendeinem Grund mit dieser Erklärung nicht zufrieden war. Er fragte sich bloß, warum.

Am Morgen wurde Anderson aus dem Krankenhaus entlassen und kehrte nach Tel Aviv zurück. Er machte nur kurz in seinem Apartment Station und ging zur Universität, wo er Myra Freedman allein im Hauptlabor vorfand. Bevor er aber herausfinden konnte, was die Toxintests bisher ergeben hatten, mußte er ihr erklären, woher sein Kopfverband stammte.

»Cohen hat die Tiere gestern abend geimpft und zwei Medikamententests vorbereitet, Tetracyclin und Ceporin«, informierte ihn Myra. »Er wollte heute morgen kommen, um sich mit Ihnen zu treffen, ist bis jetzt aber noch nicht aufgetaucht.«

»Ich kontrolliere die Tiere«, sagte Anderson.

Anderson wollte die Tür zum Isolationstrakt öffnen, aber sie war verschlossen. Das Rütteln machte jedoch einen Laboranten aufmerksam, der mit den Schlüsseln herüberkam. Anderson fand es seltsam ruhig dort drinnen. Er las die Schilder auf den Käfigen und fand die Toxintests. Cohen hatte sechs Mäuse geimpft, jede mit einer anderen Verdünnung der Plasmid-Galomycin-Mischung.

Zusätzlich hatte er einer Kontrollmaus die unverdünnte Flüssigkeit gespritzt und einer weiteren lediglich steriles Kulturmedium.

Zuerst untersuchte Anderson die Kontrollmäuse. Diejenige mit der unverdünnten Flüssigkeit war tot, die andere quicklebendig. Die Kontrolle war also in Ordnung. Er ging zu den Verdünnungen. Eins zu tausend . . . tot. Eins zu zehntausend . . . tot. Eins zu hunderttausend . . . tot. Anderson stellten sich die Nackenhaare auf, als er die Reihe entlangging. Der letzte Käfig. Eins zu zehn Millionen . . . tot. »Allmächtiger Gott!« flüsterte Anderson. »Das kann nicht sein . . . das kann doch nicht sein.« Er überprüfte noch einmal die Verdünnungsverhältnisse auf den Schildern. Ein Irrtum war ausgeschlossen.

Bevor Anderson ins Labor zurückkehrte, schaute er noch nach den beiden Meerschweinchen, an denen man das Zusammenwirken des Plasmids mit zwei verschiedenen Medikamenten getestet hatte. Beide waren tot. Galomycin war nicht das einzige Medikament, das als Auslöser für die toxische Wirkung des Plasmids fungierte. Tetracyclin und Ceporin erwiesen sich ebenfalls als tödlich. Das sollte wohl einer dieser Tage werden, an denen sich alles nur noch verschlimmerte!

»Da muß ein Fehler vorliegen«, rief Strauss, als Anderson ihm von den Toxintests berichtete. »Das würde ja bedeuten ...« Er hielt inne, um hinter sich nach einem Buch zu greifen, das er durchblätterte, bis er gefunden hatte, was er suchte. »Ja, das würde bedeuten, daß das Toxin aus diesem Plasmid zehnmal tödlicher ist als das des Bakteriums *Clostridium botulinum*. Und das ist, wie wir beide wissen, Doktor, das wirksamste bekannte Gift.«

»Ich habe Dr. Cohens Schilder noch einmal überprüft. Es ist kein Irrtum möglich.«

»Ist Dr. Cohen im Labor?«

»Nein«, antwortete Anderson. »Myra sagte, er sei heute morgen noch nicht gekommen.«

»Wiederholen Sie das Experiment, Doktor.«

»In Ordnung.«

»Und – Doktor?«

»Ja, bitte?«

»Was ist mit Ihrem Kopf passiert?«

»Ich habe mich am Strand verletzt.«

Anderson berichtete Myra von Strauss' Entscheidung. »Ich werde die Kulturen impfen«, sagte sie. Als Anderson feststellte, daß der Kühlschrank leer war, fragte er sie, wo das Galomycin sei. »In Cohens Labor. Er hat gestern damit gearbeitet.«

Anderson ging zu Cohens leerem Labor und schaute in den

Kühlschrank. Er fand das Galomycin; aber als er sich wieder aufrichtete, fiel ihm ein besonderer Geruch auf, ein unangenehmer Geruch, ein Geruch, der ihn mit einer bösen Vorahnung erfüllte. Es war dieser undefinierbare Geruch, den alle Mediziner mit dem Tod in Verbindung bringen.

Anderson ging langsam auf Cohens Arbeitsplatz zu. Sein rasender Puls ließ die Kopfwunde schmerzhaft pochen. Als er dahinter schaute, fand er seine schlimmsten Befürchtungen bestätigt. Cohen lag ausgestreckt am Boden. Er war schon einige Zeit tot. Die entblößten Zähne und der qualvolle Gesichtsausdruck verrieten Anderson genau, wie er gestorben war.

Bevor Anderson irgend etwas anderes unternahm, teilte er Strauss mit, was er gefunden hatte. Gemeinsam kehrten sie in Cohens Labor zurück und schlossen die Tür hinter sich ab.

»Plasmidtod?« fragte Strauss, als er das Gesicht des Toten betrachtete.

»Unverkennbar«, antwortete Anderson.

Steifbeinig kniete sich Strauss neben die Leiche und murmelte: »Armer Arieh. Er war immer so vorsichtig.«

»Gestern wußten wir noch nicht, wie wirksam das Toxin wirklich ist«, sagte Anderson. »Er muß mit der unverdünnten Substanz gearbeitet haben.«

Anderson untersuchte die Reste auf Cohens Arbeitsplatte und versuchte daraus abzuleiten, was passiert war. Strauss rief ihn zur Leiche zurück. Er deutete auf Cohens rechte Hand, auf einen Schnitt im Operationshandschuh, den er immer noch trug. An der Innenhaut konnte man überall dort dunkle Blutflecken erkennen, wo es sich zwischen Cohens Haut und dem engsitzenden Handschuh ausgebreitet hatte.

Anderson nickte. »Sieht ganz danach aus«, sagte er und suchte den Boden neben der Leiche nach einem Gegenstand ab, der den Schnitt verursacht haben könnte. Er fand, was er suchte – ein dünnes Skalpell mit einer Elfer-Klinge. Er zeigte es Strauss, der mit den Achseln zuckte und dann bekümmert den Kopf schüttelte. »Verdammt, verdammt, verdammt!« fluchte er und kam unsicher auf die Beine.

Während der alte Mann zum Telefonhörer griff, betrachtete Anderson Cohens Leiche. Ausgleichende Gerechtigkeit? fragte er sich. Er hörte, wie Strauss sagte: »In meinem Labor hat es einen Unfall gegeben. Dr. Cohen ist tot.«

5

Nach dem Tod von Arieh Cohen wurden die Versuche mit dem Plasmid und seinem Toxin im offenen Labor sofort gestoppt. Strauss bestand darauf, das Hochsicherheitslabor im Keller des Gebäudes in Betrieb zu nehmen und dort alle weiteren Arbeiten durchführen zu lassen. Nur Anderson und Myra Freedman sollten dort Zutritt haben, und für ihre Zwecke wurde ihnen eine ausreichende Anzahl von Versuchstieren zur Verfügung gestellt.

Die Aussicht, unter den Bedingungen eines Hochsicherheitslabors arbeiten zu müssen, deprimierte Anderson zwar, doch auch er war der Meinung, daß dies jetzt zwingend erforderlich war. Diese Einrichtungen waren für die Arbeit mit äußerst gefährlichen Substanzen konzipiert worden; ihre wichtigste Funktion lag darin, zu verhindern, daß diese Substanzen aus dem hermetisch abgeschlossenen Labor in die Außenwelt dringen konnten.

Als erster Sicherungsfaktor in diesem System diente der Unterdruck. Im Labor wurde ständig ein niedrigerer Luftdruck als in der unmittelbaren Umgebung aufrechterhalten, damit keine Luft nach außen entweichen konnte. Natürlich mußten die Menschen, die in dem Labor arbeiteten, hinein- und hinausgehen, doch waren dafür komplizierte Prozeduren vorgeschrieben. Diese sahen vor, daß man vor dem Eingang alle Kleidung ablegte, eine Reihe von Luftschleusen und Duschen passierte und sich schließlich mit einem Gesichtsschutz, Overall und Stiefeln bekleidete, die man während der Arbeit tragen mußte. Wollte man das Labor verlassen, bedeutete abermaliges Duschen und Kleiderwechsel. Kein Gegenstand wurde jemals aus diesem Labor entfernt, ohne ihn vorher absolut sicher gemacht zu haben. Im Falle einer biologischen Kontamination geschah dies durch Sterilisieren in einem Autoklav, der in die Wand des Labors eingelassen war und Verschlußklappen nach beiden Seiten besaß.

Bei der Arbeit mit Bakterien und Viren waren zum Schutz der Laboranten gasdichte Arbeitsbänke vorgesehen. Dabei handelte es sich um Glaskästen, in die behandschuhte Eingriffe für die Arme eingelassen waren; wenn man sie nicht mehr benötigte, konnte man sie mit unterschiedlichem Licht bestrahlen, zum Beispiel ultraviolettem Licht zur Desinfektion. Die Arbeitsfläche bestand aus einem wasserdichten Tablett, das mit einem geeigneten Sterilisationsmittel überflutet werden konnte, wenn man versehentlich etwas verschüttet hatte. Diese Arbeitsbänke boten zwar einen hochgradigen Schutz, aber da die Arbeiten durch die mit Handschuhen versehenen Eingriffe durchgeführt werden mußten, konnte man nicht so feinfühlig hantieren. Niemand arbeitete gerne dort, weil alles doppelt so lange zu dauern schien.

Als sich der Luftdruck im Hochsicherheitslabor stabilisiert hatte, duschte Anderson, zog die Schutzkleidung an und passierte die Luftschleuse. Er rückte die Atemschutzmaske zurecht, bis sie einigermaßen bequem saß, aber die Erfahrung hatte ihn gelehrt, daß sie nach ein paar Stunden ohnehin kaum mehr zu ertragen war. Myra Freedman gesellte sich in ähnlicher Kleidung, mit Stiefeln und Maske versehen, zu ihm. Er konnte an ihren Augen erkennen, daß sie lächelte, und nickte ihr zu. Es würde ein langer Tag werden.

»Gott sei Dank!« sagte Myra, als sie sich vor der Luftschleuse wiedertrafen. »Ich fühle mich wie eine Nonne.«

Mit dem Aufzug fuhren sie in den sechsten Stock, wo Strauss sie erwartete. »Alles in Ordnung?« fragte er.

Anderson berichtete ihm, daß sie Cohens Experiment einschließlich weiterer Verdünnungen wiederholt hatten und zwei neue Antibiotikum-Tests in die Wege geleitet hatten. »Ausgezeichnet. Auf ein Wort bitte, Doktor.« Anderson schnitt der Assistentin eine Grimasse und folgte Strauss in sein Büro. »Ich habe einen Anruf der Militärbehörden in Hadera erhalten«, sagte Strauss.

»Oh«, machte Anderson.

»Ihr ›Unfall‹ am Strand war doch ein wenig dramatischer, als Sie mich glauben machen wollten.«

Anderson entschuldigte sich und bemerkte, er habe kein Theater machen wollen, das nur von den wirklichen Problemen ablenkte.

Strauss lächelte. »Die berühmte Haltung der Engländer, was?«

»Ich bin Schotte«, entgegnete Anderson.

»Entschuldigen Sie bitte«, sagte Strauss und lächelte erneut. »Mrs. Strauss und ich würden uns freuen, wenn Sie heute abend bei uns essen würden.«

Anderson genoß den Abend mit Jacob und Miriam Strauss. Er hatte gehofft, daß der Professor wieder über medizinische und andere naturwissenschaftliche Probleme reden würde wie beim ersten Mal in seinem Büro, aber das war nicht der Fall. Aus Rücksicht auf Miriam, die keine Wissenschaftlerin war, beschränkte sich die Unterhaltung auf allgemeine Themen. Anderson erzählte ihnen von seiner Familie daheim in Dumfries, von den Streichen, die er und seine Schwester im Sinn hatten, wenn sie über die Hügel Galloways tobten. Miriam lachte laut und schüttelte den Kopf in gespielter Verzweiflung. »Ich kann gut nachempfinden, was Ihre arme Mutter mitgemacht haben muß!« sagte sie.

»Haben Sie auch Kinder?« erkundigte sich Anderson.

Miriams Gesicht verdüsterte sich ein wenig, bevor ihr Lächeln wiederkehrte und sie antwortete: »Zwei Jungen. Dov ist Biologe wie sein Vater. Er arbeitet in Amerika . . .«

Anderson blickte zu Strauss in der Erwartung, daß dieser etwas sagte, aber er schien seinem Blick auszuweichen. Daher schaute er wieder zu Miriam.

»Und Jacob, unser Jüngster. Er ist im Krieg getötet worden, während seines Militärdienstes.«

Anderson hatte ein schlechtes Gewissen. Er wünschte, er hätte nicht danach gefragt. Aber nun blickten seine Gastgeber beide zu Boden.

»Ihr Glas ist leer«, sagte Strauss und brach damit den Bann.

Kurz nach halb zwölf kehrte Anderson zu seinem Apartmenthaus zurück. Draußen auf dem Rasen saßen einige der amerikanischen Studenten mit ihren Gitarren und sangen ihre unvermeidlichen Folk Songs. Miles Langman war unter ihnen. Als er Anderson sah, kam er herüber und begrüßte ihn wie einen lange vermißten Bruder. »Wo zum Teufel haben Sie die letzten beiden Tage gesteckt?« Anderson blickte in sein lächelndes Gesicht und entschied für den Angeklagten. Vielleicht war Langman einfach ein freundlicher Bursche, der sich für alles interessierte. So waren nun einmal Amerikaner . . .

»Das ist eine lange Geschichte.«

»Haben Sie Lust, sich zu unterhalten?«

»Klar.«

Sie machten Station im zweiten Stock, wo Langman Bier aus dem Kühlschrank holte. Dann stiegen sie aufs Dach und lehnten sich mit dem Rücken gegen die Brüstung. Anderson seufzte laut auf.

»Probleme?« fragte Langman.

»Heute war ein grauenhaft beschissener Tag«, sagte Anderson. »Gestern auch«, fügte er hinzu, als er seine Kopfwunde berührte. Er erzählte Langman von seiner Fahrt nach Caesarea und seiner Entdeckung, daß Klein gar nicht dort gewesen war, nachdem er Tel Aviv verlassen hatte.

»Eine Freundin?« vermutete Langman.

Anderson zuckte die Achseln. »Ich vermute, daß der kleine Bastard zu der Zeit die geheimen Experimente zusammen mit Cohen aus dem Labor durchgeführt hat, aber wir werden es nie genau erfahren.«

»Wieso nicht?«

Anderson erzählte ihm von Cohens Tod.

»Ojeojeoje«, seufzte Langman. »Säure, Terroristenkugeln, Leute, die tot umfallen. Das ist wirklich kein Urlaub.«

»Das sollte es auch nicht werden.«

»Was wollen Sie denn jetzt, da Cohen und Klein tot sind, tun?«

»Ein Medikament finden, das dieses verdammte Plasmid unschädlich macht, und dann so schnell wie möglich von hier verschwinden.«

»Das wundert mich nicht.«

»Wohlgemerkt«, überlegte Anderson, nachdem er noch einmal darüber nachgedacht hatte, was Langman zuvor vorgeschlagen hatte, »wenn Klein tatsächlich eine Freundin hatte, weiß sie vielleicht, wo sein Laborbuch ist. Vielleicht weiß sie sogar, wo er während der fehlenden zehn Tage war . . .« Diese Vorstellung riß Anderson aus seiner Niedergeschlagenheit.

»Wie wollen Sie das herausfinden?«

»Ich frage Myra.«

Anderson verbrachte eine weitgehend schlaflose Nacht. Ständig wurde er von einem Traum aus dem Schlaf geschreckt, in dem er in Caesarea über den Strand lief und der Sand so weich war, daß er ihn zu verschlingen drohte. Im Hintergrund lächelte ihn die schöne Mirit Zimmerman auf seltsam distanzierte Manier an und schritt langsam rückwärts ins Meer. Anderson wachte zum x-ten Mal auf, als der Sand ihm gerade mal wieder das Gesicht bedecken wollte. Er stand auf, stellte den Wasserkocher an und duschte. Als er sich vom Schweiß befreit und seinen Kaffee getrunken hatte, war er sich seiner Sache sicher. Er mußte Mirit Zimmerman wiedersehen und herausfinden, was sie wirklich über diesen Angriff in Caesarea wußte.

Strauss gab Anderson die Telefonnummer der Militärbehörde in Hadera. Bevor er ins Hochsicherheitslabor hinunterging, rief er dort an und gab vor, seine Kamera verloren zu haben.

»Einen Augenblick, bitte«, sagte die Stimme. »Ich sehe einmal nach, ob sie Dienst hat.« Aus dem Augenblick wurde eine Minute, dann zwei. Während er wartete, drehte Anderson immer wieder das Telefonkabel um seinen Zeigefinger.

»Sie haben eine Kamera verloren, Dr. Anderson?« fragte Mirit Zimmerman erstaunt.

»Ehrlich gesagt ... nein«, gestand Anderson. »Ich brauchte einen Vorwand, um mit Ihnen zu sprechen.«

»Worüber?«

»Haben Sie die Terroristen in Caesarea erwischt?«

»Nein.«

»Haben Sie irgendwelche Hinweise auf Terroristenaktivitäten in dieser Gegend entdeckt?«

»Also, Doktor, solche Dinge kann ich nicht ...«

»Entschuldigen Sie«, unterbrach Anderson sie. »Ich weiß, das muß sich seltsam anhören. Es ist nur ... ich glaube nicht, daß ich von einem Terroristen angegriffen worden bin.«

»Aha?«

»Und ich glaube, Sie tun das auch nicht.«

»Ich kann mich nicht daran erinnern, irgend etwas gesagt zu haben, das Ihnen diesen Eindruck vermittelt haben könnte, Doktor.«

»Das war auch nicht nötig. Ich habe es Ihrem Gesicht angesehen.«

»Ich glaube, wir sollten so etwas nicht am Telefon diskutieren.«

»Dann wollen Sie mich also treffen?« fragte Anderson.

»Doktor, wenn Sie über irgendwelche Informationen verfügen, die den Behörden von Nutzen sein könnten, müssen Sie . . .«

»Ich weiß, was ich tun muß, Hauptmann, aber ich habe keine Beweise, nur ungute Gefühle. Angstgefühle. Ich würde gerne mit Ihnen reden.«

Eine lange Pause trat ein, bevor Mirit Zimmerman antwortete: »Na gut. Am Wochenende bin ich zu Hause in Jerusalem. Ich treffe Sie am Sonntag zum Mittagessen.«

Anderson stieß einen Seufzer der Erleichterung aus. »Danke. Wo treffen wir uns?«

»Um zwölf Uhr am Jaffa-Tor.« Der Hörer wurde aufgelegt.

Anderson gesellte sich zu Myra Freedman, die auf ihn gewartet hatte, und gemeinsam fuhren sie mit dem Aufzug zum Labor hinunter. Alleine mit Myra, nutzte er die Gelegenheit, sie zu fragen, ob Martin Klein eine Freundin gehabt hatte.

»Ja, Shula Ron, eine Studentin.«

»Wo kann ich sie finden?«

»Wahrscheinlich zu Hause. Es ist Ferienzeit. Warum fragen Sie?«

Anderson berichtete ihr von den fehlenden zehn Tagen in Kleins Leben. »Ich möchte herausfinden, ob sie weiß, wo er war und was er gemacht hat.«

Myra zog den Käfig mit der Maus, der nur sterile Kulturflüssigkeit injiziert worden war, hervor. Sie war wohlauf und damit gleichzeitig die absolute Ausnahme. Nachdem sie ihre Überprüfung beendet hatten, lagen auf der Arbeitsfläche die Kadaver von zehn toten Mäusen und zwei toten Meerschweinchen. Anderson senkte seinen Atemfilter langsam und schüttelte den Kopf.

»Heute wieder zwei Medikamente?« fragte Myra ruhig.

»Ja, aber zuerst möchte ich mit Strauss reden.«

»Es war also kein Fehler«, sagte Strauss, als Anderson ihm vom Ergebnis der Mäusetests berichtete.

»Ich fürchte, nein. Botulin ist nicht länger das wirkungsvollste Toxin der Welt. Wir haben eine neue Nummer eins.«

Strauss sagte etwas auf hebräisch, aber Anderson war sich ziemlich sicher, was es bedeutete. »Ich habe einige Berechnungen angestellt«, sagte Strauss. Er nahm ein Glas von dem Tablett auf seinem Schreibtisch, auf dem eine Wasserkaraffe stand. »Diese Menge Plasmidtoxin«, sagte er und hielt das Glas hoch, »würde ausreichen, um ganz Tel Aviv auszurotten.« Anderson schwieg. »Die Frage ist bloß, Doktor, was wir tun sollen«, seufzte Strauss.

»Haben Sie die Behörden informiert?« erkundigte sich Anderson.

»Nein«, erwiderte Strauss mit großer Entschiedenheit. »Ich erwähnte Tel Aviv, ich hätte aber auch Beirut oder Damaskus sagen können.«

Obwohl Anderson spürte, daß ihn Strauss beobachtete, weil er eine Reaktion auf diese Aussage erwartete, sagte er nichts.

»Wie viele Menschen wissen über das Plasmid Bescheid?« fragte Strauss.

»Sie, ich, Myra Freedman.«

Also gibt es immer noch eine Chance«, meinte Strauss nachdenklich.

»Eine Chance?«

»Doktor, ich will ganz offen sein. Ich will diese Angelegenheit nicht den Behörden übergeben ... keiner Behörde. Ich mißtraue der militärischen Denkweise.« Er schaute Anderson lange und eindringlich an. »Ich werde in diesem Labor alle Quellen des Plasmids zerstören, falls Sie sich dazu bereit erklären, bei Ihrer Rückkehr dasselbe zu tun ... keine Berichte, kein Papierkram, nur eine simple Tat ... eine simple menschliche Tat.«

In Gedanken spielte Anderson mit diesen Worten. Eine simple Tat . . . eine simple unprofessionelle Tat . . . eine simple unwissenschaftliche Tat . . . eine simple, karriereruinierende Tat . . . aber eine Tat zum Besten der Menschheit.

»Also gut«, willigte er ein, »ich bin einverstanden.«

»Gut«, sagte Strauss mit offensichtlicher Erleichterung.

»Aber«, wandte Anderson ein, »es könnte noch eine weitere Quelle für das Plasmid geben. Wir können nicht mit Sicherheit sagen, daß Klein es in diesem Labor hergestellt hat.«

»Aber wo sonst? Und wann?«

Anderson erzählte ihm von den fehlenden zehn Tagen.

»Ich verstehe.«

»Um ehrlich zu sein, Professor, ich glaube, daß Klein während dieser zehn Tage die geheime Klonierung vorgenommen hat, und ich glaube nicht, daß er das allein bewerkstelligen konnte. Ich vermute, daß auch Arieh Cohen darin verwickelt war.« Anderson wartete auf eine empörte Reaktion, aber die blieb aus. Statt dessen seufzte Strauss tief und sagte: »Von den zehn Tagen wußte ich natürlich nichts, aber zugegebenermaßen habe ich einen ähnlichen Verdacht gehegt.«

»Aber warum sollten sie so etwas tun?«

Strauss schüttelte den Kopf. »Warum tun Menschen so etwas? Was für eine Frage an einen Juden, mein Freund.«

»Das ist schlicht und einfach bösartig«, sagte Anderson.

»Darüber hinaus ist es aber auch ziemlich verwirrend«, sagte Strauss. Anderson wartete auf eine Erklärung für diese Bemerkung. »Ist Ihnen je der Gedanke gekommen, daß solch eine Waffe heutzutage als reichlich primitiv betrachtet werden könnte?« Anderson zuckte mit den Achseln. Strauss fuhr fort: »Ich kann nicht begreifen, warum jemand, selbst ein Bösewicht, versuchen sollte, ein Toxin zu entwickeln, wo doch Binärwaffen und Nervengifte schon seit längerer Zeit *die* biologischen Kampfstoffe sind.«

Anderson erkannte, daß der Professor ein wichtiges Argument angeführt hatte, entgegnete indes: »Das Plasmid ist billig und leicht herzustellen. Jeder könnte damit Toxin erzeugen, und es ist sehr wirkungsvoll.«

»Das könnte der entscheidende Punkt sein, mein Freund«, sagte Strauss. »Billig und leicht herzustellen. Das verrät uns, glaube ich, auch etwas über die möglichen Benutzer.«

»Terroristen«, folgerte Anderson.

»Genau«, sagte Strauss, »und deshalb müssen wir es vernichten. Bevor irgendein Haufen geistesgestörter politischer Fanatiker es für angebracht hält, dieses Zeug in ein Trinkwasserreservoir zu kippen, sollten wir es verschwinden lassen und darauf hoffen, daß, da Klein und Cohen tot sind, es jetzt keine weitere Quellen mehr gibt.«

Anderson stimmte ihm zu und mußte erschauern, als er daran dachte, welche Folgen ein Scheitern haben könnte.

»Was ist mit den Antibiotikum-Tests?«

»Zwei weitere Fehlschläge. Morgen werden wir wieder zwei testen.«

Der heutige Tag stellte Anderson und Myra Freedman vor keine besonders schwierigen Aufgaben mehr. Sie mußten lediglich die neuen Antibiotikum-Tests vorbereiten und konnten das Labor daher schon kurz nach Mittag verlassen. »Heute sehen Sie nicht mehr so aus, als hätte Sie ein Auto überrollt«, meinte Myra, als sie ins Hauptlabor zurückgingen. Bereits seit gestern brauchte er keine Verbände mehr an seinen Händen, und heute war auch der Kopfverband verschwunden.

Um drei Uhr verließ Anderson das Labor und ging zur Studentenverwaltung. Dort brachte er die Heimatadresse von Shula Ron in Erfahrung, die in Jerusalem lebte. Er schrieb sich ihre Adresse in seinen Taschenkalender und machte Pläne fürs Wochenende. Jetzt hatte er schon zwei Gründe, um nach Jerusalem zu reisen – sogar drei, wenn er mitzählte, daß er die Stadt sowieso anschauen wollte.

Von der Studentenverwaltung aus ging Anderson direkt zum Swimmingpool der Universität. Erst plätscherte er ein paar Minuten im kühlen Wasser, dann schwamm er mit einem langsamen, trägen Rückenschlag die volle Länge des Beckens hinunter. Die Sonne schien so grell, daß er die Augen fast vollständig geschlossen halten mußte. Aber er genoß es, auf dem Rücken dahinzutreiben und die Spiegelungen des Wassers durch seine Augenschlitze zu betrachten. Die Welt erschien ihm heute ein wenig schöner, und daß er Mirit Zimmerman wiedersehen würde, hatte eine ganze Menge damit zu tun.

Der Nachmittag verrann in gemütlicher Trägheit. Anderson schwamm abwechselnd mal im kühlen grünen Wasser, mal röstete er sich am Rand des Pools. Er entwickelte ein System, nach dem er sich auf beiden Seiten braten, dann wie ein träger Seehund ins Wasser gleiten und auf den Grund sinken lassen konnte. Ein Stoß mit den Füßen, und er durchbrach die Wasseroberfläche mit genügend Kraft, um sich aus dem Becken zu hieven und wieder von vorne zu beginnen.

Am nächsten Morgen steigerte sich Andersons gute Laune noch, weil nur ein Meerschweinchen tot war. Das andere, das neben dem Plasmid auch ein Medikament namens Colomycin erhalten hatte, schien völlig gesund zu sein. Strauss war hocherfreut.

»Colomycin löst also nicht die lethale Wirkung des Plasmids aus. Ausgezeichnet! Aber wir müssen da ganz sichergehen.«

»Ich werde den Versuch natürlich wiederholen«, sagte Anderson.

»Ja, und geben Sie dem Tier, das überlebt hat, eine weitere Dosis Colomycin.« Anderson sah Strauss fragend an. »In ein paar Tagen behandeln wir das Tier dann mit Galomycin.

Wenn es überlebt, bedeutet das, daß das Colomycin jegliche Spur des Plasmids im Körper beseitigt hat.«

Anderson berichtete Strauss von seinem Plan, Jerusalem zu besuchen und mit Shula Ron zu reden.

»Es wäre gut, genau Bescheid zu wissen«, bestätigte ihm Strauss. »Ich freue mich, daß Sie sich Jerusalem ansehen wollen. Bleiben Sie ein paar Tage dort. Ihre Arbeit hier ist doch fast erledigt.«

Es wurde ein weiterer ruhiger Tag im Labor, und das bedeutete, daß er mittags schon gehen konnte. Aber er wollte den Nachmittag nicht wieder im Chlorwasser des Swimmingpools zubringen, sondern ging die Einstein-Allee hinunter bis zur Kreuzung Haifa Highway. Dort erwischte er einen Bus nach Herzliyya nördlich von Tel Aviv. An einer Strandbude kaufte er sich Sandwiches und kaltes Moccabee-Bier und machte es sich im Schatten eines Sonnenschirms gemütlich. Dabei beobachtete er, wie die Leute unter den Augen von zwei scheinbar uninteressierten, aber stets wachsamen Rettungsschwimmern badeten.

Nach etwa einer Stunde erneuerte Anderson seine lebenslange Liebesaffäre mit dem Meer. Er schwamm fünfzig Meter weit hinaus, drehte sich auf den Rücken und schaute zum Land hinüber. Diese Perspektive genoß er immer sehr. Sie gab ihm das angenehme Gefühl des Losgelöstseins, der Flucht vor der Realität, als habe er die Welt für eine kurze Verschnaufpause verlassen und würde erst in der nächsten Runde wieder mit aufspringen.

Der Bus nach Jerusalem war gerammelt voll. Auf dem Busbahnhof in Tel Aviv war Anderson, eingepfercht in eine große Menschenmenge, vorwärts geschoben und fast zerquetscht worden. Alle versuchten gleichzeitig einzusteigen. Schließlich landete er auf einem Fensterplatz links in der Mitte. Er wußte allerdings überhaupt nicht, wie er dorthin geraten war. Eine

Araberin mit einem goldzahnbestückten funkelnden Mund stürzte sich auf den Sitz neben ihm. Die barschen gutturalen Laute des Hebräischen und Arabischen hörten sich an wie die Eröffnungssitzung eines Kongresses von Bronchitiskranken.

Die sechzig Kilometer weite Fahrt war lang und mühsam, da sich der vollbeladene Bus durch das karge Gestrüpp der judäischen Hügel aufwärts quälen mußte. Anderson, den der bloße Anblick von Sand und Geröll langweilte, studierte seine Mitreisenden – nicht zu offensichtlich, wie er hoffte. Sonnenverbrannte Haut, scharfe, kantige Nasen, Falten – hatte Jesus von Nazareth die gleichen Gesichter gesehen, wenn er in die Menge schaute?

Wie ein Juwel lag Jerusalem in der Morgensonne. Anderson war beeindruckt von der Sauberkeit und der strahlenden Aura, die vom hellen Stein der Gebäude hervorgerufen wurde. Am Busbahnhof herrschte abermals ein wildes Getümmel, weil alle Mitreisenden gleichzeitig den Bus verlassen wollten. Diesmal jedoch blieb Anderson einfach sitzen, bis alle gegangen waren. Schließlich trat er vollkommen unbelästigt in den sonnendurchfluteten Jerusalemer Morgen hinaus.

Es war heiß, aber auf eine andere Weise als in Tel Aviv. Die Luft war nicht so feucht und wirkte deshalb frischer und insgesamt angenehmer. Anderson verließ den Busbahnhof und machte sich auf den Weg in die Altstadt. Als sie das erste Mal in sein Blickfeld rückte, blieb Anderson still stehen und ließ das Bild des antiken Jerusalem auf sich wirken. Seine gewaltigen Stadtmauern umfaßten das Herz dieser Stadt, die so oft im Brennpunkt der Geschichte gelegen hatte. Er sah die schwitzenden Sklaven Sultan Suleimans vor sich, wie sie sich abquälten, die großen Steinwälle zu errichten an den Stellen, die ursprünglich von Salomon und Herodes bestimmt worden waren; »moderne« Mauern aus dem sechzehnten Jahrhundert, zum Schutze einer Stadt, die dreitausend Jahre zuvor von

König David zur Hauptstadt des ersten Staates Israel auserkoren worden war.

Anderson warf einen Blick auf die Uhr. Es blieben noch zwei Stunden. Er betrat die Altstadt durch das Jaffa-Tor und konnte gerade noch rechtzeitig beiseite treten, um einer Gruppe von Eseltreibern Platz zu machen. Nur das anachronistische Bild der Soldaten, die mit Maschinenpistolen bewaffnet durch die engen, kopfsteingepflasterten Gassen patrouillierten, deutete darauf hin, daß es sich hier nicht um wahrhaftige Kindheitserinnerungen aus der Bibel handeln konnte. Auch der Geruch der Gassen, in denen sich arabische Händler drängten, die alles verkauften, Leder und Gold, Gewürze und Porzellan, Fisch und Stoffe, paßte nicht zu diesen Erinnerungen.

Die Verkäufer wetteiferten mit auseinandergezogenen Lippen und schiefen Zahnreihen um die Aufmerksamkeit der Passanten. Anderson schlenderte von Stand zu Stand, ignorierte das falsche Lächeln und zeigte sich unbeeindruckt von den kriecherischen Verbeugungen und dem Reiben der Hände. Er verließ den Schatten der Gassen und kletterte die Stufen zum Felsendom empor.

Beim Anblick der großartigen Moschee blieb er wie gebannt stehen. Ihre gewaltige goldene Kuppel reflektierte das Sonnenlicht über der Stelle, an der Mohammed in den Himmel aufgefahren sein soll. Wieso eigentlich nicht? dachte Anderson.

Er trat zum Eingang des Heiligtums und zog seine Schuhe an der Tür aus, bevor er das kühle, dunkle Innere der Moschee betrat. Als er dort umherging, stellte er überrascht fest, daß es fast keinen religiösen Kitsch gab. Aller Schmuck und Symbolgehalt war in das Gebäude selbst geflossen, das Innere wirkte auf angenehme Weise leer. Der mit Teppichen ausgelegte Boden der Moschee war in der Mitte von einem Felsen durchbrochen. Anderson bemerkte, daß einige Stufen zur Basis des Felsens hinunterführten, und stieg hinab. Auf einer kleinen, ebenfalls mit Teppichen ausgelegten Fläche lag ein Mann im Gebet versunken auf dem Boden.

Bei diesem Anblick fühlte sich Anderson schuldig. Er war ein Eindringling. Dieser Ort bedeutete dem Mann offensichtlich wesentlich mehr als ihm. Es kam ihm nicht richtig vor, das alles einfach so zu beobachten. Leise stieg er wieder hoch und trat hinaus ins Sonnenlicht. Es war Zeit für seine Verabredung.

Da es die heißeste Zeit des Tages war, sah sich Anderson nach einem Schattenplatz in der Nähe des Jaffa-Tores um. Erleichtert fand er neben einem der großen Holztore einen Steinbogen, unter dem er vor der prallen Sonne geschützt auf Mirit Zimmerman warten konnte. Einer der patrouillierenden Wachposten warf ihm mißtrauische Blicke zu, er hatte bemerkt, daß er dort herumlungerte. Anderson lächelte. Der Posten zeigte keine Reaktion. Es behagte ihm gar nicht, von der Wache beobachtet zu werden. Deswegen schaute er betont häufig auf seine Uhr, um den mißtrauischen Mann zu überzeugen, daß er auf jemanden wartete. Endlich kam Mirit, und der Wachposten war vergessen.

Sie mußte auf eine Lücke im Verkehr warten, bevor sie die Straße vor dem Jaffa-Tor überqueren konnte. Dies gab ihm die Zeit, Mirit eingehend zu betrachten. Sie trug ein weißes Kleid, das mit ihrem dunklen Haar wunderbar kontrastierte und ihre glatte olivfarbene Haut vorteilhaft zur Geltung brachte. Mit derselben Geste, die Anderson bereits am Strand beobachtet hatte, schleuderte sie ihr Haar zurück. Ein Linienbus verdeckte ihm vorübergehend die Sicht. Jedoch konnte er bald wieder ihren leicht hochmütigen Gesichtsausdruck sehen, als sie eine Lücke im dröhnenden Verkehr abpaßte und rasch hinüberhüpfte.

»Es ist sehr nett, daß Sie gekommen sind«, begrüßte Anderson sie und streckte ihr die Hand entgegen.

Mirit lächelte. »Sind Sie zum ersten Mal in Jerusalem?« fragte sie.

»Auf jeden Fall nicht zum letzten Mal, hoffe ich«, erwiderte Anderson.

Mirit lächelte erneut. »So wirkt diese Stadt eben auf Menschen«, sagte sie.

»Was das Restaurant angeht, bin ich auf Ihre Empfehlung angewiesen«, meinte Anderson.

»Natürlich. Wollen wir in der Altstadt essen?«

Sie liefen ein paar Minuten durch die schmalen Gassen, bis sie an eine niedrige Holztür kamen, die purpurrot gestrichen war und ein Messingschild mit arabischer Aufschrift trug. »Hier hinein«, sagte Mirit.

Anderson mußte den Kopf einziehen, um durch die Tür zu passen. Es dauerte eine Weile, bis sich seine Augen an das Dämmerlicht gewöhnt hatten. Ein Kellner in einem langen arabischen Gewand führte sie an einen Tisch. Anscheinend waren sie die einzigen Gäste.

»Soll ich für uns bestellen?« fragte Mirit.

»Bitte«, sagte Anderson.

Nachdem der Kellner ihre Bestellung entgegengenommen hatte und wieder gegangen war, wandten sich Mirits dunkle Augen Anderson zu: »Also, Doktor, wer versucht, Sie umzubringen?«

»Ich weiß es nicht.«

»Aber Sie wissen warum?«

»Ich glaube schon. Es hat mit dem Grund meines Besuches in Israel zu tun.« Anderson erzählte ihr kurz von Martin Kleins Tod und wie ihn das Plasmid nach Tel Aviv in Professor Strauss' Labor geführt hatte. Er berichtete ihr auch von dem Vorfall mit der Säure.

»Aber warum haben Sie das nicht der Polizei erzählt?« fragte Mirit.

»Weil es auch ein Unfall gewesen sein könnte. Ich hatte keine Beweise. Bis zu der Sache in Caesarea habe ich ja selbst fast an einen Unfall geglaubt. Und sogar da bestand die Möglichkeit, daß es sich um einen Terroristen handelte, bis ich an Ihrem Gesicht sah, daß Sie gewissen Zweifel hegten.«

Mirit nickte. »Sie haben völlig recht. Ein Terrorist wäre die übliche Erklärung für solch einen Angriff, aber in Ihrem Fall paßten einige Dinge nicht so recht zusammen.«

»Nämlich?«

»Zunächst einmal sehen Sie überhaupt nicht wie ein Israeli aus. Warum sollte ein Terrorist Sie angreifen? Zweitens, Sie waren allein. Normalerweise greifen Terroristen keine Einzelpersonen an, sofern sie keine politische Bedeutung haben. Und Sie haben keine. Es ergibt einfach keinen Sinn, an einem einsamen Strand zu landen und einen verwaisten Touristen zu töten. Was hätten sie dadurch gewonnen? Sie haben Sie nicht einmal beim Landen beobachtet. Warum sollten sie dann die Zeit verschwenden und fünfzehn Minuten lang versuchen, Sie zu erschießen? Und dann ist da noch die Waffe.«

»Die Waffe?«

»Als ich Sie im Krankenhaus besuchte, hatten wir die Waffe des Angreifers bereits gefunden. Er ist entkommen, aber die Waffe ließ er auf der Flucht fallen. Es war ein Schnellfeuergewehr mit Zielfernrohr aus Westdeutschland. So eine Art Waffe haben wir noch nie bei einem Terroristen gefunden. Sie benutzen fast immer halbautomatische Waffen aus dem Ostblock.«

Anderson blickte auf den Tisch und nickte resigniert. Bedrückt meinte er: »Danke. Sie haben mir erzählt, was ich hören wollte, oder besser gesagt, was ich lieber nicht hören wollte. Aber jetzt bin ich mir sicher. Jemand will mich umbringen.«

»Da sind Sie hier in bester Gesellschaft, Doktor«, sagte Mirit. Verwirrt schaute er sie an. Sie erklärte es ihm: »Es ist vielleicht kein Trost, aber jeder Israeli könnte mit Fug und Recht behaupten, was Sie gerade gesagt haben. Vielleicht ist es weniger persönlich gemeint, aber das Gefühl ist dasselbe.«

»So habe ich das noch nie betrachtet«, gestand Anderson reumütig. »Erzählen Sie mir davon. Erzählen Sie mir von Ihrem Leben.«

Der arabische Kellner servierte ihnen das Essen. »Was möchten Sie wissen, Doktor?«

»Ich heiße Neil, und ich möchte alles wissen.«

»Meine Eltern sind deutsche Juden. Sie kamen 1948 nach Israel, nachdem Sie die Konzentrationslager überlebt hatten und in Europa umhergezogen waren. Sie waren dabei, als der moderne Staat Israel geboren wurde. Ich bin in Jerusalem geboren, aber damals war die Stadt noch geteilt. Die Jordanier besetzten die östliche Hälfte. Als ich acht Jahre alt war, brach der Sechstagekrieg aus. Der arabische Angriff auf Jerusalem wurde abgewehrt und die Stadt wiedervereinigt. Ich erinnere mich, daß mein Vater an dem Tag geweint hat, denn bis dahin waren die westlichen Mauern des Tempels in arabischer Hand gewesen. Er ging dorthin, um zu beten. Als er nach Hause kam, liefen ihm die Tränen über das Gesicht. Das werde ich nie vergessen. An dem Tag habe ich eigentlich erst entdeckt, was es bedeutet, eine Israeli zu sein.«

Anderson fiel der weiche Ausdruck in ihren Augen auf, als Mirit von ihrem Vater sprach. »Ich wünschte, ich könnte Ihnen mitteilen, daß ich Ihre Empfindungen verstehe«, sagte er. »Aber die Wahrheit ist, daß ich sie nicht verstehe. Wie könnte ich auch. Sie müssen Ihr ganzes Leben in Furcht vor Gewalt und Krieg gelebt haben.«

Mirit lächelte und beugte sich zu ihm hinüber. »Ich werde Ihnen gestehen, was ich insgeheim befürchte. Manchmal glaube ich, wir könnten ohne die Bedrohung von außen überhaupt nicht überleben. Das hält uns zusammen. Der Wille, einfach zu überleben, ist die größte Stärke Israels. Falls die Bedrohung einmal verschwinden sollte . . . wer weiß, was dann passiert.«

»Im Moment sieht es allerdings nicht danach aus«, meinte Anderson.

»Sie haben recht. Die Palästinenser sind ein Problem.«

»Sie haben ein berechtigtes Anliegen«, entgegnete Anderson, der sich darauf verließ, daß hinter den dunklen Augen ein intelligenter Verstand wachte. Einen Augenblick befürchtete er, sich getäuscht zu haben. Ein unbehaglich langes Schweigen breitete sich zwischen ihnen aus. Mirit starrte ihn versteinert an. Schließlich sagte sie langsam: »Haben Sie je einen Bus voller Kinder gesehen, der von einer arabischen Bombe in die Luft gejagt worden ist?«

Anderson spürte, wie sich sein Puls beschleunigte, blieb aber ruhig. Er erwiderte Mirits Blick und sagte: »Nein, das habe ich nicht. Ich habe aber auch noch nie ein arabisches Dorf gesehen, nachdem Ihre Luftwaffe damit fertig war. Mit persönlicher Betroffenheit löst man solche Probleme nicht. Ihre Antwort ist eine Ausflucht . . . und Sie wissen es.«

Die Härte verschwand aus Mirits Blick. Sie schaute Anderson an, als sähe sie ihn zum ersten Mal. »Ja, das stimmt«, erwiderte sie ruhig. »Aber wie können Sie sich da so sicher sein?«

»Ich habe es in Ihrem Gesicht gelesen.«

»Das tun Sie ständig.« Mirit lächelte. »Wie lautet denn Ihre Antwort auf das Palästinenserproblem?« fragte sie.

»Ich weiß es nicht. Sie?«

»Nein, ich auch nicht«, gestand Mirit.

Anderson erkundigte sich, wie lange sie schon in der Armee war.

»Fünf Jahre. Ich habe erst meinen Dienst abgeleistet und bin dann dort geblieben, um Karriere zu machen.«

»Warum?«

»Sie wollen doch nicht abstreiten, daß wir eine Armee brauchen?«

»Nein, ganz gewiß nicht«, sagte Anderson beschwichtigend. »Aber warum Sie persönlich?«

Mirit strich sich das Haar aus der Stirn. »Meine Eltrn verdanken Israel alles. Bevor dieser Staat gegründet wurde, sind sie durch die Hölle gegangen wie so viele alte Menschen in diesem Land. Wir, die jüngere Generation, sind es ihnen schuldig, dafür zu sorgen, daß Israel überlebt, daß solche Dinge wie in den dreißiger und vierziger Jahren nie wieder geschehen. Ich bin ein Einzelkind; ich habe keine Brüder; also war es meine Aufgabe.«

»Sind Sie gerne Soldatin?« fragte Anderson.

»Ich bin gut in meinem Beruf«, erwiderte Mirit.

Anderson glaubte ihr. »Aber Frauen kämpfen nicht an der Front?« fragte er.

»Nein. Aber wir würden es tun, wenn es nötig wäre.«

Mirit und Anderson verließen das Restaurant und gingen langsam zum Jaffa-Tor zurück. Davor blieben sie stehen.

»Ich bin Ihnen dankbar, daß Sie gekommen sind«, sagte Anderson.

»Es tut mir leid, daß ich Ihnen nicht besser helfen konnte. Ich wünschte, wir hätten Ihren Angreifer gefaßt. Gehen Sie denn jetzt zur Polizei? Sie kann eine Kopie meines Berichtes aus Hadera anfordern.«

»Noch nicht. Erst muß ich noch etwas erledigen. Vielleicht können Sie mir dabei helfen.« Anderson zeigte Mirit Shula Rons Adresse.

Es war eine zehnminütige Fahrt von der Altstadt durch die breiten belebten Straßen des modernen Jerusalem. Mirit lenkte ihren weißen Fiat an den Straßenrand und hielt an.

»Dort entlang«, sagte sie und wies ihm die Richtung. »Die dritte links.«

»Noch einmal vielen Dank«, sagte Anderson, der zögerte auszusteigen und sich zu verabschieden. Er wollte sie wiedersehen.

»Mirit . . . falls ich mich mit Ihnen in Verbindung setzen möchte . . .«, stammelte er.

»Weswegen, Neil?« fragte sie mit einem schwachen Lächeln in den Augen.

»Um Sie zum Essen einzuladen«, gestand Anderson, der es aufgab, nach einer offiziellen Begründung zu suchen.

Mirit nahm einen Notizblock vom Armaturenbrett und kritzelte etwas darauf. »Das ist meine Telefonnummer hier in Jerusalem. Rufen Sie mich bitte nicht im Stützpunkt an.«

Einen Augenblick lang fühlte sich Anderson wie ein Dreizehnjähriger. Er grinste breit, als er den Zettel entgegennahm. »Wann wäre es Ihnen denn angenehm?«

»Woran haben Sie denn gedacht?« fragte Mirit.

»Heute abend?« fragte Anderson mit gespielter Schüchternheit und betrachtete sie aus dem Augenwinkel. Sie platzte los, und Anderson tat es ihr gleich.

»Das wäre sehr schön«, sagte sie. »Rufen Sie mich unter der Nummer an, wenn Sie Ihre Angelegenheiten erledigt haben.«

Anderson stand auf dem Bürgersteig und schaute dem Fiat hinterher. Er stand da, immer noch lächelnd, bis ihn die seltsamen Blicke der Passanten davon abbrachten. Dann folgte er der Straße in der Richtung, die ihm Mirit gezeigt hatte, und fand die Adresse, die er suchte. Die Wohnung befand sich im dritten Stock eines alten Gebäudes, das nach Katzen stank. Anderson klingelte, und eine Frau mittleren Alters mit einer dicken, metallgerahmten Brille öffnete. Er stellte sich vor, und bat dann darum, mit Shula zu sprechen.

»Shula arbeitet heue.«

»Sie arbeitet?«

»In den Ferien macht sie Führungen in der Altstadt.«

Anderson lächelte und erklärte ihr, daß er gerade dorther komme. »Wo in der Altstadt?« fragte er.

»Sie ist eine der Promenadenführerinnen.«

»Die Promenade?«

»Ja. Das ist die Tour oben über die alte Stadtmauer. Shula beginnt im Christenviertel. Es ist doch alles in Ordnung, oder?«

»Ja«, beschwichtigte Anderson sie, »es ist alles in Ordnung.«

Der Weg mit dem Bus zurück zur Altstadt dauerte länger als die Hinfahrt, aber Anderson beklagte sich nicht. Er fühlte sich gut. In der Jerusalemer Bergluft konnte er frei atmen, in der energieraubenden Feuchtigkeit von Tel Aviv hatte er sich dagegen wie in einer Falle gefühlt. Er stieg aus dem Bus und bestellte sich in einem Straßencafé in Sichtweite der Stadtmauer einen Orangensaft. Als er gerade seinen Saft im Schatten eines Sonnenschirms trinken wollte, tauchte scheinbar aus dem Nichts ein kleiner Militärkonvoi auf und hielt in einiger Entfernung an. Soldaten sprangen von den Wagen und begannen, ein fünfzig Meter langes Stück der Straße abzusperren, während einige andere derweil eine Art Metallhandwagen abluden.

Als sich der ferngesteuerte Wagen zu bewegen begann, wurde klar, daß es sich um ein Bombenräumkommando handelte. Der Wagen hielt im Schatten der hohen Mauern rukkend an, streckte mit spastischen Bewegungen seine Metallarme aus und hob ein dort liegendes Paket auf. Der Augenblick der Spannung war rasch vorüber. Es war nichts Unheilvolles, nur ein Karton, ein weiterer Routineeinsatz. Nach einer Reihe von Rufen packten die Soldaten ihre Ausrüstung mit geübter Leichtigkeit zusammen und verschwanden, als sei nichts gewesen. Und auch Anderson trank seinen Orangensaft aus und ging in die Altstadt.

Er betrat sie durch das Damaskus-Tor und suchte sich seinen Weg zum christlichen Viertel und zur Via Dolorosa. In einer Traube von Touristen und Pilgern folgte er den Stationen des Kreuzweges und hielt dabei Ausschau nach einer Führerin im Studentenalter. Die größte Menschenmenge ballte sich vor dem Portal der Grabeskirche, wo sich verschiedene Führungen kreuzten. Eine Gruppe afrikanischer Nonnen in hellblauer Ordenstracht wurde von einer jungen Frau geführt, die so aussah, als könnte sie Shula Ron sein. Anderson wartete, bis sie die Nonnen sicher zum Eingang geführt hatte, wo sie Schlange stehen mußten, um eingelassen zu werden.

»Miss Ron?«

»Nein.«

»Entschuldigung. Ich suche Shula Ron.«

»Shula macht die Mauertour.«

»Ich weiß. Wo fängt sie an?«

Die junge Frau gab ihm genaue Anweisungen und sah dann auf die Uhr. »Sie müssen sich beeilen. Die nächste Führung beginnt in fünf Minuten.«

Anderson dankte ihr und ging in die Richtung, die sie ihm gezeigt hatte. Er verlief sich. Er wußte nicht, wie es passiert war, aber ein falscher Abzweig führte zum nächsten, die Gassen wurden immer ruhiger, und in seiner Frustration wurde ihm immer heißer. Anderson ruhte sich im Schatten eines Steinbogens aus, bis er sich besser fühlte. Der Durst, der jetzt in seiner ausgedörrten Kehle brannte, verschwand dadurch jedoch nicht. Wenn er bloß einen Aussichtspunkt fände, um sich zu orientieren! Aber er schien aus diesem Labyrinth endloser Gassen einfach nicht herauszukommen.

Eine Treppe! Endlich! Er befand sich am Fuß einer Stiege, die an der Innenseite der Stadtmauer, oder was er dafür hielt, hinaufführte. Ein Blick auf die ausgetretenen Stufen verriet ihm, daß die Treppe sehr alt sein mußte. Außerdem fehlte das Geländer, weshalb Anderson beim Hochklettern Vorsicht walten ließ. Er vermied es, nach unten zu schauen, und probierte jede bröckelnde Stufe aus, bevor er sein Gewicht verlagerte. Oben angekommen, blickte er sich um. Der Felsendom erstrahlte jetzt in tiefem Gold, weil die Sonne zu sinken begann. Er versuchte seinen Standort in bezug auf den Dom geographisch auszumachen und überprüfte seine Einschätzung, indem er in beiden Richtungen der Mauer nach der Zitadelle Ausschau hielt. Wie vermutet, konnte er sie nicht sehen. Statt dessen erblickte er eine Gruppe von Leuten, die sich genau wie er oben auf der Stadtmauer befand. Sie waren etwa hundert Meter von ihm entfernt und gingen in die entgegengesetzte Richtung. Die bunten Hemden und das eifrige Fotografieren bestätigten Anderson, daß er die Mauerführung gefunden hatte. Er warf einen Blick auf die Uhr und stellte fest, daß es sich wohl nicht um die Tour handeln konnte, die er hatte treffen wollen. Wahrscheinlich war es die nachfolgende und letzte Tour des Tages, die sich gerade auf dem Rückweg befand.

Anderson erkannte, daß er die Gruppe oben auf der Mauer nicht erreichen konnte, weil ein Teil des alten Mauerwerks, auf dem er sich gerade befand, in etwa zehn Metern Entfernung auf einer Länge von dreißig Metern weggebrochen war. Er mußte wohl oder übel wieder hinuntersteigen und sie von unten aus einholen.

Weil er sich nicht wieder verlaufen wollte, hielt sich Anderson so dicht wie möglich an der Innenseite der Mauer und wich nur wenn es unvermeidlich war auf Umwege durch die

Gassen aus. Er erreichte den Start- und Zielpunkt der Führungen just in dem Moment, als die letzte Gruppe vom Festungswall hinabstieg. Ganz oben stand eine junge Frau, welche die Leute zur Treppe geleitete und sich lächelnd von ihnen verabschiedete. Anderson war erleichtert. Er hatte Shula Ron gefunden.

Die Touristen schienen eine Ewigkeit zu brauchen, um von der Befestigungsmauer hinabzusteigen. Zum einen waren die Stufen sehr schmal, zum anderen mußte sich die Gruppe, darunter viele ältere Leute, ihrem langsamsten Mitglied anpassen. Anderson wartete geduldig, während eine Dame jede einzelne Stufe vorsichtig testete, bevor sie den nächsten Schritt wagte. Er ging seinerseits zum Fuß der Treppe hinüber, als er merkte, daß der letzte in der Gruppe plötzlich seine Meinung änderte und die Treppe wieder hinaufkletterte. Der Mann spurtete die Stufen in einem solchen Tempo hinauf, daß er unmöglich einer der älteren Amerikaner sein konnte, die in dieser Gruppe die Mehrheit gebildet hatten. Anderson sah, wie er Shula Ron etwas fragte und wie sie über die Stadt zeigte. Der Mann machte ein Foto und stellte eine weitere Frage. Daraufhin lächelte Shula, strich sich Haare und Kleid glatt und posierte für die Kamera. Der Mann richtete die Kamera auf sie, schien aber mit dem Motiv nicht ganz zufrieden zu sein. Er sagte wieder etwas zu Shula, die sich daraufhin auf die Mauer hochzog und sich dort hinsetzte, die Hände über den Knien gefaltet. Der Unbekannte sah erneut durch den Sucher, veränderte dann die Neigung von Shulas Kopf mit den Fingerspitzen. Anderson wurde ungeduldig. »Nun mach schon voran«, murmelte er, während er im Schatten am Fuß der Treppe wartete.

Abermals hob der Mann die Kamera vors Gesicht, aber Anderson sah, was Shula nicht erkennen konnte. Er schaute nicht durch den Sucher, sondern hatte den Kopf leicht zur Seite gedreht, so daß er in den Innenhof hinuntersehen konnte. Was zum Teufel hatte er vor?, fragte sich Anderson und schaute sich um. Was suchte er? Worauf wartete er? Als der letzte Tourist verschwunden war, fuhr es wie ein Schrei durch Anderson. Er wartete darauf, daß der Innenhof leer war! Er wollte keine Zeugen haben für das, was er vorhatte!

Anderson sprang aus dem Schatten und öffnete den Mund, um Shula zu warnen, aber er kam zu spät. Er sah, wie sich der Mann auf Shula zubewegte, als wollte er ihre Haltung noch einmal korrigieren. Plötzlich stieß er ihr mit der flachen Hand ins Gesicht. Ein Schrei gellte durch die Luft, als Shula Ron rückwärts von der Mauer in den sicheren Tod stürzte. Der Warnruf, der Anderson auf den Lippen gelegen hatte, wurde zu einem Schrei der Verzweiflung. Ihm wurde klar, daß er gerade Zeuge eines Mordes geworden war. Als der Mann auf der Befestigungsmauer zu Anderson hinunterschaute und sich ihre Blicke trafen, herrschte einen Augenblick lang Schweigen.

Anderson nahm die mediterranen Gesichtszüge in sich auf. Er las Angst und Überraschung in dem nußbraunen Gesicht. Offensichtlich hatte der Mörder nicht gemerkt, daß jemand am Fuß der Treppe wartete. Anderson erholte sich als erster. »Du Bastard!« zischte er und begann die Treppe hinaufzusteigen. Währenddessen flüchtete der Mann über den Befestigungswall. Anderson sah, daß er auf die nächste Möglichkeit zusteuerte, die Mauer zu verlassen, einer bröckeligen Steintreppe, die durch ein Eisengitter abgezäunt war, um unvorsichtige Touristen fernzuhalten.

Anderson hatte sich bis auf etwa sechs Meter dem Killer genähert, als er über das Gitter klettern mußte. Bis zu diesem Augenblick war es sein ausschließliches Ziel gewesen, den Mörder zu erwischen, aber nun überfiel ihn ein Gefühl der Verletztlichkeit. Höhen hatte er noch nie gemocht, und jetzt mußte er eine Reihe von gedrehten Eisenspitzen überwinden, daneben ein Abgrund von zwölf Metern, falls es ihm nicht gelingen sollte, die Steinstufen zu erreichen. Der Anblick seiner Beute, die ihre Geschwindigkeit beschleunigte, verlieh ihm Mut. Er zog sich am Gitter hoch und bereitete sich auf den Sprung vor.

Aber Anderson dachte zu lange darüber nach. Er erstarrte plötzlich und war außerstande, seine angespannten Muskeln zu lockern und hinunterzuspringen. Der Mann hatte jetzt festen Boden erreicht. Er drehte sich um, um festzustellen, warum Anderson die Jagd aufgegeben hatte, und sah ihn als Silhouette gegen den Himmel. Diese Chance ließ er sich nicht entgehen. Er hob einige Felsbrocken auf und schleuderte sie in rascher Folge nach Anderson.

Der zweite Stein traf ihn, noch ehe er Zeit gehabt hatte zu begreifen, was vor sich ging, am Kopf. Er erwischte ihn genau an seiner Stirnwunde, die wieder aufplatzte. Er sah den Boden unter sich verschwimmen und drohte langsam das Bewußtsein zu verlieren. Instinktiv wußte er, daß er es nicht schaffen würde, über den Abgrund zu klettern; er mußte versuchen, wieder von dem Gitter herunterzukommen. Als er seine Haltung ein wenig veränderte, beugte er sich gefährlich weit vor und sah den Abgrund wieder unter sich. Es erschien ihm jetzt fast unausweichlich, daß er fallen würde, und er lockerte seinen Griff. In dem Augenblick traf ihn ein weiterer Felsbrocken an der Brust, und automatisch zuckte er zurück. Im Schwunge dieser plötzlichen Bewegung stürzte er rückwärts vom Gitter zurück auf die Befestigungsmauer. Er versuchte sich an der Mauer wieder hochzuziehen, spürte aber, wie er rasch das Bewußtsein verlor. Bevor er an der Wand hinunterglitt, hatte er das merkwürdige Gefühl, auf Sand zu beißen. Das Blut tropfte aus seiner Kopfwunde auf den Boden. Sein letzter Gedanke war, wie rot der Staub über Jerusalem im Sonnenuntergang aussah.

Anderson erwachte im Gefängnis. Er stöhnte und fuhr mit der Hand an seinen Kopf, der, wie er feststellte, verbunden worden war. Der Wächter, der durch sein Stöhnen aufmerksam geworden war, schaute herein, grunzte und verließ ohne ein Wort wieder den Raum. Ein paar Minuten später kehrte er mit zwei Männern zurück. »Warum werde ich hier festgehalten?« fragte Anderson.

Der größere der beiden sagte: »Sie sind . . . Ni-el Anderrson?« Der Name klang sehr fremdländisch, als er ihn aus dem Paß ablas.

»Ja«, bestätigte Anderson und wiederholte seine Frage.

»Sie werden im Zusammenhang mit dem Mord an Shula Ron in Haft gehalten.«

6

Anderson reagierte mit der hilflosen Empörung eines Unschuldigen. Er wiederholte ohne Unterlaß, daß er das Mädchen nicht umgebracht habe, wohl aber den Mord gesehen und den Täter verfolgt habe. Die Ermittlungsbeamten starrten ihn nur ausdruckslos an und stellten ihm endlose Fragen.

»Warum hielten Sie sich in Jerusalem auf?«

»Ich hatte eine Verabredung zum Essen.«

»Mit wem?«

»Hauptmann Mirit Zimmerman von der israelischen Armee«, erwiderte Anderson, der hoffte, sie damit beeindrucken zu können. Der Gesichtsausdruck der Männer änderte sich zwar nicht, aber einer von ihnen verließ kurz das Zimmer.

»Nach dem Essen ließ der Hauptmann sie in der Altstadt zurück?«

»Nein, sie fuhr mich in die Innenstadt.«

»Aber Sie kehrten in die Altstadt zurück?«

»Offensichtlich.«

»Warum?«

»Um . . . Shula Ron zu finden.«

»Sie kannten das tote Mädchen?«

»Nein«, sagte Anderson, der sich immer tiefer hineinritt.

Die Polizeibeamten wechselten verständnislose Blicke. »Warum haben Sie jemanden gesucht, den Sie gar nicht kannten?«

Anderson holte tief Luft. Sein Kopf schmerzte, und er war mit seiner Geduld am Ende. »Schauen Sie, es ist ganz einfach. Ich wollte ihr einige Fragen über ihren Freund stellen. Er hatte in England Medizin studiert.«

»Was wollten Sie wissen?«

Anderson ließ seinen Kopf auf die Brust sinken. »Das ist eine lange Geschichte und würde Ihnen bei Ihren Ermittlungen nicht weiterhelfen.«

»Wir haben alle Zeit der Welt«, sagte der Polizeibeamte und zündete sich eine Zigarette an.

»Ich möchte die britische Botschaft anrufen.«

»Alles zu seiner Zeit.«

»Jetzt!« Anderson wünschte, er hätte seine Stimme nicht gehoben. Seine Kopfschmerzen waren jetzt doppelt so schlimm.

Einer der Beamten stand auf und kam auf ihn zu. Er schob sein Gesicht ganz dicht vor das von Anderson und sagte betont ruhig: »*Wir* bestimmen, wann.« Anderson argumentierte nicht weiter.

»Stehen Sie auf!«

Anderson wurde von beiden Männern festgehalten und einen langen Flur hinuntergeführt, der von den Zellen zu einer Reihe kleiner Räume mit hebräischen Inschriften führte. In einen von ihnen wurde er hineingestoßen.

»Stellen Sie sich dort hin!«

Anderson stand wie angewiesen vor einer weißen Wand. Eine Frau wurde in den Raum geleitet. Sie trug eine metallgerahmte Brille. Es war die Frau, die er nachmittags, als er ihre Wohnung aufgesucht hatte, für Shula Rons Mutter gehalten hatte. Ihre Tränen und das Taschentuch deuteten darauf hin, daß er vermutlich recht hatte.

»Ist das der Mann?«

Die Frau sah Anderson an und nickte. Sie brach erneut in Tränen aus und wurde hinausgeführt. Als nächstes kam die Führerin, mit der er vor der Grabeskirche gesprochen hatte.

»Ist das der Mann?«

»Ja, das ist er«, erwiderte die junge Frau mit einem Gesichtsausdruck, als wollte sie ihn am liebsten umbringen.

Vier weitere Zeugen wurden nacheinander in den Raum gebracht. Sie hatten an Shula Rons Führung teilgenommen. Keiner von ihnen erkannte Anderson. Dann schien die Parade vorüber zu sein. Einer der Polizeibeamten schloß die Tür und setzte sich neben den anderen. Er schnipste ein unsichtbares Stäubchen von seiner Hose und sagte: »Zwei dieser Leute haben Sie erkannt.«

»Natürlich, ich habe sie ja auch erkannt.«

»Wie kommt es, daß Sie sie wiedererkannt haben?«

»Verdammt noch mal! Das müssen Sie doch wissen!«

»Erzählen Sie es uns.«

Und Anderson erzählte es ihnen.

Die Polizeibeamten sprachen kurz auf hebräisch miteinander. Einer verließ den Raum und kehrte mit einem kleinen Jungen in zerrissener Kleidung zurück. Er schaute Anderson an und sprudelte einen Monolog heraus, der mit Schauspieleinlagen durchsetzt war. Anderson konnte nicht ausmachen, ob der Junge arabisch oder hebräisch sprach. Aber schließlich war das in seiner gegenwärtigen Lage völlig gleichgültig. Einer der Beamten brachte den Jungen hinaus und kehrte dann wieder zurück.

»Sie haben Glück, Doktor. Der Junge sah zwei Männer oben auf der Mauer. Einer jagte hinter dem anderen her. Der Junge sagte, der Ausländer sei der Verfolger gewesen.«

Anderson seufzte erleichtert auf. »Dann kann ich also gehen?«

»Erzählen Sie uns von diesem anderen Mann.«

»Um Him . . .« Anderson biß sich auf die Zunge, um sein Temperament im Zaum zu halten, und begann noch einmal von vorne. »Ich habe es Ihnen doch mindestens ein Dutzendmal erzählt. Mein Kopf schmerzt und . . .«

»Erzählen Sie es noch einmal«, entgegnete der Beamte mit ungerührter Stimme.

Anderson lieferte dieselbe Beschreibung, die er bereits zuvor abgegeben hatte: groß, über eins achtzig, dunkler Teint, mediterrane Gesichtszüge, gut gebaut, schwarzer Schnurrbart.

»Sie können jetzt gehen«, sagte einer der Polizeibeamten, ohne noch einmal aufzuschauen.

»Ich kann gehen?« wiederholte Anderson leise.

»Ja«, erwiderte der Mann und schaute endlich auf. »Sehen Sie sich Israel an.« Er wandte sich wieder seiner Schreibarbeit zu.

»Im Augenblick«, sagte Anderson und stand wackelig auf, »wäre es mir lieber, wenn ich aus Israel verschwinden könnte.« Er marschierte hinaus und ließ die verblüfft dreinschauenden Polizisten zurück.

»Heute ist wohl nicht dein Tag, Neil«, meinte Mirit Zimmerman. Anderson wirbelte so schnell herum, daß es seinem Kopf überhaupt nicht guttat, und sah, daß der weiße Fiat am Straßenrand vor der Polizeiwache parkte. Mirit saß darin, eine Hand am Steuer, der Ellenbogen ruhte im offenen Fenster.

»Wie um alles in der Welt . . .?« stammelte Anderson.

»Die Polizei hat sich wegen der Verabredung zum Lunch mit mir in Verbindung gesetzt.«

»Und?«

»Ich erzählte ihnen, was ich wußte, aber das war nicht viel. Ich mußte ihnen sagen, daß ich keine Ahnung habe, warum du in die Altstadt zurückgekehrt bist.«

»Danke«, erwiderte Anderson, ohne zu lächeln.

»Schließlich hast du mir überhaupt nichts von Shula Ron erzählt.«

»Nein«, gab Anderson erschöpft zu und fuhr mit der Hand wieder zum Kopf.

»Du siehst aus, als seist du . . . völlig fertig«, sagte Mirit, die sich nicht sicher war, ob das der richtige Ausdruck war.

»Am Ende meiner Kräfte«, stimmte Anderson unwillig zu.

»Steig ein«, forderte Mirit ihn auf.

Anderson setzte sich seufzend ins Auto. Er war müde, hungrig, durstig und hatte starke Kopfschmerzen. Als Mirit losfuhr, lehnte er den Kopf gegen die Scheibe und betrachtete die Lichter, die sich in der schnell hereinbrechenden Dämmerung auf sie zubewegten. Anderson wies darauf hin, daß sie gerade am Busbahnhof vorbeigefahren waren.

»Wir fahren nicht zum Busbahnhof«, sagte sie. Ohne einen weiteren Kommentar lehnte Anderson den Kopf wieder ans Fenster. Okay, sie fuhren also nicht zur Bushaltestelle.

Der Wagen hielt schließlich in dem angenehm grünen Vorort Beit Hakerem, wo Anderson etwas spürte, das er beinahe schon vergessen hatte. Als er ausstieg, fror er. Er rieb sich die nackten Arme und folgte Mirit einen baumbestandenen Weg entlang. »Das liegt daran, daß wir hier so hoch in den Bergen sind«, erklärte Mirit.

»Ist das dein Haus?« fragte Anderson, als sie ihm wieder einmal den Kopf verband.

»Das meiner Eltern. Sie sind in Europa.« Sie machte einen Schritt zurück, um ihr Werk zu begutachten. »So, das sollte genügen. Aber du mußt hungrig sein. Seit heute Mittag ist viel geschehen.«

Mirit verließ das Zimmer, um ihnen ein Abendessen zu bereiten. Derweil stand Anderson auf und ging zu den Glastüren hinüber. Sie führten auf einen Balkon im ersten Stock, von dem aus man einen Blick auf einen ummauerten Garten hatte, der im Abendlicht so verlockend wirkte, daß Anderson ihn näher erforschen mußte. Er trat hinaus auf den Balkon. Die kühle Nachtluft war durchtränkt von Orangenblütenduft. Eine schmiedeeiserne Wendeltreppe führte in den Garten hinunter. Anderson stieg hinab und genoß die Stille, während über ihm die Sterne immer heller erstrahlten.

»Ach da bist du!« rief Mirit leise vom Balkon. Sie kam zu ihm herunter.

»Es ist so friedlich hier«, staunte Anderson.

»Immer wenn ich ein Problem habe, komme ich hierher. Das mache ich schon, seit ich ein kleines Mädchen war.«

»Ich bin immer auf einen Hügel gegangen«, sagte Anderson.

Als sie fertig gegessen hatten, goß Mirit ihnen Kaffee ein. »Erzähle mir von Shula Ron.«

»Ich habe sie nicht einmal kennengelernt«, sagte Anderson und lächelte angesichts dieser bitteren Ironie. »Sie sollte mir erzählen, was ihr verstorbener Freund im vergangenen Januar zehn Tage lang gemacht hat.«

»Ihr verstorbener Freund?«

»Martin Klein, der Student, von dem ich dir beim Essen erzählt habe.«

Mirit füllte die Tassen noch zweimal auf, während Anderson ihr alles über die Klein-Affäre erzählte – außer wie wirkungsvoll das Toxin war.

»Das hast du also in Caesarea getan«, sagte sie, als er ihr vom Besuch bei Kleins Eltern berichtete.

»Das war ebenfalls nicht mein Tag!«

»Bis jetzt war dein Aufenthalt in Israel nicht besonders angenehm.«

Das konnte Anderson nicht leugnen. »Wenn sich die Colomycn-Tests als richtig erweisen, ist meine Aufgabe hier erledigt, und ich kann wieder nach Hause fahren.«

Mirit schaute auf die Uhr. »Es ist zu spät, um nach Tel Aviv zurückzukehren. Du kannst heute nacht hierbleiben. Ich mache ein Zimmer fertig.«

Anderson lag noch eine ganze Weile wach. Shula Rons Tod hatte eine Frage aufgeworfen, der er den ganzen Abend ausgewichen war. Aber jetzt, in seinem vom silbernen Mondlicht überfluteten Bett, drängte sie sich hartnäckig zwischen ihn und seine Nachtruhe. Welche Verbindung gab es zwischen dem Klein-Gen und dem Tod der jungen Frau? Eine andere Erklärung für ihre Ermordung schien es nicht zu geben. Falls aber eine Verbindung bestand, bedeutete das nicht, daß außer Cohen und Klein noch andere Personen in die Affäre verwikkelt waren? Wer sonst hatte noch ein Interesse am Klein-Gen?

Er fand die Antwort weder an der mondbeschienenen Decke noch an den Wänden, auf denen die Schatten der sich in einer sanften Brise wiegenden Bäume einen langsamen Tanz vollführten.

Als Anderson aufwachte, schien die Sonne. Eine lächelnde Mirit Zimmerman bot ihm Orangensaft an. »Fühlst du dich besser?« erkundigte sie sich.

»Viel besser«, erwiderte er und beschloß, ihr nichts von den Gedanken zu erzählen, die ihn während der Nacht heimgesucht hatten. Außerdem ging es ihm angesichts ihrer vollen Hüften in den engen Jeans und ihrer festen runden Brüste, die sich unter einer blendend weißen Bluse abzeichneten, entschieden besser.

»Mußt du heute morgen zurückkehren?« fragte sie.

»Nein«, sagte Anderson und betrachtete ihr Profil, während sie zum Fenster hinaussah.

»Wann mußt du zurück sein?«

»Nie.«

»Neil. Ernsthaft.«

»Heute abend.«

»Gut. Dann zeige ich dir vorher mein Jerusalem.«

Für Anderson wurde es ein Tag, den er nie vergessen sollte, ein Tag voller Zauber.

»Wohin gehen wir?« fragte er, als sie mit dem Auto losfuhren.

»An einen ganz besonderen Ort«, sagte Mirit ohne weitere

Erklärung. Anderson drängte sie nicht. Er war zufrieden damit, die Sehenswürdigkeiten und Geräusche des Jerusalemer Morgens in sich aufzunehmen.

Der »besondere Ort« stellte sich als Yad Va'shem, das Holocaust-Museum, heraus. Andersons Magen zog sich zusammen, als er die Plakette vor dem Eingang las. Er sah Mirit fragend an.

»Ich möchte, daß du das siehst«, sagte sie leise. »Ich möchte, daß du Israel verstehst.«

Anderson wappnete sich für das, was auf ihn zukam, und folgte ihr in das Gebäude.

Es war genauso grauenhaft, wie Anderson es sich vorgestellt hatte. Aber nicht so sehr die Filme und die Fotos über die Vernichtungslager mit ihren nüchternen Unterschriften schockierten ihn. Es waren die kleinen Dinge, die ihre Geschichte herausbrüllten: Schuhe, die ein Kind getragen hatte, eine schlaffe, verwaiste Stoffpuppe, ein gestreifter Auschwitz-Anzug, dessen ehemaliger Träger gegenwärtiger war als der fadenscheinige Stoff. Mirit schwieg die ganze Zeit über, und Anderson war ihr dafür dankbar, denn alles, was er ihr hätte entgegnen können, wäre unangemessen gewesen. Er versuchte seine Gefühle zu analysieren. Abscheu? Entsetzen? Sicherlich, aber es steckte mehr dahinter, als diese offensichtlichen Reaktionen. Verlegenheit? Schuld? Distanz? Ja, eine gewisse Distanz bestand, das bewußte Gefühl, kein Jude zu sein, die Unfähigkeit, voll zu begreifen, was ein Jude angesichts von Yad Va'shem empfinden mußte.

Als sie das Museum verließen, spürte Anderson die sengende Hitze des Pflasters durch die Schuhsohlen.

»Denk jetzt nicht weiter darüber nach«, sagte Mirit sanft. »Vergiß es nur nicht.«

Anderson antwortete nichts. Er konzentrierte sich lediglich darauf, von diesem Ort wegzugehen.

»Also, was jetzt?« fragte Mirit, als sie wieder beim Auto angelangt waren.

»Ich begebe mich ganz in deine Hände«, lächelte Anderson. »Zeig mir Jerusalem . . . dein Jerusalem.«

Mirit führte Anderson zu den Lieblingsplätzen ihrer Kindheit, eine Odyssee durch gewundene Straßen und Gassen, die selten oder nie von Touristen aufgesucht wurden. Durch seine Reaktionen ermutigt, schwelgte sie hemmungslos in Erinnerungen. Oft prusteten sie vor Lachen, wenn Anderson sich an ähnliche Erfahrungen erinnerte. In einem kleinen, intimen Restaurant speisten sie ausgiebig zu mittag. Anderson erklärte sich bereit, alles zu probieren, was Mirit ihm anbot. Wann immer er dabei hin und wieder das Gesicht verzog, mußte sie erneut herzlich lachen. Sie blieben im Garten des Restaurants und ruhten sich im Schatten aus, bis die Sonne den Zenit weit überschritten hatte. Dann setzten sie ihre Besichtigungstour fort.

Anderson ertappte sich dabei, daß er jede Gelegenheit dazu nutzte, Mirits Gesicht zu betrachten. Wenn sie ihm etwas Interessantes zeigte oder ihm die historische Bedeutung einer Sehenswürdigkeit erklärte, hatte er nur Augen für sie, für die Art, wie sie ruckartig ihr Haar zurückschleuderte, wie sie die Lippen aufwarf, wenn sie lächelte – das Gefühl, das er hatte, wenn er in ihre unergründlichen dunklen Augen sah.

»Und jetzt der schönste Blick von allen«, versprach Mirit, als die Sonne unterging. »Ein Blick, den du nie vergessen wirst.«

Mirit fuhr mit dem Auto die gewundene Straße zum Scopusberg hinauf und hielt an einem Punkt hoch oben am Berg an. Sie stieg aus. »Komm mit«, sagte sie. Anderson gehorchte und ging um das Auto herum zu ihr. Sie führte ihn an der Hand durch einen schmalen Spalt und sagte nur: »Schau.«

Anderson blickte auf die Lichter Jerusalems nieder, die von

Flutlicht erleuchteten Befestigungsmauern der Altstadt, der Felsendom. Der Anblick verschlug ihm die Sprache. Mirit ließ ihm eine Weile Zeit, die Schönheit in Ruhe zu genießen, dann sagte sie: »Hast du jemals etwas so Schönes gesehen?«

Anderson sah sie an und sagte: »Ja.« Er beugte sich hinab und küßte sie zärtlich auf die Lippen. Mirit hob ihre Hand an sein Gesicht und fuhr mit den Fingerspitzen sanft über seine Wange. Dann legte sie ihre Hand auf seine Brust. »Neil, das hat doch keine Zukunft.«

»Aber du willst mich wiedersehen?«

»Ja, aber ...«

»Kein aber. Ja reicht.«

Mirit lachte, und sie küßten sich noch einmal, bevor sie sagte: »Es ist Zeit. Wir müssen gehen.«

Andersons letzter Blick von Jerusalem war die winkende Mirit, als der rote Volvo-Bus den Bahnhof verließ und die Reise hinab durch die Hügel Judäas begann. Wieder war der Bus unerträglich voll. Da man in der Finsternis draußen nichts erkennen konnte, schloß Anderson die Augen und versuchte, all die Schönheit, die er im Laufe des Tages gesehen hatte, wieder aufleben zu lassen. Nachdem sich seine Mitreisenden in Tel Aviv zur Tür des Busses hinausgekämpft hatten, hatte Anderson von öffentlichen Verkehrsmitteln endgültig die Nase voll und nahm ein Taxi zurück in die Einstein-Allee. Allein die Feuchtigkeit in seinem Kragen machte ihm deutlich, daß er wieder in Tel Aviv war.

Kurz nach elf klopfte es an Andersons Tür. Es war Miles Langman. Er hielt zwei Bier in der Hand.

»Wie wär's mit einem Plausch?«

Andersons früheres Mißtrauen Langman gegenüber kehrte urplötzlich zurück. Diese Sache mit dem Schwätzchen auf dem Dach wirkte einfach zu ... aufgesetzt. Mehr eine Befragung als ein Gespräch. Andererseits konnte es auch

Einbildung sein, vielleicht sogar Verfolgungswahn. »In Ordnung.«

»Was hatte Kleins Herzdame denn zu berichten?« fragte Langman.

»Nicht viel. Jemand hat sie von der Stadtmauer gestoßen. Sie ist tot.«

»Das ist doch nicht Ihr Ernst!«

Die Überraschung scheint echt zu sein, dachte Anderson. »Es ist mein Ernst. Sie wurde ermordet. Ich habe es gesehen.«

»Das arme Mädel. Glauben Sie, das hat irgend etwas mit der Klein-Affäre zu tun?«

Wieder kriegte Anderson dieses Gefühl. Das war keine Einbildung, verdammt noch mal. Langman ließ sich von ihm informieren. »Wer weiß.«

»Sie sind also keinen Schritt weitergekommen?«

Anderson flüchtete sich in eine Lüge. »Das würde ich nicht sagen. Shula Rons Mutter gab mir ein Notizbuch, das Martin Klein bei ihr gelassen hatte. Ich glaube, daraus werde ich erfahren, was er vorhatte.«

»Haben Sie es denn noch nicht gelesen?«

»Es ist verschlüsselt. Ich muß erst daran arbeiten.«

»Das ist ja fantastisch. Brauchen Sie Hilfe?«

»Ich sage Ihnen Bescheid.«

Am nächsten Morgen befestigte Anderson, bevor er ins Büro ging, zwei Stücke Klebeband unauffällig zwischen Türrahmen und Türkante. Er hatte Langman den Köder hingeworfen; jetzt brauchte er nur noch einen Beweis, daß er angebissen hatte.

Im Labor begrüßte Myra ihn mit der Neuigkeit, daß alle Versuchstiere noch lebten. Sie erzählte es ihm, sobald er zur Tür hereingekommen war. Jetzt bestand kein Zweifel mehr, daß Colomycin auch in Verbindung mit dem Plasmid sicher war und daher eingesetzt werden konnte, um jegliches Risiko bei möglichen Plasmidträgern auszuschalten. Anderson schickte John Kerr daheim ein Telex in seinem üblich knappen Stil: »Colomycin macht Plasmid unschädlich.« Sechs Stunden später erhielt er eine noch kürzere Antwort: »Einverstanden.« Offensichtlich hatte Kerr ähnliche Experimente durchgeführt und war zu demselben Ergebnis gekommen.

Als Strauss und Myra ihn fragten, wollte sich Anderson nicht festlegen, wann er nach Hause zurückkehren würde. Noch vor zwei Tagen hätte er den nächsten Flug genommen, der Ben Gurion Airport verließ, aber die Dinge hatten sich geändert. Er schob es so lange wie möglich hinaus, Strauss von Shula Ron zu erzählen, aber als Myra ihn ganz unverblümt nach seiner Fahrt nach Jerusalem fragte, mußte er schließlich mit der Wahrheit herausrücken. Sie waren schockiert. Strauss sank auf seinen Sessel, als hätten die Beine unter ihm nachgegeben.

Das Telefon klingelte. Myra und Anderson kehrten ins Labor zurück, während Strauss das Gespräch entgegennahm. »Neil?« begann Myra, aber Anderson unterbrach sie. »Du willst mich sicher fragen, ob es eine Verbindung zwischen dem Klein-Gen und Shula Rons Tod gibt, nicht wahr?« Myra nickte. »Ich weiß es nicht, Myra, ich weiß es einfach nicht.«

Damit gab sich Myra nicht zufrieden. Sie sagte: »Aber wenn es eine Verbindung gibt, bedeutet das doch, daß Cohen und Klein nicht die einzigen waren, die darin verwickelt sind?«

»Allerdings«, antwortete Anderson.

»Aber wer?«

»Ich weiß nicht wer. Ich weiß nicht wo. Ich weiß nicht wie. Ich weiß nicht einmal genau, was geschehen ist. Außer einem möglichen Haken an der Sache habe ich überhaupt nichts herausgefunden.«

»Was ist dieser Haken?«

Anderson erzählte ihr von dem neugierigen Amerikaner im Universitätswohnblock, der für einen Talmudforscher furchtbar viele Fragen über die Klein-Affäre zu stellen schien.

»Vielleicht ist er ja nur ein freundlicher Kerl.«

»Wahrscheinlich«, sagte Anderson, »wenn man meinen Erfolg als Detektiv berücksichtigt, ist es fast sicher so.«

Als Anderson zurückkam, war das Klebeband an der Tür zerrissen. Langman war in seinem Apartment gewesen und hatte nach dem Notizbuch gesucht. Dieser Hurensohn! dachte Anderson. Was zum Teufel hatte er vor? Anderson unterdrückte seinen ersten Impuls, nach unten zu stürmen und ihn zur Rede zu stellen. Er braucht ja nur alles abzustreiten, und was dann? beschwichtigte ihn die Stimme der Vernunft. Er mußte die Sache viel kaltblütiger angehen. Aber was sollte er als erstes unternehmen – das war das Problem. Er legte sich auf sein Bett und dachte nach. Also, Mr. Langman, wenn Sie den Talmud erforschen, dann ist meine Großmutter vom Stamme der Apachen.

Was wußte er denn eigentlich über Langman? Nur das, was Langman selbst ihm erzählt hatte, und das besagte nichts. Er war Amerikaner, daran bestand wenig Zweifel. Seine Kleidung, seine Sprache, seine Angewohnheiten bewiesen das. Vielleicht würde ihn das weiterbringen, überlegte Anderson. Als Ausländer mußte Langman bei den israelischen Behörden gemeldet sein. Er konnte sich kaum als Fachmann für talmudisches Recht registrieren lassen, ohne das durch entsprechende Papiere zu belegen. Es wäre sehr interessant zu erfahren, was Langman auf sein Meldeformular geschrieben hatte. Aber wie konnte er dahinterkommen? Durch die Polizei? Schwerlich. Nach seiner gestrigen Erfahrung würden sie ihm wahrscheinlich auf den Schädel schlagen, wenn er sie nur nach der Zeit fragte. Mirit! Sie könnte es vielleicht herausfinden.

Schließlich mußte ein Hauptmann der Armee doch Zugang zu solchen Informationen haben, oder? Anderson mußte sich eingestehen, daß alles, was er über solche Angelegenheiten wußte, auf eine Tel Aviver Busfahrkarte paßte – und sogar dann war noch Platz genug für die Namen und Adressen aller Fahrgäste. Aber er konnte Mirit fragen, und wenn er sich beeilte, vielleicht auch noch heute.

Anderson unterschrieb die Formulare, zahlte mit seiner Visakarte und nahm die Schlüssel eines dunkelgrünen Fiat Mirafiore entgegen. Vor weniger als einer halben Stunde war ihm der Gedanke gekommen, nach Hadera zu fahren. Und jetzt sauste er in einem Mietwagen mit offenen Fenstern, um die warme Mittelmeerbrise zu spüren, auf dem Haifa Highway Richtung Norden. Myra Freedman hatte recht. In Israel taten die Leute etwas.

Leer und verlassen lag Hadera da, wie eine kleine Stadt im Wilden Westen vor dem entscheidenden Kampf. Im Schnekkentempo lenkte Anderson den Fiat durch die ausgestorbenen Straßen. Zwischen den geschlossenen Fensterläden der Häuser drangen nur winzige Lichtstrahlen, die sich in stauberfüllter Luft brachen. Anderson fuhr zum Busbahnhof, weil er annahm, dort auf Anzeichen von Leben zu stoßen, zumindest aber jemanden zu finden, der ihm den Weg zum Militärposten weisen konnte. Gerade wollte er eine Gruppe von Busfahrern fragen, als er zwei Soldaten bemerkte, die auf einer Bank saßen und Falafel aßen. Also fragte er sie. Einer von ihnen stand auf und griff zu seiner Automatikwaffe, die er gegen die Bank gelehnt hatte. O Gott, geht das schon wieder los, dachte Anderson.

»Wer sind Sie?« fragte der Soldat. Anderson sagte es ihm. »Paß!« Er händigte ihn aus. »Warum wollen Sie dorthin?«

»Ich möchte Hauptmann Zimmerman sprechen.«

Der Fragensteller sagte auf hebräisch etwas zu seinem Kameraden, der immer noch dasaß und kaute. Er grinste breit, und ein Schwall feuchter Krümel fiel ihm auf die Hose. »In Ordnung«, sagte der Soldat, stellte die Waffe wieder ab und erklärte Anderson den Weg.

Der Militärposten befand sich in Richtung Westen außerhalb von Hadera. Anderson fand ihn ohne Schwierigkeiten. Den Wagen parkte er etwa fünfzig Meter vom Eingang entfernt, um den Verkehr nicht zu behindern, solange er an der Pforte Erkundigungen einholte. Eine warme Brise ließ die blau-weiße israelische Flagge über dem Eingang im Nachtwind wehen. Derselbe Wind blies Anderson Sand ins Gesicht, so daß er am Zaun stehenbleiben mußte, um sich die Körnchen aus den Augen zu wischen. Während er blinzelnd dastand, hörte er das rasselnde Geräusch eines gedrosselten Motors. Ein dunkelblauer Mercedes wollte gerade die Militärbasis verlassen und hatte an der Pforte angehalten. Die Schranke wurde geöffnet, und das Licht aus der offenen Tür des Wachhäuschens fiel auf die Insassen. Einer davon war Mirit Zimmerman, der andere Miles Langman.

In völliger Verzweiflung sah Anderson den Mercedes in einer Staubwolke davonbrausen. Ist denn jeder in diesem beschissenen Land ein Abkömmling von Judas Iskarioth? fragte er sich voller Wut und Bitterkeit. Als er seinerseits das Gaspedal durchtrat und sich auf den Weg zum Haifa Highway machte, gruben sich die Reifen des Fiats in den Dreck. In Herzliyya unterbrach er die Reise und ging zum Meer hinunter, wo er sich auf eine mondbeschienene Bank setzte. Er warf Steine ins Wasser, bis ihm der Arm weh tat, und machte trotzdem weiter. Was konnte sie bloß mit der Klein-Affäre zu tun haben? Natürlich war sie diejenige, als die sie sich ausgegeben hatte. Aber woher kannte sie Langman? Anderson fluchte laut, als er zu dem Schluß kam, daß er sich über nichts mehr sicher sein konnte. Er zog seine Kleidung aus und schwamm nackt so lange im Meer, bis er fast völlig erschöpft war. Dann kehrte er zum Ufer zurück und wartete, bis ihn der warme Wind getrocknet hatte. Um Mitternacht war er zurück in Tel Aviv.

Am nächsten Morgen, als er über das Universitätsgelände ging, blieb Anderson stehen, um den Tönen zu lauschen, die aus der Musikhochschule drangen. Es war wunderschön. Ein Pianist spielte Chopin, so wie Chopin seine Musik sicher gerne gehört hätte. Trotz der sengenden Sonne verharrte er bis zum Ende des Stückes. »Bravo«, sagte er leise, als die Musik verstummte. Während der letzten vier Takte hatte er eine Entscheidung getroffen: Die Israelis konnten ihr Klein-Gen ruhig behalten. Er hatte die Nase voll. Er würde seine Sachen aufräumen, jede Kultur, die er von dem verdammten Zeug finden konnte, sterilisieren und binnen zweier Tage nach Hause fliegen. Dort würde er, wie versprochen, ebenfalls alle Kulturen vernichten; damit wäre sein Teil erledigt. Keine Sonne mehr, kein Schweiß mehr, keine Lügen mehr; zurück zu Regen und Zuverlässigkeit, Pints of Bitter mit Fearman im *The Angel*, chinesische Schnellimbisse, Partys mit Krankenschwestern. Natürlich gab es dort keine Mirit, aber darüber würde er im Laufe der Zeit schon hinwegkommen ... oder?

Anderson teilte Strauss seinen Entschluß mit und erhielt die Erlaubnis, alle Kulturen, die das Plasmid mit dem Klein-Gen enthielten, zu sammeln. Kurz nach drei Uhr nachmittags wurden zwei Tabletts voll in einen Autoklav im Sterilisationsraum geladen. Anderson beobachtete, wie die Nadel auf einhunderteinunddreißig Grad kletterte, und wußte, daß es nicht mehr lange dauerte, bis er an Bord einer British Airways TriStar seinen Gin Tonic schlürfte.

Myra Freedman lud ihn spontan zum Abendessen ein. Sie meinte, er müsse mit dem vorliebnehmen, was es gerade zu essen gäbe, aber es wäre schön, wenn er sich von Sam verabschieden könnte. Anderson nahm die Einladung nur zu gerne an, weil er wußte, daß er in Sam Freedmans Gesellschaft nicht über Mirit nachgrübeln würde. Das wäre sicher der Fall, verbrächte er den Abend allein in seinem Apartment.

Die Freedmans ließen das improvisierte Abendessen mit Anderson in einer Woge von guter Unterhaltung und Malt Whisky dahinschwimmen. Anderson meinte es aufrichtig, als er Freedman für den fantastischen Abend dankte und um ein Uhr nachts dem die Einstein-Allee hinabbrausenden Mercedes hinterherwinkte. Er hatte mehr als üblich getrunken, um seine immer wiederkehrenden Gedanken an Mirit in Alkohol zu ertränken. Myra Freedman hatte dafür gesorgt, daß sein Glas nie lange leer geblieben war. So war er jetzt ein wenig unsicher auf den Beinen, als er die Treppe hinaufstieg.

Als er an seinem Schloß herumfummelte, merkte Anderson, daß er nicht allein war. Auf dem Dach stand die Gestalt eines Mannes. Er gab den Kampf mit den Schlüsseln auf und ging zum Dach hinüber. Es war Langman! Großer Gott, dachte Anderson, nicht wieder diese »Bier-auf-dem-Dach«-Sache. Doch während Anderson näher kam, wurde er schlagartig nüchtern, als hätte man ihn in Eiswasser getaucht. Langman stand nicht wirklich aufrecht. Er wurde von einer Wäscheleine gehalten, die man ihm eng um den Hals gewikkelt und an der Brüstung befestigt hatte. Seine schlaffe Leiche baumelte dort wie eine aufgehängte Marionette.

Anderson zuckte zurück, weil sich plötzlich Langmans Auge bewegte. Aber dann wurde ihm klar, daß dieser Eindruck durch eine fünf Zentimeter lange Kakerlake hervorgerufen worden war, die auf ihrer Inspektionstour der Leiche quer über eine der Pupillen gelaufen war. Er wandte sich ab, lehnte sich gegen die Mauer und mußte sich hilflos erbrechen, bis sein Magen leer war. Ekel war nicht das einzige Gefühl, mit dem er fertig werden mußte. Er hatte vor allem Angst, Angst, wie er sie nie zuvor in seinem Leben gekannt hatte. Anscheinend wurde jeder, mit dem er im Rahmen der Klein-Affäre in Berührung kam, ermordet, und er hatte keine Ahnung, warum. Diese Ungewißheit darüber, was eigentlich vor sich ging, sein kaum unterdrückbares Entsetzen sowie die Abscheu beim Anblick von Langmans entstellten Zügen bildeten eine schwer verdauliche Mischung, mit der Anderson in der schwülen Finsternis der Tel Aviver Nacht nun fertig werden mußte. Er spülte sich den Mund aus, um den Geschmack des Erbrochenen loszuwerden. Dann ging er hinunter und rief die Polizei an. Es würde eine lange Nacht werden.

Während er auf die Polizei wartete, nahm Anderson eine Dusche. Kaum hatte er sich wieder angezogen, da gellte das Heulen der Sirenen schon durch die Nacht. Er ging hinunter.

Als Langmans Leiche zugedeckt auf der Trage eines Krankenwagens vom Dach gerollt wurde, mußte Anderson daran denken, daß Cohen auf dieselbe Weise abtransportiert worden war. Er überlegte, wer wohl als nächster unter solch einem Tuch liegen würde. Um sich von seinen trüben Gedankengängen abzulenken, massierte er sich kräftig den Nacken.

Obwohl es fast zwei Stunden dauerte, bis die Polizei ihre Routineuntersuchungen durchgeführt hatte und endlich mit seiner Befragung begann, war das Verhör viel kürzer, als Anderson befürchtet hatte. Für die Polizei war er lediglich der Mieter der Dachwohnung, jemand, der die Leiche zufällig entdeckt hatte. Ja, er kannte Langman, aber nur flüchtig, wie man eben seine Mitbewohner kennt. Ein Wissenschaftler, der sich mit talmudischem Recht beschäftigte, glaubte er. Ja, er war den ganzen Abend aus gewesen; ja, er konnte das beweisen. Er gab ihnen die Adresse der Freedmans und durfte in sein Apartment zurückkehren.

Als er in seinem Bett lag, fragte sich Anderson, wie hoch seine Chancen wohl standen, Israel bereits verlassen zu haben, bevor die Polizei in Tel Aviv von seinem Zusammenstoß mit den Behörden in Jerusalem erfuhr. Denn sicherlich würden die Beamten an das Sprichwort denken: »Wo Rauch ist, ist auch ein Feuer.«

Erst nach vier Uhr schlief Anderson endlich ein. Folglich wachte er auch erst nach halb elf wieder auf. Im Gebäude war alles still, da die meisten Amerikaner bereits zu ihren Vorlesungen und Übungen gegangen waren. Er lag im Bett und genoß die Ruhe. Auf der Einstein-Allee hörte er das Knattern eines Dieselmotors und identifizierte es als Bus. Das angestrengte Geräusch, das er von sich gab, als er sich entfernte, verriet ihm, daß er die Straße hinauffuhr.

Mit einem Becher schwarzen Kaffees in der Hand wagte sich Anderson aufs Dach. Aus irgendeinem Grund fielen ihm die Worte auf einem Werbeplakat für Israel ein. Es hieß dort: »Es wird Ihnen unvergeßlich bleiben.« Wie wahr, dachte er mit einem schwachen Lächeln. Ihm fiel ein, daß er überhaupt noch keine Ansichtskarten verschickt hatte. Was, um Himmels willen, sollte er bloß schreiben?

Anderson hatte gerade mit dem Packen begonnen, als es an der Tür klopfte. Der erste Polizist des Tages, dachte er, öffnete die Tür und . . . Mirit stand vor ihm. Die Kinnlade fiel ihm herunter, er hatte das Gefühl, als ob sich eine geballte Faust in seinem Magen umdrehte.

»Du hast nicht angerufen«, sagte sie.

»Nein, ich fliege morgen nach Hause«, entgegnete Anderson entschieden.

»Ich verstehe«, sagte Mirit und schaute verwirrt drein.

»Wenn du mich also entschuldigen würdest . . .«

»Warum benimmst du dich so? Willst du mich nicht hineinbitten?«

Anderson litt Qualen. Wie konnte jemand, der so schön war, gleichzeitig so verschlagen sein? Wie konnte sie dastehen und so tun, als sei sie besorgt? Er konnte dem Drang, ihr weh zu tun, nicht widerstehen. »Dein Freund Langman ist tot«, sagte er. »Er wurde vergangene Nacht ermordet.«

Mirit schien verblüfft zu sein. »Miles Langman?«

»Ja, Miles Langman.« Zumindest gab sie nicht vor, ihn nicht gekannt zu haben, dachte Anderson.

»Woher weißt du, daß ich Miles Langman kannte?« fragte Mirit.

»Gestern Abend bin ich nach Hadera gefahren und wollte dich bitten, etwas über ihn herauszufinden.« Anderson schüttelte den Kopf angesichts der Ironie dieser Situation. »Ich glaubte nicht, daß er der war, für den er sich ausgab. Dann sah ich euch beide zusammen.«

»Ich verstehe«, sagte Mirit ruhig. »Was hat er dir denn über seine Arbeit erzählt?«

»Er sagte, er sei Wissenschaftler und beschäftige sich mit dem Talmud. Aber er stellte zu viele Fragen.«

Mirit nickte. »Du hast recht. Fragen zu stellen war schon mehr sein Geschäft. Langman war als Offizier der CIA in Tel Aviv stationiert.«

Langsam sank Anderson auf sein Bett. Das hatte ihm gerade noch gefehlt. Die CIA. Für einen Mann, dessen Kontakte mit dem Gesetz sich – vor Israel – auf einen Strafzettel für Parken im absoluten Halteverbot der Einkaufszone von Campden beschränkten, bedeutete dies der Gipfel der Absurdität. »Die CIA«, wiederholte er wie ein Automat. Er hatte auf dem Dach mit der CIA Bier getrunken? Na so was.

»Es stimmt«, sagte Mirit mit Blick auf Andersons Gesichtsausdruck.

»Und deine Verbindung?«

»Gestern abend traf ich Miles Langman zum ersten Mal im Leben. Die CIA interessierte sich für den Angriff auf dich in Caesarea. Vergangene Woche forderten sie beim Stützpunktkommandanten eine Kopie meines Berichtes an, und gestern baten sie darum, mit dem berichterstattenden Offizier sprechen zu dürfen . . . mit mir.«

»Aber warum?« fragte Anderson verwirrt.

»Ironischerweise stellte Langman mir fast dieselben Fragen über den Angriff wie du. Auch er schien nicht zu glauben, daß es sich um Terroristen handelte. Er wollte wissen, ob ich irgendwelche anderen Ideen hätte.«

»Ich dachte, du und er steckten unter einer Decke.«

»Ich weiß, was du dachtest«, sagte Mirit.

»Aber warum sollte sich die CIA für mich interessieren?«

»Die Antwort ist schlicht und einfach, daß sie sich überhaupt nicht für dich interessieren. Du bist nur Mittel zum Zweck. Sie beschäftigen sich mit dieser Klein-Sache. Soweit ich das bei Langman heraushören konnte, ließ er dich seine Arbeit erledigen. Er sagte, du könntest an Orte gehen, wo er nicht hinkäme. Also ließ er dich gehen und hielt im Hintergrund Wache. Als ich ihm gestand, daß ich dich auf privater Ebene wiedergesehen hätte und dich wahrscheinlich noch öfter sehen würde, fragte er, ob ich dasselbe wie er tun könnte. Ich sagte, ich könne dich auf keinen Fall hintergehen. Aber da du morgen nach Hause fliegst, stellt sich diese Frage nicht mehr.«

Anderson fühlte sich so mies, daß er kein Wort mehr sagen konnte. Immer noch auf dem Bett sitzend, hielt er den Kopf in beiden Händen und starrte auf den Boden. Verzweifelt versuchte er, Ordnung in seine Gedanken zu bringen. Mirit stand auf, um zu gehen. Ruhig sagte sie: »Ich wünsche dir eine gute Heimreise.«

Diese Trennung war mehr, als Anderson ertragen konnte. Er sprang auf. »Mein Gott, Mirit, es tut mir so leid. Kannst du mir für das, was ich gedacht habe, vergeben?«

»Ist das so wichtig?«

»Ja.«

»Aber warum?«

»Weil ich mich in dich verliebt habe«, sagte Anderson, der diese Tatsache ebenso sich selbst wie Mirit gestand. Nach einem langen Schweigen sagte Mirit: »Ich verstehe.« Noch nie in seinem Leben hatte Anderson sich so nackt gefühlt. Es war, als sei die Zeit bei seinem Geständnis stehengeblieben.

»Es ist unklug, sogar lächerlich nach einer so kurzen Zeit«, wandte Mirit ein. »Das kann doch keine Zukunft haben. Aber was auch daraus wird und wie lange es dauert . . . ich empfinde dasselbe.«

Anderson küßte Mirit und fühlte sich wie im siebten Himmel. Er ließ seine Finger durch ihr dunkles Haar gleiten und drückte sie fest an sich. Dieser Augenblick sollte nie enden. »Mein Gott, wie ich dich liebe!« sagte er so vehement, daß Mirit lachen mußte. Dann lachten beide, und er küßte sie erneut.

»Neil?«

»Ja?«

»Dein Atem riecht nach Kamel.«

Anderson entschuldigte sich. »Gestern abend habe ich ziemlich viel getrunken . . . ich wollte dich vergessen.«

Mirit fuhr mit den Fingerspitzen sanft über seine Stirn und sagte: »Tu das nie wieder, Neil.«

»Nie wieder, ich verspreche es.«

Anderson stornierte seinen Flug. »Und jetzt?« fragte er, als er den Hörer auflegte.

»Ich bin hergekommen, um dir zu erzählen, daß ich Urlaub genommen habe. Ich dachte, wir könnten für ein paar Tage wegfahren. Vielleicht gelingt es uns, herauszufinden, warum du in Gefahr bist. Was hältst du davon?«

»Das ist die beste Idee, die ich je gehört habe«, sagte Anderson, der kaum fassen konnte, wie sich seine Stimmung an diesem Morgen gewandelt hatte.

»Wohin sollen wir fahren?« fragte Mirit.

»Irgendwohin.«

»Ans Rote Meer.«

Anderson ließ Mirit im Apartment zurück und ging zur Universität, um Professor Strauss darüber zu informieren, daß er Israel noch nicht verlassen würde, sondern nur für ein paar Tage wegfuhr. Auf dem Weg nach draußen sprach er noch kurz mit Myra Freedman.

»Haben Sie Ihre Meinung geändert?« fragte sie.

Anderson erzählte ihr, daß er sich entschlossen hätte, noch ein bißchen zu bleiben.

»Um etwas herauszufinden?«

»Über mich selbst«, meinte Anderson lächelnd. »Ich fahre ans Rote Meer.«

7

Als sie in den Fiat stiegen, beugte sich Anderson zu Mirit hinüber und küßte sie. »Kamel?« fragte er.

»Nein, Zahnpasta!«

Mit jedem Kilometer, der sie von Tel Aviv weg in Richtung Süden in die Wüste Negev brachte, fühlte er sich besser. Nach etwa einer Stunde, die sie in behaglichem Schweigen verbracht hatten, fragte Mirit: »Neil? Gibt es etwas, das du mir nicht sagen kannst?«

»Wie kommst du darauf?«

»Ich wollte dir gerade vorschlagen, daß wir völlig offen zueinander sein sollten, aber dann kam mir der Gedanke, daß du vielleicht dein Wort gegeben hast, über bestimmte Dinge nicht zu sprechen.«

»Ich könnte dich dasselbe fragen.«

»Stimmt«, gab Mirit zu, »aber ich weiß nur, was du und Miles Langman mir erzählt haben. Allerdings schien Langman nicht zu glauben, daß du ein geheimes Notizbuch besitzt.«

Anderson erzählte ihr von der Falle, die er Langman mit der Lüge über Kleins Notizbuch gestellt hatte.

Sie lächelte. »Wo hast du das denn gelernt?«

»Das habe ich mal in einem Film gesehen.«

Sie verfielen wieder in Schweigen, bis Anderson sagte: »Ich habe deine Frage nicht beantwortet.«

»Das habe ich gemerkt«, erwiderte Mirit, die den Blick nicht von der Straße ließ.

»Es gibt etwas, das ich dir noch nicht gesagt habe. Aber da ich keinem versprochen habe, darüber zu schweigen, werde ich es dir erzählen.« Er erklärte ihr, wie stark das Toxin wirklich war, das vom Klein-Gen produziert wurde, und daß er mit Strauss übereingekommen war, es zu vernichten.«

»Ist das nicht unwissenschaftlich?«

»Ja.«

»Würde deine Karriere nicht darunter leiden, wenn das herauskäme?«

»Wahrscheinlich.«

»Neil.«

»Ja?«

» Ich bin froh darüber.«

Sie kamen in die Negev-Stadt Beersheba und tranken dort einen kalten Orangensaft. »Weißt du was? Ich mag die Wüste«, sagte Anderson und spähte mit zusammengekniffenen Augen unter seinem Hut hervor auf die glühende Einöde.

»Aus einem bestimmten Grund?«

»Nein, sie gefällt mir einfach.«

Die Abenddämmerung legte sich über das Land, als Mirit das Tempo verlangsamte und am Straßenrand anhielt. »Komm mit«, forderte sie ihn auf und ging zu einem Sandhügel hinüber. Anderson trat zu ihr. »Da! Dort drüben!« Mirit deutete Richtung Süden. In etwa dreißig Kilometer Entfernung sah Anderson das Funkeln der untergehenden Sonne auf dem Wasser. Am Horizont erkannte man außerdem eine kleine Traube von Lichtern. »Elat«, verkündete Mirit, »dort fahren wir hin.«

Oben auf dem Hügel bemerkte Anderson, daß kein einziger Laut zu hören war. Es herrschte vollkommene Stille. Als ständen sie in einer gemalten Landschaft, die einzigen Menschen auf Erden. Oder vielleicht war es gar nicht die Erde, sondern ein anderer Planet.

»Gefällt dir, was du siehst?« fragte Mirit leise.

»Es gefällt mir.«

»Es kommt noch besser.« Sie steigen wieder ins Auto.

»Wo sind wir?« fragte Anderson, als sie in die Auffahrt eines Hotels einbogen, das weit und breit das einzige Gebäude zu sein schien.

»Coral Beach«, antwortete Mirit. »Morgen früh wirst du sehen warum.« Sie duschten, zogen sich um und gingen nach unten zum Essen. Sie aßen draußen auf einer Veranda unter den Sternen und hörten, wie die Wellen ans Ufer schlugen.

»Fertig?« fragte Mirit am Ende der Mahlzeit.

»Ja.«

»Komm mit.« Mirit ging voran in die Gartenanlage, zog zwei Liegestühle zusammen und sagte: »Leg dich hin.« Anderson streckte sich auf dem einen aus, Mirit legte sich daneben. »Jetzt schau nach oben.«

Anderson blickte empor in den sternenübersäten Himmel. »Wunderschön«, sagte er.

»Schau weiter hin«, sagte Mirit. Schweigend blickten sie in den nächtlichen Himmel wie zwei mittelalterliche Philosophen, bis plötzlich eine leuchtende Feuerspur quer durch die Samtschwärze zog. »Da!« rief Mirit voller Befriedigung.

»Eine Sternschnuppe!« sagte Anderson.

Beide wußten sie, daß sie einander lieben würden, daher kam keine Verlegenheit auf, als es soweit war. Unbekleidet entsprach Mirits Körper allen Verheißungen. Während seine Fingerspitzen die glatten festen Konturen ihres Körpers erforschten, hielt Anderson den Blick ihrer unergründlichen dunklen Augen fest. Seine Zunge fuhr von ihrem Ohr zu ihren Brüsten hinab und umspielte ihre Brustwarzen, bis sie ganz hart waren, indessen sich seine Hand langsam den Weg zwischen ihre Oberschenkel suchte.

Mirit ging ganz auf Andersons Berührungen ein und begegnete ihm dabei mit einer fast animalischen Leidenschaft, die ihn ebenso forderte, wie er sie begehrte. Sie begann ihn zu reizen, indem sie ihm bald kaum erlaubte einzudringen, um ihn bald tief in sich festzuhalten, bis Andersons männlicher Drang zu beherrschen so übermächtig wurde, daß er ihre Handgelenke auf dem Kissen festhielt und sie hart nahm. Er explodierte in ihr, und augenblicklich verwandelte sich seine Gewalttätigkeit wieder in liebevolle Zärtlichkeit. »Ich glaube, ich habe dich verletzt«, flüsterte er und leckte ihr dabei den salzigen Schweiß aus dem Genick.

»Eine ehrenhafte Verwundung«, entgegnete Mirit in der Dunkelheit.

Die Sonne ging auf und färbte die Berge Arabiens rot. Sie weckte Mirit und Anderson, die eng umschlungen geschlafen hatten. »Wie fühlst du dich?« flüsterte sie in sein Ohr.

»Hungrig«, gestand er.

»Wie ungalant!«

»Und – sehr verliebt in dich, meine Lady.« Anderson küßte sie zärtlich, setzte sich auf und schaute umher. »Mein Gott! Fühle ich mich wohl.« Er stand auf und ging zum Fenster hinüber, von wo er einen Blick auf den funkelnden Golf von Akaba und die roten Berge Jordaniens hatte. »Ich wußte es! Ich bin im Garten Eden!«

»Sollen wir erst schwimmen oder erst frühstücken?« fragte Mirit.

»Keines von beidem«, sagte Anderson und kam zurück ins Bett.

Mirit lächelte.

Als sie schließlich aufstanden, war es zu spät fürs Frühstück. Daher gingen sie mit einer Ausrüstung des Hotels in die Korallenriffe schnorcheln, was ihr Gefühl, sich in ihrer eigenen Welt außerhalb aller Zeit zu befinden, noch intensivierte. Sie tauchten und verschmolzen mit den Formen und Farben des Riffs. Den Fischen schien das nichts auszumachen. Sie akzeptierten die beiden Schnorchler, als hätten sie schon immer dort gelebt.

Mittags aßen sie am Strand unter einem Sonnendach und blieben dort dösend im Schatten, bis die größte Mittagshitze vorüber war. Und wieder wagten sie sich hinaus in ihr Korallenparadies. »Mirit, wir müssen miteinander reden«, sagte Anderson, als sie aus dem Wasser kamen.

Mirit legte den Finger auf ihre Lippen. »Morgen«, sagte sie, »morgen.«

Es gab keinen Grund, diesen Abend anders zu verbringen, als den zuvor. Sie aßen draußen und lagen danach ausgestreckt unter dem nächtlichen Himmel auf der Suche nach Sternschnuppen. Ihre Nachtwache endete kurz nach zwei Uhr. Dann zogen sie sich in ihr Zimmer zurück und liebten sich mit einer Eindringlichkeit, die nur diejenigen kennen, die sich in Gefahr befinden oder fürchten, ihr Glück könnte nur von kurzer Dauer sein. Das erste rote Glühen der Morgendämmerung vertrieb die Finsternis vom Himmel, als beide in den Armen des anderen einschliefen.

Am nächsten Morgen schlossen sie sich auf Mirits Vorschlag einer Gruppe von elf Tauchern an, die mit einem Boot zu einigen Riffs weiter von der Küste entfernt fahren wollten. Ihre Ausrüstung, die weit professioneller war als das geliehene Schnorchelzeug von Mirit und Anderson, türmte sich, ein gelb-schwarzes Durcheinander aus Zylindern und Taucheranzügen, auf einem vertäuten Rettungsfloß. Als sich der Bug aus dem Wasser hob und die Barkasse in den Golf hinaus stob, ließen sich Mirit und Anderson am Heck des Bootes nieder. Im Gegensatz zu ihren Mitreisenden mußten sie nichts vorbereiten oder kontrollieren und konnten daher beobachten, wie die anderen auf Meßuhren klopften und Gurte anpaßten.

Anderson drehte sich um und beobachtete die Heckwelle. Mirits Aufmerksamkeit war hingegen gebannt von dem Stapel mit den Ausrüstungsgegenständen, insbesondere von einer Harpune. Sie hätte schwören können, daß diese, als sie das letzte Mal hingesehen hatte, noch nach rechts zielte. Jetzt schien sie sich um fünfundvierzig Grad gedreht zu haben, aber niemand war in der Nähe der Waffe. Während sie die Harpune noch anstarrte, bewegte sie sich wieder um weitere zehn Grad . . . auf sie zu. Wie hypnotisiert beugte sich Mirit vor und sah eine Schnur, die von dem Ausrüstungsstapel über den Boden des Bootes zu einem Mann lief, der so tat, als kontrolliere er einen Tiefenmesser. Die Waffe war jetzt auf Andersons Rücken gerichtet! Mirit stieß sie kräftig nach rechts, und sie fiel zu Boden. Im selben Moment schlug ein Bolzen aus der Harpune in dem hölzernen Querbalken des Hecks ein. Es hätte genausogut Andersons Rückgrat sein können!

Alle schauten auf ihn – außer Mirit. Sie wandte den Blick nicht von dem Mann, der die Schnur so unauffällig wie möglich mit seinen Füßen wegstieß. Sie holte ihren Ausweis und eine Pistole aus der Segeltuchtasche auf ihren Knien, sprang auf und zielte auf den Mann. Dieser geriet in Panik, schaute rasch nach links und rechts, und schließlich stürzte er sich kopfüber von Bord. Der Skipper des Bootes hatte im Ruderhaus nicht mitbekommen, was geschehen war, und hielt daher Kurs und Geschwindigkeit.

Anderson rappelte sich derweil wieder auf, wurde dabei allerdings von der Nylonleine behindert, die sich jetzt in rasender Geschwindigkeit abwickelte. Sein Möchtegern-Mörder hatte sich in seiner Eile, über Bord zu gelangen, mit dem Fußgelenk in der Harpunenleine verfangen und zog die Schnur jetzt nach sich wie ein Marlin am Angelhaken. Der Skipper, der von den Schreien am Heck alarmiert worden war, drosselte den Motor. Der Bug senkte sich aufs Wasser, und die Geschwindigkeit verringerte sich so plötzlich, daß die Leine unter dem Heck eine Schlinge bildete. Es dauerte nur Sekunden, bis sie vom Propeller erfaßt wurde. Der Mann am Ende der

Leine schrie vor Schmerzen auf, als er ein paar Meter heftig zum Boot hin gezogen wurde. Aber noch war er etwa dreißig Meter von der Barkasse entfernt.

Anderson beobachtete, wie der Mann versuchte, sein verletztes Fußgelenk zu befreien, und sah plötzlich eine panische Angst auf seinem Gesicht. Er begann zu schreien, so laut er konnte. »Was sagt er?« fragte Anderson Mirit.

»Er sagt, daß er blutet«, erwiderte Mirit. Einen Augenblick lang begriff Anderson weder die Bedeutung ihrer Worte, noch verstand er die Panik. Aber als zwei dunkle dreieckige Rückenflossen hinter dem Mann durch das Wasser kreuzten, war alles nur zu klar.

Ein Besatzungsmitglied brauchte verzweifelt lange, um die Leine, die sich straff zwischen dem Propeller und dem Verletzten spannte, in Reichweite der Hände zu bringen. Währenddessen stand der Skipper mit angelegtem Gewehr auf dem Dach des Ruderhauses und folgte den immer enger werdenden Kreisen der Rückenflossen. Als man den Attentäter schon auf fünfzehn Meter an das Boot zurückgezogen hatte, verstummte das Geschrei plötzlich, und das Meer lag leer da. Einen Augenblick lang war alles ruhig und friedlich. Das Seil hing schlaff durch, das Gewehr schwieg.

Anderson schluckte, um seine ausgedörrte Kehle zu befeuchten, konnte seinen Blick aber nicht von der Stelle abwenden, an der der Mann untergegangen war. Plötzlich brach die Wasseroberfläche auf, ein blutiger, beinloser Torso tauchte aus dem Meer auf und starrte einige Sekunden lang leblos in den azurblauen Himmel, bevor ein weiterer Hai seine Zähne hineinrammte und ihn mit sich in die Tiefe zog.

Es blieb nichts zu sagen. Die Insassen des Bootes saßen schweigend da, während die Barkasse in der glühenden Hitze sanft auf der Dünung auf und ab tanzte. Sie warteten darauf, daß sich das Blut im Wasser verteilte, damit ein Besatzungsmitglied ins Wasser steigen und die Schraube befreien konnte. Nachdem er über Bord gegangen war, erfüllten die Hack- und Sägegeräusche, die durch den Rumpf drangen, die übrigen mit grauenhaften Bildern.

Eine Wolke blauer Dieselabgase stieg langsam in die Höhe, als die Motoren wieder ansprangen. Sie knatterten und spuckten heftig, weil sich wegen der großen Hitze Luftblasen in den Kraftstoffleitungen gebildet hatten. Immer noch schweigend, steuerten sie wieder die Küste an. Andersons Blick wanderte immer wieder zu dem Harpunenbolzen, der im Heck steckte. Bei jedem Mal drehte sich ihm der Magen um. Er ertappte sich dabei, wie er die Stelle massierte, an der der Bolzen eingedrungen wäre, und spürte mit den Fingerspitzen die hypothetische Eintrittsstelle auf. In seiner Vorstellung sah er sich selbst – aufgespießt wie ein Schmetterling in der Sammlung eines Schuljungen. Sie versuchten immer noch, ihn umzubringen, und er hatte Angst.

Als ihn die Angst nicht mehr völlig lähmte, begriff Anderson in aller Deutlichkeit, daß Shula Ron wegen des Klein-Plasmids ermordet worden war. Sie mußte zuviel gewußt haben über das, was Klein getan hatte, und jemand hatte sie umgebracht, um sie zum Schweigen zu bringen. Was für eine komplizierte Geschichte. Anderson merkte, daß Mirit ihn anschaute. Es gelang ihm, schwach zu lächeln, aber er sagte nichts.

Der Skipper der Barkasse hatte über Funk die Polizei benachrichtigt. Als sie anlegten und einer nach dem anderen auf den hölzernen Landesteg kletterte, wurden sie bereits erwartet. Die Verhöre begannen fast augenblicklich. Nicht daß dadurch die Zeit schneller vergangen wäre! Es stellte sich heraus, daß niemand den Toten kannte. Alle hatten angenommen, er gehörte zu den anderen. Der Skipper sagte aus, der Mann hätte als letzter einen Platz auf dem Boot bestellt. Daher habe er angenommen, daß er aus demselben Hotel stammte wie die restliche Gruppe.

Als Anderson an der Reihe war, stellte er sich dumm und erklärte einfach, daß er keine Ahnung habe, warum jemand versuchen sollte, ihn umzubringen. Er erwähnte das Klein-Gen nicht und hatte Mirit gebeten, dasselbe zu tun. Sie durften gehen, aber der Zauber war nun zerstört. Coral Beach war nicht länger ein magischer Ort. Sie waren in die wirkliche Welt zurückgekehrt, und als sie von der Anlegestelle zum Hotel zurückkehrten, fragte Anderson sich, ob er jemals wieder so glücklich sein würde.

Sie packten ihre Sachen und begannen die Rückreise nach Tel Aviv. Da sie Elat erst am späten Nachmittag verlassen hatten und Richtung Norden in die Negev Wüste fuhren, bereitete ihnen die Hitze keine Beschwerden mehr. Als sie gut dreißig Kilometer Wüste hinter sich gelassen hatten, meinte Mirit: »In deiner Logik ist ein Fehler.«

»Und welcher?« wollte Anderson wissen.

»Von Anfang an hast du angenommen, daß Cohen der Wissenschaftler war, der das geheime Klon-Experiment mit Klein durchgeführt hat.«

»Ja.«

»Aber nach dem, was du mir erzählt hast, gibt es überhaupt keinen Beweis, daß Cohen darin verwickelt war.«

»Klein arbeitete unter Cohens Aufsicht in Strauss' Labor. Sie benutzten beide das PZ9-Plasmid, in das das Gen geklont wurde.«

»Zufall.«

»Als die Säure auf mich stürzte, war Cohen der einzige, der außer mir im Labor war. Und hinterher erwischte ich ihn dabei, wie er Beweismaterial verschwinden ließ.«

»Du nahmst an, daß er das tat. Tatsache ist, daß er dir das Augenlicht, wenn nicht sogar das Leben gerettet hat.«

»Ja, aber ...«

»Kein Aber, Neil! Du hast keinen Beweis!«

Bevor Mirit fortfuhr, ließ sie Anderson etwas Zeit, um das, was sie ihm gerade gesagt hatte, zu verdauen.

»Hast du je in Betracht gezogen, daß Cohens Tod kein Unfall gewesen sein könnte?«

Anderson gab zu, daß er noch nicht auf diesen Gedanken gekommen sei.

»Er könnte ermordet worden sein«, sagte Mirit.

Schweigend erwog Anderson diese Möglichkeit. Der Grund für Cohens Tod war ihm damals so offensichtlich erschienen, daß weder er noch Strauss nach einem anderen gesucht hatten. Cohen hatte sich ganz eindeutig geschnitten, während er mit dem Plasmid hantierte. Behauptete Mirit etwa, jemand anders hätte Cohen mit einer kontaminierten Klinge verletzt, damit es wie ein Unfall aussah? Im Labor aber waren keine Kampfspuren zu sehen gewesen. Außerdem wäre der Tod nicht augenblicklich eingetreten. Cohen hätte Zeit gehabt, sich zu verteidigen ...

Während er sich mit Mirits These auseinandersetzte, erkannte Anderson, was an seiner eigenen und an Strauss' Annahme nicht stimmte. Sollte sich Cohen wirklich selbst geschnitten haben, wäre er doch nicht still sitzen geblieben und hätte auf den Tod gewartet! Er hatte sich aber nicht einmal die Mühe gemacht, seinen Handschuh auszuziehen und die Wunde auszuwaschen. Warum nicht? Warum hatte er nicht Alarm geschlagen? Zeit genug wäre gewesen ... Der Tod trat ja nicht sofort ein. Das Blut hätte den größten Teil des Toxins wieder ausgewaschen. Sein Tod kam jedoch plötzlich, und die Ursache ist das Toxin gewesen. Welche Schlüsse konnte man daraus ziehen? Das Klein-Toxin war in Cohens Körper gelangt – aber nicht durch den Schnitt. Der war ihm hinterher beigefügt worden, um es wie einen Unfall aussehen zu lassen. Von

Cohens Mörder? Wie war dann das Toxin verabreicht worden? Um es unmittelbar wirken zu lassen, wäre eine Injektion notwendig gewesen! Sollte das wahr sein, mußte sich irgendwo an Cohens Körper eine winzige Einstichstelle befinden.

»Erzähl mir, wie jüdische Beerdigungen ablaufen«, bat er Mirit.

Als sich die Nacht über die Wüste senkte und die Scheinwerfer des Fiat das eintönige Teerband beleuchteten, machte Anderson Pläne für den nächsten Tag. Er wollte an die Universität zurückkehren und Strauss fragen, ob Cohens Leichnam noch in der Leichenhalle lag. War das der Fall, wollte er um die Erlaubnis bitten, ihn zu untersuchen. Scheiße! Das konnte er ja gar nicht. Er durfte Strauss nichts fragen. Wenn er schon irrtümlich unterstellt hatte, daß Cohen schuldig war, konnte es ebenso ein Irrtum sein, Strauss für unschuldig zu halten. Er teilte Mirit seine Befürchtungen mit.

»Du hast recht! Du kannst niemandem trauen.«

»Aber Strauss möchte das Plasmid doch vernichten«, warf Anderson ein.

»Es könnte sein, daß er möchte, daß lediglich du das Plasmid vernichtest«, widersprach Mirit. »Wenn er schuldig ist, ergibt das doch einen Sinn. Schließlich würde er doch nicht wollen, daß jemand anderes über diese Waffe verfügt. Also bringt er dich dazu, deine Bestände zu vernichten, während er nur so tut, als mache er dasselbe.«

Anderson verbiß sich einen Kommentar über die gewundenen Gedankengänge israelischer Gehirne und sah ein, daß sie wieder einmal recht hatte. Wenn er Cohens Leiche untersuchen wollte, mußte er sich selbst darum kümmern. »Können wir kurz anhalten?« bat er.

Mirit drosselte das Tempo und fuhr an den Straßenrand. »Möchtest du dir mal die Beine ausstrecken?«

»Nein, ich will mit dir reden.«

Die Scheinwerfer des Fiat waren ausgeschaltet, aber der Mond überzog die Wüste um sie herum mit einem hellen Licht.

»Seit wir von Bord der Barkasse gegangen sind, haben wir von nichts anderem als der Klein-Affäre gesprochen. Ich möchte jetzt über uns reden. Ich möchte, daß du weißt, daß die beiden Tage mit dir die schönsten und glücklichsten waren, die ich je erlebt habe. Jedes Wort, das ich dir gesagt habe, habe ich auch so gemeint. Ich liebe dich. Ich werde dich immer lieben. Ich werde dich jetzt nicht bitten, mich zu heiraten, weil ich glaube, daß du ›nein‹ sagen wirst. Aber ich bitte dich, über eine Hochzeit mit mir nachzudenken. Das ist alles, worum ich dich bitte. Denk einfach darüber nach.«

»Das werde ich, Neil. Ich verspreche es.«

»Gut, dann kann ich das für den Augenblick vergessen und mich darauf konzentrieren, mit heiler Haut hier wieder herauszukommen!«

Mirit setzte Anderson an seinem Apartmentblock an der Einstein-Allee ab, während sie selbst noch die gut sechzig Kilometer zum Haus ihrer Eltern nach Jerusalem fahren mußte. Sie hatte Anderson eingeladen mitzukommen, aber er hatte abgelehnt, weil er allein sein wollte, um seine Gedanken zu ordnen. Er stieg die Treppe hoch und hörte, wie die Amerikaner auf dem Rasen ihre Folk Songs sangen. »Verdammter Lärm«, fluchte er leise. Dann verschloß er seine Tür und verriegelte das Fenster, weil Vorsicht wichtiger war als frische Luft. Er würde sich mit dem Belüftungsgitter hoch oben an der Wand begnügen müssen. Da konnte wenigstens keiner durchklettern.

Anderson schlief schlecht, hatte aber auch gar nichts anderes erwartet. Er war froh, als die Sonne aufging und die Dunkelheit vertrieb, die alle Ängste und Zweifel zu vergrößern schien – um den Faktor 2,7. Er lächelte, als ihm diese Zahl in den Sinn kam. Als Medizinstudent hatte er einmal zu einem Tutor gesagt, nachts sei alles dreimal so schlimm. Sein Tutor hatte erwidert: »Zwei Komma sieben Mal.« Als er ihn fragte wieso, gab er ihm folgenden Rat: »Benutzen Sie nie runde Zahlen. Dann glauben die Leute, Sie hätten sie erfunden. Wenn Sie Brüche verwenden, hält man Sie für kompetent.«

Mit der Entschlossenheit, es schnell hinter sich zu bringen, stand Anderson früh auf und ging ins Labor, weil er als erster dasein wollte, was ihm auch glückte. Er zog einen knisternden weißen Kittel an, den er für sein Vorhaben benötigte. Das Leichenschauhaus befand sich im Erdgeschoß an der Rückseite des Gebäudes. Während der Fahrt abwärts mit dem Aufzug und dem Gang durch die langen Korridore hatte er Zeit genug, sich eine Geschichte zurechtzuspinnen. Leider vergebens, denn der Aufseher sprach kein Wort Englisch. Als Anderson anfing, auf ihn einzureden, starrte dieser ihn nur ausdruckslos an. Na gut, schüchtere ihn ein, dachte sich Anderson und tat so, als sei er sehr wichtig und sehr verärgert. Er war sich nicht sicher, ob er damit Erfolg haben würde, aber die Worte »Cohen . . . Arieh Cohen«, zeigten eine gewisse Wirkung. Der Mann mit dem ausdruckslosen Gesicht stand von seinem Hocker auf und hinkte nach hinten. Anderson folgte ihm. Seltsam, dachte er, bei Aufsehern in Leichenschauhäusern war es wie bei Hotelportiers – sie sahen alle gleich aus: Sie hatten zwar keinen Buckel und hörten auch nicht auf den Namen Igor, aber viel fehlte nicht daran.

»Cohen«, sagte der Aufseher und deutete auf eine Tiefkühlschublade.

»Gut«, sagte Anderson theatralisch und zeigte auf einen Untersuchungstisch. »Hier!« sagte er. Der Aufseher schaute ihn einen Augenblick lang an, ohne irgend etwas zu tun. Anderson hatte schon das Gefühl, die Sache würde ihm entgleiten, aber dann öffnete der Mann achselzuckend den Kühlschrank und schob einen Transportwagen vor das Fach. Die Leiche, die mit einem weißen Tuch mit Davidstern bedeckt war, glitt auf Rollen heraus und hakte mit einem dumpfen metallischen Schlag auf dem Wagen ein. Wie alle Rollwagen hatte auch dieser drei Räder, die in eine Richtung fuhren, und eines, das blockierte. Daher war es schwierig, den Wagen zum Tisch zu dirigieren. Anderson versetzte dem störrischen Rad einen hilfreichen Tritt, und danach glitt Cohen ruhig und friedlich durch den Raum.

Cohen war von großer Statur gewesen. Der Aufseher keuchte vor Anstrengung, die Leiche auf den Tisch zu hieven, zuerst die obere Hälfte, dann die untere. Dann verschwand er einen Augenblick und kehrte mit einer Box Einweghandschuhe zurück, die er vor Anderson mit einer Handbewegung hinknallte, die besagte: »Er gehört dir.« Anderson zog sich ein Paar Handschuhe über und begann mit der Untersuchung. Da er keine Idee hatte, wie er »Vergrößerungsglas« pantomimisch darstellen sollte, machte er sich nicht die Mühe, den Aufseher zu holen, sondern durchsuchte die Schubladen, bis er eins gefunden hatte.

»Keine verdammte Spur«, fluchte er, nachdem er zehn Minuten lang Cohens Vorderseite abgesucht hatte. Mit größter Mühe wuchtete er die Leiche auf den Bauch. Im letzten Augenblick rutschte sie ihm weg und knallte mit einem Übelkeit erregenden Krachen auf den Tisch. Cohens Kopf war auf der Kante aufgeschlagen. Anderson hatte schon eine Entschuldigung auf den Lippen, als ihm klar wurde, daß es Cohen sowieso egal war. Da war sie ja! Hoch oben auf der linken Hüfte eine unverkennbare Einstichstelle! Anderson untersuchte sie unter dem Vergrößerungsglas auf das genaueste und konnte sogar die Richtung des Einstichkanals erkennen. Er kam zu dem Schluß, daß jemand hinter Cohen getreten sein mußte und ihm mit einem kräftigen Stoß nach unten die Nadel hineingestochen hatte. Mirit hatte recht. Cohen war ermordet worden.

Anderson quälte das schlechte Gewissen. Er hatte eine so heftige Abneigung gegen Cohen entwickelt, daß es ihm ein leichtes gewesen war, von ihm nur das Schlechteste anzunehmen. Am schlimmsten aber war die Sache mit der Salzsäure. Obwohl Cohen ein großes Risiko auf sich genommen hatte, um ihn vor einer schweren Verletzung zu bewahren, hatte er ihm kaum gedankt, weil er ihn für den Verantwortlichen gehalten hatte. »Tut mir leid, alter Junge«, sagte er, als er das Tuch wieder über die Leiche zog. Auf dem Weg nach draußen nickte Anderson dem Aufseher zu. Der Mann schaute kurz von seinen Papieren auf, dann las er weiter.

Anderson verließ die medizinische Fakultät und setzte sich in den Parkanlagen unter seinem Lieblingsbaum in den Schatten. Das dichte, fremdartige Blattwerk schützte ihn vollständig vor der Sonne. Vom Weg war er so abgeschieden, daß er dort in Ruhe nachdenken konnte. Was er brauchte, war eine Perspektive, eine Vision – die Fähigkeiten, die er an Jacob Strauss so bewunderte. Wie konnte man es anstellen, einen international renommierten Wissenschaftler wie Strauss auf seinem eigenen Terrain auszuforschen? Seine Erfahrung mit Cohen hätte ihn eigentlich lehren sollen, die Sache ohne jegliches Gefühl anzugehen, aber seine instinktiven Reaktionen ließen sich nur schwer unterdrücken. Er mochte Strauss. Wenn Strauss sich als der Schuldige herausstellen sollte, würde er nie wieder einem Menschen trauen.

Nach einer halben Stunde Nachdenkens kam Anderson zu dem Schluß, daß seine größte Chance darin bestände, Martin Kleins geheimes Notizbuch aufzustöbern. Er konnte Mirit fast hören: »Aber du hast doch keinen Beweis, daß es überhaupt existiert!« Aller Wahrscheinlichkeit nach hatte Strauss es irgendwo versteckt, möglicherweise in seinem Büro. Vielleicht hatte er es in seinem Schreibtisch eingeschlossen. Er mußte das Zimmer durchsuchen. Nachdem er entschieden hatte, wie er vorgehen sollte, fühlte sich Anderson schon viel besser.

Strauss ging jeden Tag um ein Uhr essen. Anderson war das tägliche Ritual, wie Strauss seinen Panamahut aufsetzte und den Stock aus der Ecke vor der Bürotür zu Hand nahm, schon früher aufgefallen, und er hatte gegenüber Myra eine entsprechende Bemerkung fallengelassen. Sie hatte ihm daraufhin erzählt, daß Strauss jeden Tag mit seinem alten Freund Max Jungman, einem Chirurgieprofessor, zu Mittag aß. Das übrige Laborpersonal ging normalerweise zwischen ein Uhr fünfzehn und ein Uhr dreißig. Anderson konnte sich demnach ausrechnen, daß das Labor zwischen ein Uhr dreißig und zwei Uhr fast immer leer war. Die Zeit müßte reichen, entschied er, um in Srauss' Büro zu gelangen und das Notizbuch zu suchen.

Um halb zwei nahm Anderson den Aufzug in den sechsten Stock der medizinischen Fakultät und fand dort die Labors, wie erhofft, verlassen vor. Die Tür von Strauss' Büro war abgeschlossen, aber damit hatte er gerechnet. Er wußte, wo seine Sekretärin den Ersatzschlüssel aufbewahrte, denn er hatte einmal beobachtet, wie sie ihn benutzte, als Strauss gerade außer Haus war. Ohne Schwierigkeiten fand er den Schlüssel und schloß die Tür auf. Sein Puls raste. Mit ungeschickten Fingern und der Panik eines Amateurkriminellen, der gehetzt versuchte, rechtzeitig fertigzuwerden, durchwühlte er den Eichenschreibtisch. Eine Schublade war verschlossen. Das mußte sie sein

Mit einem schweren, reich verzierten Brieföffner machte er sich am Schloß zu schaffen. Dreimal war Anderson bereits vor Aufregung von der Feder des Schlosses abgeglitten, als er sich energisch zur Ordnung rief. Immer mit der Ruhe! Schön langsam! Laß dir Zeit! Es ließ sich jedoch nicht vermeiden, daß ihm der Schweiß auch weiterhin auf der Stirn stand. Schließlich konnte jeden Augenblick halb Tel Aviv zur Tür hereinspazieren. Bedingt durch den hartnäckigen Widerstand des Schlosses, drückte Anderson zu stark auf den Brieföffner. In hohem Bogen flog er ihm aus der Hand und stieß, wie er meinte, gegen jedes nur erdenkliche Objekt im Raum, das einen Heidenlärm verursachen konnte. Als das Messer gefallen war, starrte er es an und vermeinte sogar einen Zug von Heimtücke in dem leblosen Objekt auszumachen.

Noch einen Versuch, beschloß Anderson, und das war's dann. Mehr konnten seine Nerven nicht verkraften. Endlich gab das Schloß nach. Private Briefe ... Bankauszüge ... ein Scheckbuch ... alte Fotos ... sonst nichts. Keine Spur von Kleins Laborbuch. Er betrachtete gerade eines der Fotos, einen jungen Mann in Uniform, als eine Stimme sagte: »Das ist mein Sohn, Dr. Anderson. Er fiel im Krieg.« Anderson schaute auf. Jacob Strauss stand im Türrahmen und wartete auf eine Erklärung.

Anderson spürte, wie er rot wurde. Er war auf frischer Tat beim Griff in die Ladenkasse ertappt worden. O mein Gott! Wenn sich der Boden nur auftun und ihn verschlingen konnte! »Ich mußte es einfach herausbekommen, Herr Professor«, sagte er und spürte die Scham wie Öl an seinem Körper kleben.

»*Was* herausbekommen?« fragte Strauss ruhig.

»Ob Sie mit dem Klonen des Klein-Gens zu tun hatten.«

Strauss schaute ihn einige Augenblicke an, dann meinte er: »Sie glaubten also, in meinem Schreibtisch einen geheimen Vorrat an Kulturen vorzufinden?«

»Nein, Professor. Ich habe nach Martin Kleins zweitem Laborbuch gesucht. Als ich sein offizielles Buch sah, begriff ich, daß er einen zwanghaft ordentlichen Charakter gehabt haben mußte, der immer alles aufschrieb.«

»Ich hatte Sie so verstanden, daß Sie Dr. Cohen für schuldig hielten«, sagte Strauss mit weiterhin ganz leiser Stimme.

»Das habe ich auch«, stimmte Anderson zu, »bis heute morgen.« Er berichtete Strauss von der Einstichstelle an Cohens Körper.

»Also blieb nur ich übrig«, sagte Strauss.

»Sie bleiben übrig«, wiederholte Anderson.

»Ich kann der Logik Ihrer Argumentation folgen, junger Mann«, sagte Strauss seufzend, »aber wie bei so vielen Dingen im Zusammenhang mit dieser Affäre ist hier kein Platz für Logik. Ich bin unschuldig.«

»Ich glaube es Ihnen gern, Sir«, sagte Anderson und fühlte sich immer noch gräßlich.

Strauss setzte sich in seinen Drehstuhl und stieß eine Schublade nach der anderen zu. Er hielt kurz inne, um das Bild seines Sohnes zu betrachten, dann ließ er es in die letzte Schublade fallen. »Ich glaube, unter ähnlichen Umständen hätte ich dasselbe getan. Reden wir nicht mehr darüber.«

Anderson konnte seinen Ohren kaum trauen. Strauss hatte ihn dabei erwischt, wie er seine persönlichen Habseligkeiten durchstöberte, und dennoch begriff er seinen Standpunkt. Der Mann war unglaublich. Ein Heiliger.

»Oder ein sehr gerissener Sünder«, sagte Mirit, als Anderson ihr von diesem grauenvollen Tag berichtete. Er hatte sie angerufen, sobald er die medizinische Fakultät verlassen hatte, und ihr mitgeteilt, daß er zum Tee nach Jerusalem kommen werde, um sich von ihr trösten zu lassen.

»Bitte, Mirit, hör auf. Für mich ist Jacob Strauss sauber. Wenn er wirklich schuldig sein sollte, will ich nicht mehr auf dieser Welt leben.«

»In Ordnung«, sagte sie lächelnd, »wir halten deinen Professor draußen, aber wenn ich recht hatte mit Cohen ...«

»Laß uns um Himmels willen über etwas anderes reden.« Er nahm sie in die Arme.

»Religion?« schlug Mirit vor.

»Nein.«

»Politik?«

»Nein.« Anderson liebkoste ihr Ohr. Sie kicherte.

»Das Wetter?«

»Nein.« Anderson grub seine Finger in ihr Hinterteil und preßte sie so dicht an sich, daß ihr seine Erektion unmöglich entgehen konnte.

»Doch wohl nicht etwa ... das?« Mirit kicherte.

»Oh doch«, erwiderte Anderson und zog ihr mit den Fingerspitzen das Kleid hoch.

»Möchtest du ins Bett gehen?«

»Nein«, sagte Anderson, der ihr Kleid mittlerweile bis auf Taillenhöhe hochgeschoben hatte und mit den Händen in ihr Höschen schlüpfte. »Ich will dich hier und jetzt.«

Später duschten sie zusammen und setzten sich dann auf den Balkon über dem Garten, hielten sich bei der Hand und tranken kalten Orangensaft. Es war nicht nötig zu sprechen. Beide wußten sie, was der andere empfand, Worte waren dabei nur überflüssig und primitive Formen der Kommunikation. Bei Sonnenuntergang gingen sie wieder hinein. »Was sollen wir heute abend tun?« fragte Anderson.

Mirit schaute schuldbewußt drein. »Ich fürchte, ich weiß genau, was wir heute abend tun werden. Ich muß zu meinem Stützpunkt zurück. Ich setze dich in Tel Aviv ab.«

Anderson war bitter enttäuscht. »Ich dachte, du hast Urlaub«, protestierte er.

»Ich bin zurückbeordert worden«, sagte Mirit.

Anderson küßte sie lange und leidenschaftlich, als sie ihn in der Einstein-Allee aus dem Auto ließ. »Paß auf dich auf, meine Lady«, sagte er.

»Du auch«, erwiderte Mirit.

Er stieg die Treppe hoch und fingerte dabei in der trüben 40-Watt-Treppenhausbeleuchtung an seinem Schlüsselbund nach dem Apartmentschlüssel. Als er im zweitobersten Stockwerk angelangt war, stieb eine der streunenden Katzen aus der Stadt fauchend an ihm vorbei und jagte die Treppe hinunter. Er lächelte zuerst, erstarrte dann aber, weil ihm klar wurde, daß etwas sie alarmiert haben mußte – etwas oder jemand. Am Fuß der letzten Treppe blieb er stehen und blickte hinauf in das Halbdunkel. Es schien alles ruhig zu sein. Vielleicht hatte eine Kabbelei mit einer anderen Katze auf dem Dach diesen Aufruhr verursacht – vielleicht aber auch nicht.

Anderson hatte Angst. Er wußte nicht, was er tun sollte. Also tat er nichts, sondern blieb statt dessen absolut regungslos stehen, starrte zum Treppenabsatz vor seiner Eingangstür hinauf und wartete. Aber auf was? Plötzlich konnte er es erkennen. Dort oben war jemand, verbarg sich um die Ecke in der Dunkelheit. Dieser Jemand war angesichts der Stille ungeduldig geworden und spähte um die Ecke auf die Treppe. Als erstes bemerkte Anderson die Waffe. Sie wurde in Kopfhöhe gehalten und war auf die Decke gerichtet, während sich ihr Besitzer langsam vorwärts schob.

Anderson hatte genug gesehen. Er nahm die Beine in die Hand und rannte die Treppe hinunter, so schnell ihn seine Füße trugen. Das Getrampel in seinem Rücken machte ihm deutlich, daß er verfolgt wurde. Als er zur Eingangstür hinausstürmte, lag der Rasen verlassen da. Scheiße! Sonst waren doch immer diese verdammten Folksänger hier.

Das Geräusch rennender Füße hinter ihm kam näher. Deshalb jagte er blindlings zum Tor des Geländes hinaus auf die Einstein. Ein Bus näherte sich der Haltestelle in dreißig Metern Entfernung, also raste er auf dieses Ziel zu. Es gelang ihm, auf die unterste Stufe des Fahrzeugs zu springen, gerade als der Busfahrer auf den automatischen Türschließer drücken wollte. Durch das Heckfenster konnte er vor dem Apartmentblock einen Mann in einem hellbraunen Anzug erkennen. Er schaute dem Bus hinterher und hatte seine rechte Hand im Jackett, als hielte er sich die Achselhöhle, aber Anderson wußte es besser. Kurz bevor der Bus links abbog, sank sein Mut erneut. Er sah, wie ein Wagen anfuhr und den Mann im hellen Anzug mitnahm. Er war also in der Lage, dem Bus zu folgen!

Nur vier weitere Fahrgäste waren im Bus. »Spricht jemand Englisch?« fragte Anderson, erntete jedoch nur ausdruckslose Blicke. Er ging nach vorne und hockte sich neben den Fahrer. »Sprechen Sie Englisch?«

»Kein Englisch«, antwortete der Fahrer.

Mein Gott! dachte Anderson. Neunzig Prozent der Bevölkerung spricht Englisch, und ich ziehe fünf Nieten. Er ging zurück durch den Mittelgang und zog die ängstlichen Blicke der anderen Fahrgäste auf sich, die ihn ganz klar für verrückt hielten.

Er konnte die Scheinwerfer des Wagens, der hinter ihnen herfuhr, sehen, während sie in dem üblichen halsbrecherischen Tempo auf die Stadtmitte zurasten.

Als sie an einer geschäftigen Kreuzung der Dizengoff Street das Tempo drosselten, wußte Anderson, daß er handeln mußte. Er rief dem Fahrer zu, daß er ihn hinauslassen solle, erntete aber nur einen schiefen Seitenblick. Daher stürzte er nach vorne, trat selbst gegen den Türhebel, sprang hinaus und rannte dann zwischen die Fußgängerscharen, die sich hier auf den Gehwegen drängten. In dem verzweifelten Versuch, wie ein Chamäleon in der Menge unterzutauchen, wand sich Anderson etwa hundert Meter weit durch die Menschenmassen, bevor er es wagte, sich umzuschauen. Vom hellen Anzug war keine Spur zu sehen. Anderson merkte, daß er keuchte und damit die Blicke der vorbeiflanierenden Passanten auf sich zog, die zum Vergnügen abends die Dizengoff auf und ab schlenderte. Er riß sich zusammen und suchte Zuflucht in einem Geschäftseingang. Er tat so, als zündete er sich eine Zigrette an, ließ dabei die Straße jedoch nicht aus den Augen.

Er mußte einen Polizisten finden. So einfach war das. Für etwas Raffinierteres blieb jetzt keine Zeit. Außerdem wäre ihm sowieso nichts eingefallen. Er würde einfach zum nächsten Polizisten gehen, den er sah, und ihm sagen, daß ein Mann versuchte, ihn umzubringen. Es war ihm ziemlich egal, ob der dachte, er sei verrückt, solange er nur bei ihm blieb und sich mit seiner ganzen Autorität zwischen ihn und die verdammte Waffe stellte.

Anderson wagte sich vorsichtig auf die Straße hinaus und versuchte, den lässigen Schlenderschritt der flanierenden Israelis anzunehmen. Während er nach einer Uniform Ausschau hielt, sah er plötzlich auf der anderen Straßenseite ein Polizeiauto vorbeifahren, dessen Insassen träge die Menge musterten. Aber er erkannte, daß er keine Chance hatte, ihre Aufmerksamkeit auf sich zu ziehen, ohne dabei ein halbes Dutzend Leute über den Haufen zu rennen und den Autos hinterherzustürzen. Er sah es an sich vorbeifahren wie ein Schiffbrüchiger den Ozeandampfer, der ihn nicht gesehen hat.

Anderson war schon etwa vierhundert Meter ohne Deckung umhergeirrt, als ihn etwas hochschauen ließ. Da, oben auf einer Fußgängerbrücke, stand der Mann! Er sah ihn direkt an! Ein Bus kam schleudernd zum Stehen, als Anderson quer über die Straße schoß und im Halbdunkel einer Seitenstraße untertauchte. Er kam an einem angestrahlten Sandsteingebäude vorüber, das er als das ehemalige Wohnhaus von David Ben Gurion identifizieren konnte, eilte aber wie ein Olympiasprinter daran vorbei. Anderson rannte, bis sich seine Beine so wackelig anfühlten wie die eines neugeborenen Fohlens. Er bog in eine dunkle Gasse, preßte sich an die Rückmauer eines Steinbogens und schnappte nach Luft. Alles war still und sehr sehr ruhig. Er lauschte nach Schritten, konnte aber keine hören – nur das Zirpen der Insekten im nahen Gebüsch und dann das summende Geräusch eines Automotors. Er sah, wie der Wagen am Eingang der Gasse vorüberglitt. Seine beiden Insassen spähten zu den Fenstern hinaus. Einer war der Mann im hellen Anzug. Anderson drängte sich noch dichter an die Wand. Den Motor konnte er zwar nicht mehr hören, aber er war sich nicht sicher, ob der Wagen weitergefahren war.

Anderson rannte die Gasse hinunter, weil er wußte, daß sie für das Auto zu eng war. An ihrem Ende wandte er sich nach links in die Richtung, die ihn, so hoffte er, zum Meer führte. Zehn Minuten später gelangte er zum Atarim Square, mischte sich unter die Touristen und versuchte immer noch, einen Polizisten aufzutreiben. Er hatte vage in Erinnerung, daß sich in der Nähe des Tourist Information Office am Fuße einer breiten Treppe, die zur Strandpromenade führte, eine Art Polizeistation befand. Oben an der Treppe blieb er stehen. Unten lehnte der Schütze mit einem breiten Grinsen auf dem Gesicht am Treppengeländer. Anderson wirbelte herum, blieb dann jedoch wie angewurzelt stehen. Hinter ihm stand ein Mann mit Sonnenbrille, den er als den Fahrer des Wagens identifizierte.

Ohne nachzudenken sprang Anderson über das seitliche Geländer und fiel drei Meter tief auf die Strandpromenade. Hätte er Zeit zum Überlegen gehabt, wäre er niemals gesprungen, aber da seine Fußgelenke überraschenderweise intakt geblieben waren, rannte er los, am Hafenbecken entlang, die beiden Männer immer auf den Fersen. Ihm lief die Zeit davon, und das wußte er – es sei denn, man hatte ein Boot. Die Hafenpromenade hatte nur zwei Ausgänge, die ihm beide durch seine Verfolger verstellt waren. Darüber hinaus konnte er keine andere Fluchtmöglichkeit sehen. Er dachte gerade verzweifelt darüber nach, eines zu stehlen, als sein *deus ex machina* auftauchte. Im Hafenbecken lag eine Polizeibarkasse, und sie war bemannt.

Anderson hastete über die Gangway und rief um Hilfe. Zwei Polizisten erhoben sich. »Sprechen Sie Englisch?« keuchte Anderson.

»Natürlich«, erwiderte einer der Polizeibeamten.

»Diese Männer«, er deutete hinter sich, »versuchen mich umzubringen!«

Beide Polizisten zogen ihre Pistolen. Einer richtete seine Waffe auf den Mann im hellen Anzug, der in etwa dreißig Metern Entfernung stehengeblieben war. Langsam hob er die Hände, und die Polizisten gingen auf ihn zu. »Vorsicht! Sie sind zu zweit«, warnte Anderson. Der zweite Polizist sah sich nach dem Fahrer um. Anderson beobachtete von der Barkasse aus, wie sein Verfolger durchsucht wurde. Er sah, wie der Beamte ihm die Waffe abnahm und die Brieftasche des Mannes öffnete. Es fand eine kurze Unterhaltung statt, bevor alle drei Männer zurück zur Barkasse kamen.

Ungläubig beobachtete Anderson, wie einer der Polizisten dem Mann seine Waffe zurückgab und dann wieder an Bord der Barkasse ging. »Was zum Teufel . . .!«

»Hier entlang«, sagte der Mann und richtete die Waffe auf Anderson. Der wandte sich hilfesuchend an die Polizisten, aber diese kehrten ihm nur den Rücken zu.

8

Anderson stieg, wie angewiesen, ins Auto. Neben ihn auf den Rücksitz setzte sich der Mann mit der Pistole. Der Wagen fuhr los. Anderson hatte aufgehört zu protestieren. Es war sinnlos.

»Es ist schwierig, einen Gesprächstermin mit Ihnen zu bekommen, Dr. Anderson«, meinte sein Bewacher. Anderson antwortete nicht. Er dachte an Mirit, St. Thomas, die Farm in Dumfries, an all die Dinge, die er nie wiedersehen würde. Der Wagen bog in die Einstein-Allee ab und hielt vor dem Tor der Universitätsapartments. »Wir gehen wieder hoch zu Ihrer Wohnung«, sagte der Mann. Anderson stieg aus und blickte nach oben. Bei der Vorstellung, daß sie ihn vom Dach stoßen könnten, wurde ihm ganz schwach. Er schaute auf das staubige Pflaster und sah sich dort selbst wie eine kaputte Puppe liegen. »Los jetzt!«

Der Mann im hellbraunen Anzug blieb auf dem zweiten Treppenabsatz stehen und bedeutete dem Fahrer vorzugehen. Der zog seine Pistole, glitt lautlos nach oben und kontrollierte die Gänge zum Dach. »Okay«, sagte er.

»Wo ist es?« fragte der Mann im hellen Anzug, als sie Andersons Apartment betraten.

»Wo ist *was*?«

»Kleins Notizbuch, du Arschloch«

»Ich habe keine Ahnung«, antwortete Anderson.

»Hören Sie auf mit dieser Scheiße. Wir wissen, daß Sie es haben.«

»Ich habe es nicht.«

»Dann haben Sie es jemandem gegeben.«

»Nein, ich habe es noch nie in den Händen gehalten.«

»Miles Langman haben Sie aber etwas anderes erzählt.«

»Wer sind Sie?« fragte Anderson, verwirrt darüber, daß sie Bescheid wußten. »J.D. Dexter. Ich bin Amerikaner«, sagte der Mann und wühlte in seinen Innentaschen.

»Tatsächlich«, stellte Anderson ironisch fest. »Bei Ihren Manieren hätte man Sie gut für einen Israeli halten können.«

»Hören Sie auf mit dem Scheißdreck!« Er hielt Anderson einen Ausweis unter die Nase. Anderson erkannte den amerikanischen Adler und die Initialen des CIA, den Rest schenkte er sich. »Mein Gott, was für eine Enttäuschung. Ich war mir so sicher, daß es diesmal der KGB sein würde.«

»KGB? Wo?« fragte der andere Mann alarmiert. »Was wissen Sie über den KGB?«

»Mein Gott, Hiram, das war doch ein Witz«, sagte Dexter.

»Britischer Bastard.«

»Schottischer Bastard«, korrigierte Anderson ihn. »Das sollte sogar die CIA kapieren.«

»Immer mit der Ruhe!« beschwichtigte Dexter die erhitzten Gemüter. »Sehen Sie mal, Anderson. Sie dürfen nicht auf die Idee kommen, daß wir immer nur die Guten sind.«

»Der Gedanke wäre mir nie gekommen«, erwiderte Anderson trocken.

»Wenn wir müssen, töten wir Sie auch.« Nach Andersons Geschmack war ein wenig zu viel kaltblütiger Ernst in dieser Bemerkung.

»Warum?« fragte er ruhig.

»Wir wollen das Notizbuch.«

»Ich habe es nicht, ich hatte es nie. Die Geschichte hatte ich nur erfunden, um Langman auf die Probe zu stellen.«

»Was für eine Probe?«

Anderson erzählte ihnen, daß er Miles Langman eine Falle gestellt hatte und wie der darauf hereingefallen und in sein Zimmer eingebrochen war.

»Das riecht doch nach Scheiße«, sagte der Mann mit der Sonnenbrille.

»Ihre Schuhe«, sagte Anderson.

»Was ist damit?«

»Mit der Sonnenbrille sind Sie wahrscheinlich in welche hineingetreten.«

»Du Bastard! Ich ...«

»Reg dich ab, Hiram«, sagte Dexter. Er wandte sich Anderson zu: »Miles Langman wurde ermordet, als er versuchte, in Ihre Wohnung zu gelangen und das Buch zu finden.«

»Nein, das stimmt nicht«, widersprach Anderson. »Am Tag, *bevor* er ermordet wurde, brach er in meine Wohnung ein. Danach wußte er, daß das Buch nicht da war. Er hätte nicht versucht, noch einmal einzudringen.«

Dexter dachte einen Augenblick nach. »Scheiße! Was für ein Mist.«

»Amen«, sagte Anderson. »Wie wär's mit 'nem Drink?«

»Bitte.« Anderson wandte sich dem Mann namens Hiram zu und fragte ihn ebenfalls.

»Nicht im Dienst.«

Dexter zuckte verlegen die Schultern, als Anderson ihn anschaute. Er goß zwei große Portionen Scotch ein und fragte: »Wahrscheinlich werden Sie es mir nicht sagen, aber warum sollte Miles Langman mich beobachten?«

»Das sollte er gar nicht«, erwiderte Dexter. »Er hatte einen Auftrag zur Überwachung der zweiten Reihe.« Als er Andersons verständnislosen Blick bemerkte, erklärte er: »Er war dazu abkommandiert, Freunde und Verwandte unseres Hauptzieles zu beobachten.«

»Und wer ist das?«

»Das kann ich Ihnen nicht sagen.«

»Soviel dazu.«

Dexter schien einen Moment lang zu überlegen, dann sagte

er: »Sehen Sie, Doktor, Sie sind ein intelligenter Mensch. Es ist doch offensichtlich, daß sich unsere Interessen bis zu einem gewissen Grad – überlappen. Vielleicht könnten wir zusammenarbeiten?«

»Woran haben Sie gedacht?«

»Wir brauchen Ihr Fachwissen.«

»Wie Langman, nur hat er es mir nicht gesagt«, entgegnete Anderson.

»Wenn Sie so wollen. Sie sind hier in Israel, um die Ursprünge eines Plasmids aufzuspüren, das einen Ihrer Medizinstudenten umgebracht hat.«

»Ja.«

»Wir stellen Ermittlungen über einen Mann an, der dieses Plasmid entwickelt haben könnte, aber wir haben keinerlei Beweise. Obwohl wir einen Mann bei ihm eingeschmuggelt haben, hat unsere Zielperson bis jetzt keinen einzigen Fehler begangen.«

»Welche Rolle soll ich dabei spielen?«

»Unserem Mann ist es gelungen, die Abrechnungen der Organisation, der unsere Zielperson angehört, in die Hände zu bekommen. Wenn Sie sich diese Listen genau anschauen, könnten Sie dann sagen, ob dort Genmanipulationen durchgeführt werden?«

»Das ist möglich.«

»Gut. Damit kommen wir doch schon weiter«, sagte Dexter. Am nächsten Morgen wollte er wiederkommen. Bis dahin sollte Anderson gut schlafen und sich keine Sorgen machen, daß ihm jemand nach dem Leben trachtete. Hiram würde auf ihn aufpassen.

»Wie tröstlich«, sagte Anderson.

Um acht Uhr traf Mirit auf der Militärbasis in Hadera ein. Sie sollte sich sofort beim kommandierenden Offizier melden. Da sie annahm, daß es sich um einen Notfall handelte, eilte sie über das staubige Kasernengelände zu seinem Büro, sah allerdings unterwegs keinerlei Anzeichen von ungewöhnlichen Aktivitäten. Ein Jeep, der mit einem leichten Maschinengewehr ausgerüstet war, fuhr zum Tor hinaus. Aber das war eine Routinepatrouille, wie ein Blick auf ihre Uhr bestätigte.

»Sie fragen sich wahrscheinlich, warum ich Sie aus Ihrem Urlaub zurückbeordert habe«, sagte Oberst Aarons.

»Ich hatte angenommen, es gäbe Probleme.«

»Nein, keine Probleme, aber dieser Gentleman würde sich gerne mit Ihnen unterhalten.« Der Mann neben Oberst Aarons verzog keine Miene, sondern nickte nur kurz und streckte Mirit seinen Ausweis entgegen. Sie las den Namen Moshe Viren und bemerkte die Insignien des israelischen Geheimdienstes.

»Und was kann ich für den Mossad tun?« fragte Mirit.

»Wenn Sie uns entschuldigen würden, Herr Oberst?«

»Natürlich«, sagte Aaron, stand auf und verließ das Zimmer. Soviel hast du also zu sagen, dachte Mirit.

Der Geheimdienstler wartete, bis die Tür geschlossen war, dann sagte er: »Unsere Kollegen von der CIA haben uns natürlich darüber informiert, daß sie mit einem israelischen Offizier sprechen wollten. Sie erzählten uns auch ein wenig, um was es dabei ging.« Mühsam stieß er das »ein wenig« hervor. »Wenn die CIA sich für irgend etwas in Israel interessiert, dann interessieren wir uns selbstverständlich auch dafür.«

»Ich verstehe.«

»Wir wissen natürlich von Ihrer Beziehung zu dem englischen Arzt . . . Neil Anderson.«

»Er ist Schotte«, unterbrach Mirit, die Andersons Reaktion auf das Etikett »englisch« unwillkürlich übernahm. Hinterher kam ihr das albern vor, und sie entschuldigte sich.

Dem Agenten war das egal. Es verriet ihm eine Menge über

ihr Verhältnis. »Hauptmann, keiner von uns beiden ist Wissenschaftler, aber wir sind auch keine Idioten. Einige Begriffe springen einem bei dieser Affäre immer wieder ins Auge: Bakterien, Gentechnologie, Tod. Das Interesse der CIA bestätigt nur, was diese Worte implizieren – jemand hat eine biologische Waffe entwickelt. Und wir wollen sie haben. Es ist Ihre Pflicht als israelischer Offizier . . .«

»Belehren Sie mich bitte nicht über meine Pflichten«, unterbrach ihn Mirit.

»In Ordnung, Hauptmann. Erstatten Sie Ihrem befehlshabenden Offizier Bericht, wenn Sie Ihre Mission erfüllt haben. Sie können in Ihren Urlaub zurückkehren.«

Mirit ging zurück über das Militärgelände und spürte kaum, wie ihr der auffrischende Wind Sand ins Gesicht peitschte. Da war er also, der Interessenkonflikt, der irgendwann einmal auftauchen mußte. Seit Anderson und sie sich ihre Liebe gestanden hatten, war ihr bewußt gewesen, daß der Zeitpunkt kommen würde. Allerdings hatte sie sich als schlimmstes Szenario lediglich einen ernstgemeinten Heiratsantrag Andersons ausmalen können, den sie hätte ausschlagen müssen, weil sie sich nicht vorstellen konnte, als Gattin eines Arztes irgendwo im grünen Surrey zu leben. Solch einen Gewissenskonflikt aber hatte sie nicht vorhergesehen.

Für Mirit hatte sich das Leben grundlegend verändert, als ihr Vater an jenem Tag im Jahre 1967 vom Gebet an der westlichen Tempelmauer zurückgekehrt war. Obwohl sie erst acht Jahre alt war, hatte sie begriffen, was Israel ihrem Vater und all den Freunden und Verwandten mit den seltsamen eintätowierten Zahlen auf den Innenseiten ihrer Unterarme bedeutete. Die tränenreichen Erinnerungen, die verlorenen Familienmitglieder, die vom Schmerz gezeichneten Gesichter, die vorzeitig gealtert waren, all das hatte dazu beigetragen, daß das junge Mädchen in der Entschlossenheit heranwuchs, alles in seiner Macht Stehende zu tun, um den Staat Israel zu verteidigen und zu erhalten. Und jetzt das!

Auf der Rückfahrt versuchte sich Mirit mit dem Gedanken zu trösten, daß es vielleicht nie zum Konflikt kommen würde. Vielleicht bliebe das Rätsel um das Klein-Gen auf ewig ungelöst. Vielleicht waren alle Kulturen bereits zerstört. Aber was, wenn nicht, wenn Anderson und sie die Kulturen fänden? Ein Sattelschlepper hupte, als Mirit in Gedanken zu weit von ihrer Fahrbahn abgekommen war. Sie riß das Steuer herum und erbleichte bei dem Gedanken, was hätte passieren können. Aber möglicherweise war es sogar besser, tot zu sein. Sie konnte Anderson jetzt nicht gegenübertreten. Also nahm sie die Straße zurück nach Jerusalem und setzte sich in den Garten.

Um zehn Uhr morgens tauchte Dexter in Andersons Apartment auf. Er überreichte ihm eine schwarze Aktenmappe und eine Visitenkarte mit der Aufschrift: »J. D. Dexter, Schiffsmakler«.

»Wenn Sie eine Antwort haben, rufen Sie mich unter dieser Nummer an«, sagte er. »Hiram macht jetzt Feierabend, aber Sie werden nicht allein sein.«

»Danke«, sagte Anderson und war sich nicht ganz sicher, ob er es wirklich so meinte. Er machte sich einen Kaffee und nahm ihn mit hinaus auf das Dach, um mit der Arbeit zu beginnen. Als er die Mappe öffnete, erschrak er über den Umfang der Akte. Beim Durchblättern fiel ihm allerdings auf, daß sich vieles wiederholte. Es handelte sich bei den Papieren um die monatlichen Abrechnungen eines Forschungslabors für das vergangene Halbjahr.

Binnen fünfzehn Minuten hatte Anderson die Antwort gefunden. Er entnahm sie der Liste der bestellten Chemikalien. Die meisten waren Standardreagenzien für den Laborbedarf, aber jeden Monat gab es auch eine kleine Bestellung von Restriktionsenzymen bei einer Spezialfirma. Sie konnten nur verwendet worden sein, um DNA-Moleküle aufzuschneiden. Anderson durchsuchte die Listen nach einer anderen verräterischen Bestellung. Da war sie ja! Bei derselben Firma über tausend Einheiten T4-Ligase, dem Enzym, mit dem zertrennte DNA-Moleküle wieder verbunden wurden, wenn fremdes Material eingesetzt werden sollte. Es bestand kein Zweifel, daß sich dieses Labor mit Genmanipulation, Klonen, Gentechnologie – wie auch immer man es nennen wollte – beschäftigte. Überhaupt kein Zweifel.

Während er das restliche Material durchsah, kam Mirit. Sie stand still an der Tür zum Dach und beobachtete ihn, bis er gemerkt hatte, daß er nicht länger alleine war, und aufschaute. Er strahlte. »Mirit! Was für eine wundervolle Überraschung!« Er legte die Papiere beiseite und umarmte sie. »Falscher Alarm? Hast du wieder Urlaub?« fragte er in der Hoffnung, daß sie »ja« sagte.

»Ich habe wieder Urlaub«, bestätigte Mirit.

»Es ist doch alles in Ordnung, oder?« erkundigte sich Anderson, der glaubte, eine Spur von Reserviertheit in ihrer Stimme gehört zu haben.

»Ja.«

Anderson erzählte ihr vom Besuch der CIA und von der Jagd quer durch Tel Aviv.

»Immerhin ist deine Kopfwunde nicht wieder aufgegangen«, bemerkte Mirit.

»Ich glaube, einer von ihnen spielt gerade wieder Schutzengel«, sagte Anderson.

»Ich weiß, ich habe ihn gesehen.«

»Du hast ihn gesehen?«

»Klar. Grauer Anzug, Button-Down-Kragen. Die Jungs sind so unauffällig wie Blut auf frisch gefallenem Schnee.«

»Wie kommt es, daß euer Geheimdienst der CIA erlaubt, hier zu operieren?« fragte Anderson.

Wieso stellte er diese Frage? Steckte etwas dahinter, fragte Mirit sich, oder spielte ihr das schlechte Gewissen einen Streich? »Wir unterhalten besondere Beziehungen zu den Vereinigten Staaten«, sagte sie.

»Du auch?« fragte Anderson, bohrte aber nicht weiter nach. Er hatte das Gefühl, als sei Mirit seinem Blick ausgewichen, während sie seine Frage beantwortete.

»Du hast aber einen langen Einkaufszettel«, bemerkte Mirit mit einem Blick auf seine Papiere. Anderson erzählte ihr, um was ihn die CIA gebeten hatte.

»Und ist dieses Labor darin verwickelt?« fragte sie.

»Es könnte mit von der Partie sein. Sie sind im Gengeschäft definitiv mit von der Partie.«

»Welches Labor ist es?«

»Das sagen sie mir nicht.«

»Gibt es in den Abrechnungen irgendwelche Hinweise?«

»Genau danach suche ich gerade«, lächelte Anderson. »Ich hole uns etwas Orangensaft, und dann suchen wir gemeinsam.«

Nach etwa zwanzig Minuten fragte er: »Hast du je etwas vom Jan Kouros Hospiz gehört?«

»Nein, warum?«

»Dieses Labor überweist dem Jan Kouros Hospiz jeden Monat Geld. Es gibt aber keinen Hinweis darauf, warum.«

»Glaubst du, das ist wichtig?«

»Ich weiß es nicht. Wie könnten wir etwas darüber herausfinden?«

»Ich müßte nur ein bißchen herumtelefonieren.«

Während Anderson seine Überprüfung fortsetzte, ging Mirit zum Telefon. Zehn Minuten später kam sie zurück. »Es handelt sich um eine karitative Einrichtung in der Wüste. Eine

Zuflucht für arme Menschen, die an unheilbaren Krankheiten leiden.«

»Ich frage mich, welche Verbindung da besteht.«

»Frag die CIA.«

Anderson dachte über diesen Vorschlag nach. »Vielleicht tue ich genau das. Ich muß sie sowieso anrufen. Wenn sie es mir sagen, gut und schön. Und wenn nicht? Dann weiß ich, daß es sich lohnt, dieser Spur zu folgen.«

»Arbeitest du mit der CIA zusammen, oder konkurrierst du mit ihr?« fragte Mirit.

»Falls das Klein-Gen noch existiert, möchte ich als erster dort sein, um es zu vernichten, bevor die Button-Down-Krägen es in die Finger bekommen. Ergibt das einen Sinn?«

»Ja«, sagte Mirit und küßte ihn auf die Wange. »Ich helfe dir, so gut ich kann.« Anderson lächelte, sagte aber nichts. Vielmehr fragte er sich, warum Mirit schon wieder seinem Blick ausgewichen war.

»Dexter, Schiffsmakler«, sagte eine Frauenstimme. Es hätte schlimmer kommen können. Wäre ein Codewort erforderlich gewesen oder die Erkundigung nach der Zigarettenmarke seines Cousins zweiten Grades – er hätte sich bestimmt nicht zusammenreißen können.

»Mr. Dexter, bitte.«

»Wer spricht?«

»Dr. Anderson.« Pause.

»Und, Doktor, Glück gehabt?« sagte Dexters Stimme.

»Es könnte das Labor ihrer Zielperson sein. Sie beschäftigen sich definitiv mit DNA-Manipulationen.«

»Ausgezeichnet. Ich bin Ihnen sehr dankbar.«

»Aber nicht dankbar genug, um mir zu verraten, um welches Labor es sich handelt?«

»Nein.«

»Können Sie mir denn sagen, warum das Labor regelmäßig

Zahlungen an das Jan Kouros Hospiz leistet?« fragte Anderson.

»Das Hospiz ist ein Heim für unheilbar Kranke. Die Gelder sind offenbar Spenden.«

»Danke.«

»Gern geschehen. Wir bleiben in Verbindung.«

Tief in Gedanken versunken, kehrte Anderson auf das Dach zurück.

»Stimmt etwas nicht?« fragte Mirit.

»Ich bin mir nicht sicher. Sie sagten, die Zahlungen seien Spenden.«

»Spenden also. Wo ist dann das Problem?«

»Schau dir die Summe an. Es ist ein ungerader Betrag. Leute spenden hübsche glatte Summen für wohltätige Zwecke und nicht« – Anderson vergewisserte sich in den Unterlagen –, »nicht Beträge wie dreitausendzweihundertneunundvierzig. Diese Spendengeschichte kaufe ich ihnen einfach nicht ab. Ich glaube, sie zahlen für etwas Bestimmtes.«

»Meinst du, die CIA lügt?«

»Ich weiß es nicht. Vielleicht glauben sie es ja selbst. Auf jeden Fall lohnt es sich, der Sache nachzugehen. Kannst du mehr über dieses Hospiz herausfinden?«

»Ich werde es versuchen.«

Mirit kehrte erst am frühen Abend zurück. Anderson schlug vor, daß sie zum Abendessen nach Jaffa fahren und erst danach über ihre Fortschritte reden sollten. Diesen Vorschlag griff Mirit bereitwillig auf. Sie sagte, sie wüßte genau das richtige Lokal. Er lag hoch oben über dem alten Hafen und war in den Fels gehauen. Vom Dachgarten aus konnte man die Küste entlang bis nach Tel Aviv schauen.

»Etwas herausgefunden?« fragte Anderson.

»Ja. Das Hospiz befindet sich in der Wüste, etwa vierzig Kilometer von Hadera entfernt. Es liegt völlig isoliert, aus offensichtlichen Gründen, und wird von irgendeiner obskuren koptischen Sekte geleitet«, sagte Mirit. »Ist dir noch mehr dazu eingefallen?«

Anderson fuhr mit dem Finger langsam am Rand seines Glases entlang. »Je mehr ich über diese ›Spenden‹-Geschichte nachdenke, desto weniger gefällt sie mir. Forschungslabors machen keine Schenkungen, sie erhalten welche.«

»Aber was sollte solch ein Ort denn schon zu bieten haben?«

»Keine Ahnung, aber ich bin überzeugt davon, daß es etwas mit der Klein-Affäre zu tun hat.«

»Also, was jetzt?«

»Ich möche mir dieses Hospiz einmal ansehen. Ich weiß selbst nicht genau, warum.«

»Wir können morgen hinfahren, aber was ist mit deinem ›Schutzengel‹?«

»Was sollte mit ihm sein?«

»Er wird uns folgen.«

»Daran habe ich nicht gedacht. Meinst du wirklich?«

»Aber natürlich. Heute abend ist er ja auch hier.«

»Was?« rief Anderson überrascht. »Mein Gott, ich bin solch ein Anfänger.«

»Links hinter dir, dunkelblauer Anzug und Sonnenbrille.«

Anderson machte sich nicht die Mühe, einen Blick auf ihn zu werfen. Er wußte auch so – es war Hiram. »Dann müssen wir ihn eben abschütteln.« Er sah, wie Mirit lächelte.

»Ja«, bestätigte sie, »wir werden ihn abschütteln.«

Als sie am nächsten Tag das Apartment verließen, war es überhaupt kein Problem, Andersons Wachhund loszuwerden. Sie gingen über das Flachdach des »Französischen Hauses« und stiegen die Treppe des »Italienischen Hauses« am Ende des Blocks hinunter. Dann verließen sie das Gelände durch einen Nebenausgang und fuhren mit dem Auto, das Mirit diskret geparkt hatte, davon. Andersons Aufpasser konnten schließlich nicht vermuten, daß er versuchen würde, ihnen aus dem Weg zu gehen.

Sie brauchten lange, um das Hospiz zu finden. Schließlich hatten seine Betreiber wenig Grund, mit Straßenschildern auf seine Existenz hinzuweisen. Da sie wußten, welche Entfernung sie bereits von Hadera aus zurückgelegt hatten, beschloß Mirit, in eine der Pisten abzubiegen, die sich kaum erkennbar vom Geröll abhob. Nach fünf Kilometern dürren Buschwerks kamen ihnen langsam Zweifel. Da stießen sie auf ein Schild: »Jan Kouros Hospiz 1 km.« Die Holztafel war derart verwittert, daß man die Schrift kaum noch entziffern konnte.

Sie hielten den Wagen an und tranken abwechselnd Wasser aus einer Feldflasche. Mirit hatte darauf bestanden, eine mitzunehmen, weil sie viel Flüssigkeit brauchen würden. Sie hatte recht behalten. Andersons Kehle war so ausgedörrt wie das Land um ihn herum.

»Sollen wir weiterfahren?« fragte Mirit.

»Nein«, entschied Anderson. »Hier kommen bestimmt nicht viele Leute zufällig vorbei. Wir würden auffallen wie ein Elefant im Porzellanladen.«

»Was sollen wir dann tun?«

Anderson dachte einen Augenblick lang nach. »Es ist zu heiß, um weit zu laufen. Was hältst du davon, wenn wir auf den Hügel da drüben klettern und uns von dort aus einmal umschauen?«

»Du hörst dich an wie ein Militärstratege«, witzelte Mirit.

In der Hitze war der Aufstieg eine einzige Qual. Sie rutschten am steilen Geröllhang ständig ab. Dadurch erschien ihnen der Hügel doppelt so hoch, wie er tatsächlich war. Kurz vor dem Gipfel ließen sie sich nieder, um wieder zu Atem zu kommen und nochmals aus der Feldflasche zu trinken. Mirit zog ein Fernglas aus dem Lederetui, das sie um den Hals trug, und reichte es Anderson. »Das wirst du brauchen.« Dann robbten sie auf allen vieren zum Gipfel des Hügels und schauten auf das John Kouros Hospiz hinab.

Für Anderson war es ein mitleiderregender Anblick. Das Hospiz bestand aus einer Reihe von Holzhütten, die sich auf einem Gelände zusammendrängten, das selbst hier in der Wildnis mit Zäunen abgesichert war. An der äußeren Umgrenzung waren Schilder mit Totenköpfen und Hinweisen befestigt, die Reisende davor warnten, zu nahe zu kommen. Auf dem Gelände schlurften ein paar Gestalten umher, die lange braune Gewänder mit großen Kapuzen trugen. Das Hospiz strahlte eine niederdrückende Atmosphäre von Leid und Hoffnungslosigkeit aus, die Anderson zutiefst schokkierte. Einen Augenblick lang wünschte er sich, nie hierher gekommen zu sein, denn diesen Anblick würde er sein Lebtag nicht vergessen. Er würde immer daran denken müssen, daß solch ein Ort existierte – selbst wenn er im Sommer träge auf einer englischen Wiese Erdbeeren aß – selbst wenn er an einem verschneiten Wintertag in Dumfries sein Auto anschob.

Einer der Bewohner stolperte und fiel. Als er wieder aufstand, rutschte seine Kapuze zurück. Anderson keuchte. »Allmächtiger Gott«, rief er entsetzt. »Er hat gar kein Gesicht!« Er reichte Mirit das Fernglas. Sie mußte schlucken.

»Ja«, sagte sie ruhig. »Er ist leprakrank.«

Während Mirit das Gelände betrachtete, legte sich Anderson auf die Erde und wandte diesem grauenhaften Bild menschlichen Leidens den Rücken. »Was für ein Ort«, sagte sie mit derselben Mischung aus Abscheu und Betroffenheit, die auch Anderson verspürte.

»Aber was für ein Ort, um geheime Experimente durchzuführen«, murmelte Anderson.

Mirit ließ sich neben ihn in den Sand fallen. »Glaubst du wirklich?«

»Ich vermute, das Geld ist eine Art Miete«, sagte Anderson, »Miete für eine sichere Produktionsanlage am Ende der Welt. An einem Ort, wo niemand freiwillig hingeht.«

»Aber wie können wir das beweisen?«

»Wir müssen hineinkommen.«

»Das kann doch nicht dein Ernst sein«, erwiderte Mirit schockiert.

Andersons Schweigen bewies ihr das Gegenteil.

»Aber wie?«

»Ich hatte gehofft, das könntest du mir sagen«, meinte Anderson.

Mirit hob wieder ihr Fernglas und kontrollierte den Zaun um das Gelände. »Das entspricht nicht gerade militärischen Standards. Aber das ist ja auch nicht nötig. Niemand, der recht bei Verstand ist, würde versuchen, dort einzudringen. Über das Tor kommt man nicht. Dort haben sie das ganze Gebüsch entfernt. Man würde sofort gesehen werden. Von den Gebäuden hat man freie Sicht über die Auffahrt bis zum Tor.«

»Und bei Nacht?«

»Bei Nacht ist die Auffahrt beleuchtet. Schau. Zwei Flutlichtlampen auf jeder Seite.«

Mirit gab Anderson das Fernglas. Er sah die hohen Holzpfosten mit den Lampengehäusen und reichte ihr das Glas zurück. »Wir kommen durch die Ecke hinten links hinein«, sagte Mirit. »Dort ist zwischen dem Zaun und den Gebäuden dichtes Gestrüpp. Das gibt uns Deckung.«

»Sieht nicht gerade wie ein Zaun aus, durch den man leicht hindurchkommt«, gab Anderson zu bedenken.

»Wir müssen ihn durchschneiden.«

»Aber das merken sie doch«, wandte Anderson ein.

»Das hängt davon ab, wie oft sie den Zaun inspizieren. So,

wie er aussieht, geschieht das nicht besonders oft.« Mirit regulierte die Tiefenschärfe des Fernglases. »Ich glaube, es reicht, wenn wir nur den untersten Draht durchschneiden. Den Sand darunter können wir beiseite scharren und dann durchkriechen.«

»Können wir nicht noch mehr Sand wegschaufeln und durchkriechen, ohne den Zaun zu zerschneiden?« fragte Anderson.

Mirit schüttele den Kopf. »Zu schwierig. Sich von der einen Seite hindurchzubuddeln ist kein Problem, aber es ist extrem schwierig, an der anderen Seite wieder hochzukommen. Dazu muß man viel mehr Erde bewegen, als du denkst.«

Anderson glaubte ihr. »Was ist mit Wachen?«

»Es gibt keinerlei Anzeichen, daß sie welche haben«, sagte Mirit. »Kein Wachhaus, keine Türme, keine Patrouillen. Ich glaube, sie brauchen keine.«

»Normalerweise nicht«, stimmte Anderson ihr zu. »Aber wenn dort wirklich etwas vorgeht, könnten doch Leute von außen Wachen aufstellen.«

»Dafür gibt es keinerlei Anzeichen«, wiederholte Mirit.

Anderson akzeptierte das. »Vielleicht vertrauen sie einfach auf die abgeschiedene Lage und den eigentlichen Zweck des Hospizes.«

»Mir würde das reichen«, meinte Mirit. »Bist du sicher, daß du da hinein willst?«

»Ich muß es wissen.«

»In Ordnung. Wir machen es.«

»Was brauchst du?«

»Drahtschneider, Überbrückungskabel, Krokodilklemmen, das wär's.«

»Wie lange dauert es, alles zu besorgen?«

Mirit schaute auf die Uhr. »Es ist zu spät, es heute noch zu versuchen. Ich schlage vor, wir besorgen morgen früh, was wir brauchen, fahren am späten Nachmittag wieder her und versuchen dann morgen nacht hineinzukommen.«

»Einverstanden.«

»Und wir brauchen dunkle Kleidung«, meinte Mirit mit einem Blick auf Andersons weißes Hemd.

»Vielleicht ist es ja eine gute Idee, sich eine dieser Kutten zu besorgen, die die Insassen tragen. Selbst wenn mich jemand sehen sollte, hält er mich nicht gleich für einen Eindringling.«

»Wir können sie morgen auf dem arabischen Markt kaufen.«

»Nur eine«, korrigierte Anderson sie. »Es ist nicht sinnvoll, daß wir beide hineingehen. Ich weiß, wonach ich suchen muß, du nicht. Wenn du mir hilfst, hineinzukommen, erledige ich den Rest.«

»Hört sich vernünftig an«, stimmte ihm Mirit zu.

»Du hast Überbrückungskabel und Klemmen erwähnt. Wofür?«

»Falls der Zaun unter Strom steht«, sagte Mirit.

»Ist das wahrscheinlich?«

»Du hast damit angefangen, daß auswärtige Leute ein Interesse an der Einrichtung haben.«

»Komm, wir gehen.«

Sie kehrten nach Jerusalem zurück.

Am nächsten Morgen fuhren sie von Mirits Elternhaus in Jerusalem zum arabischen Markt in Jaffa. Dort kauften sie eine Kutte in der Art, wie die Insassen sie trugen, und stopften sie zusammen mit den Werkzeugen, die Mirit für nötig hielt, in den Kofferraum. Ihre Abfahrt nach Hadera schoben sie so lange wie möglich hinaus. Am späten Nachmittag fuhren sie langsam die Küstenstraße entlang nach Tel Aviv. Am Yachthafen hielten sie an, tranken kaltes Moccabee-Bier und lauschten den glucksenden Geräuschen, der vor Anker liegenden Yachten. Diese Geräusche hatten eine hypnotisierende Wirkung, die unausgesprochene Ängste vor der kommenden Nacht unterdrückte. Um sieben verließen sie Tel Aviv. Auf ihrer Fahrt nach Norden sprachen sie kaum ein Wort.

Als sie Hadera passiert hatten, drosselte Mirit das Tempo, um die Abzweigung nicht zu verpassen. »Wie fühlst du dich?« fragte sie.

»Schrecklich«, sagte Anderson. Und wieder schwiegen sie, bis beide gleichzeitig die Abzweigung entdeckten.

»Das hätten wir geschafft«, meinte Mirit. Sie krochen jetzt im Schrittempo die Piste entlang, da sie Steinbrocken und Schlaglöcher erst sahen, wenn sie vom Abblendlicht erfaßt wurden. »Wir können es nicht riskieren, die Scheinwerfer voll aufzublenden«, sagte Mirit. »Die strahlen bis in den Himmel.«

»Vielleicht sollten wir das Auto in einiger Entfernung vom Hospiz stehenlassen und den Rest laufen?«

»Ich glaube auch«, sagte Mirit. »Wir fahren bis zu dem Straßenschild einen Kilometer vor dem Hospiz und verstekken das Auto dort irgendwo.«

Anderson spähte aus dem Fenster zum Himmel. »Der Mond kommt über die Hügel.«

Sie verbargen das Auto in einem tief eingeschnittenen Wadi zwischen zwei Sandhügeln, wo man es von der Piste aus nicht sehen konnte, und nahmen ihr Werkzeug aus dem Kofferraum. Der Mond war jetzt über die Hügelkette getreten und beschien die Landschaft mit einem fahlen Licht, das ausreichte, um den Weg zu erkennen. Die Umgebung erinnerte Anderson an die Mondoberfläche. Ihm war allerdings nicht nach Plaudern zumute.

Sie gelangten zum Fuß des Hügels, auf den sie am vorigen Tag geklettert waren. »Gehen wir wieder hinauf?« fragte Anderson.

»Ja, wir müssen die Anlage erst eine Weile beobachten, ehe wir etwas unternehmen.«

Bei Nacht war der Aufstieg nicht so unerfreulich wie am vorherigen Tag in der glühenden Sonne. Anderson genoß es sogar. Denn dadurch wurden seine Gedanken zumindest eine Zeitlang abgelenkt. Sie kamen oben an und schauten auf das Hospiz hinunter – diese winzigen Lichtpunkte im schwarzen Meer der Einöde, die es wie den einsamsten Ort auf Erden erscheinen ließen. Die Auffahrt und drei Gebäude waren erleuchtet. Anderson schaute auf die Uhr und rollte sich dann auf den Rücken. Mirit hielt weiter Wache. »Es sollte nicht allzu lange mehr dauern«, meinte sie ruhig.

Um Mitternacht brannten in einem Gebäude noch immer drei Lampen. »Nun komm schon . . . geh zu Bett«, drängte Mirit.

»Schsch«, machte Anderson. »Hör mal.«

Beide lauschten und hörten ein Geräusch. »Ein Auto«, sagte Mirit.

»Hört sich zu schwer an«, meinte Anderson.

Das Geräusch wurde lauter, Scheinwerfer tauchten auf der gewundenen Piste auf. »Es ist ein LKW«, sagte Anderson, als das Fahrzeug unter ihnen vorbeifuhr und am Tor des Hospizes anhielt. Ein Mann kam aus dem beleuchteten Gebäude, lief die Auffahrt hinunter und öffnete das Tor.

»Eine seltsame Zeit für Auslieferungen«, meinte Anderson.

Mirit, die das Fernglas vor Augen hatte, sagte: »Sie liefern nichts aus. Sie holen Leute ab.«

Anderson nahm das Fernglas und sah, wie eine Reihe von Männern in Kutten wie reuige Mönche aus dem beleuchteten Gebäude kamen und auf die Ladefläche des Lasters stiegen. Der Mann, der das Tor des Hospizes geöffnet hatte, schloß es auch wieder, nachdem das Fahrzeug in die Nacht hinausgerumpelt war. Kurz darauf erloschen im Hospiz alle Lichter.

»Wer war denn das?« flüsterte Anderson.

Mirit schüttelte den Kopf.

»Wie lange warten wir?«

»Eine Stunde.«

Um Viertel vor eins frischte der Wind auf. Zuerst war es nur eine sanfte Brise, die über die Hügel strich, aber binnen Minuten böte der Wind auf, peitschte den Sand wütend hoch und wirbelte große Staubwolken auf, die den Mond verdeckten. Mirit gab ihm ein Zeichen, loszugehen, denn es war unmöglich zu sprechen. Am Fuß des Hügels blieben sie einen Augenblick stehen und ruhten sich im Schutz eines Felsens aus, bevor sie die letzten paar Meter bis zum Zaun auf dem Bauch robbten.

Mirit klemmte das Überbrückungskabel an den untersten Draht des Zaunes. Das Geräusch der Drahtschere ging im Toben des Sturmes unter. Nach ein paar Minuten hatten sie genug Erde beiseite geschafft, daß Anderson sich hindurchzwängen konnte. Mirit küßte ihre Fingerspitzen und berührte damit Andersons Lippen, bevor er die Falten seiner Kutte zusammenraffte und unter dem Zaun durchkroch.

Er schlängelte sich auf dem Bauch um die Ecke des dichten Gebüschs zwischen sich und den Hütten, um in den Schatten des ersten Gebäudes zu gelangen. Der Wind legte sich ebenso rasch, wie er aufgefrischt hatte. Sein leises Ächzen übertönte indessen immer noch jedes Geräusch, das Anderson verursachte, wenn seine Kutte über den Boden schleifte oder seine Füße scharrten, während er im Schatten der Holzwände an den Schlafhütten vorbeikroch. Er kauerte sich an der Ecke der letzten Hütte nieder und sah zum Hauptgebäude hinüber. Es gab keine Möglichkeit, sich ihm geschützt zu nähern. Er mußte das Risiko auf sich nehmen und quer über die freie Fläche rennen.

Er biß die Zähne zusammen, spurtete über den Sand zur

Veranda, preßte sich in einen Winkel und schaute zurück, ob er entdeckt worden war. Nichts rührte sich. Er schlich an der Gebäudefront entlang und versuchte, die Tür zu öffnen. Sie war nicht verschlossen. Sand knirschte in den trockenen Angeln. Er trat ein und schloß sie rasch hinter sich. Dabei tastete er seine Kutte nach der Taschenlampe ab, die Mirit ihm mitgegeben hatte.

Der erste Raum, den er durchsuchte, war ein Büro. Er durchforstete Papiere und Akten, aber da das meiste in hebräisch war, mußte er die Suche abbrechen und ging statt dessen in den nächsten Raum, der sich als gut sortierte Apotheke entpuppte. Er ließ den Strahl der Taschenlampe über die Etiketten gleiten, stieß aber auf nichts Außergewöhnliches und ging weiter. Anderson nahm im Dunkeln den Geruch staubiger Bücher wahr. Es war eine kleine Bibliothek mit vorwiegend medizinischen und religiösen Büchern. Das Licht der Taschenlampe fiel aber auch auf eine ledergebundene Ausgabe von Charles Dickens' David Copperfield. Er erkannte Mansons Buch über Tropenkrankheiten und das *Handbuch der klinischen Mykologie,* beides Bücher, die er selbst auch besaß.

Am Ende seiner Suche hatte Anderson nur einen Raum gefunden, der als Labor benutzt wurde. Er war etwa zwei Quadratmeter groß und für elementare Urin- und Blutuntersuchungen ausgerüstet – die Art von Arbeit, die er zu Hause in einem Nebenraum erledigte. Er lag falsch. Völlig falsch. Es war völlig unmöglich, hier komplizierte Genmanipulationen durchzuführen. Das Hospiz war genau das, was es zu sein vorgab – ein Refugium für einige der unglücklichsten Menschen auf der Welt.

Anderson ging wieder zur Tür hinaus und glitt quer über das Gelände in den Schatten der Schlafhütten. Er war niedergeschlagen. Indessen blieb ihm nicht viel Zeit, über seinen Fehlschlag nachzudenken, weil das Licht eingeschaltet wurde.

Überzeugt, daß er entdeckt worden war, drückte er sich flach gegen die Wand einer Hütte, konnte allerdings keinen Lärm vernehmen. Keine ängstlichen Schreie, keine rennenden Füße. Er löste sich aus seiner Erstarrung und tauchte in das Gebüsch nahe der Hütte. Als er das näher kommende Geräusch eines Motors hörte, wurde ihm klar, daß die Lichter wegen des Lasters eingeschaltet worden waren, den sie schon früher gesehen hatten, und der jetzt zurückkehrte.

Anderson lag regungslos im Gebüsch, dicht an den Boden gepreßt, und beobachtete das traurige Spektakel, wie die Leprakranken vom Laster kletterten und in einer Reihe in eines der Gebäude zurückmarschierten. Der Fahrer und ein Mitarbeiter des Hospizes wechselten noch kurz ein paar Worte miteinander. Dann fuhr der LKW ab, und das Tor wurde wieder gesichert. Nach weiteren zehn Minuten lag das Gelände in völliger Dunkelheit.

Als Anderson aufstand, merkte er, daß er sehr lange dagelegen haben mußte, ohne einen Muskel zu rühren. Er reckte seine steifen Glieder. Aber noch ehe er sich entspannen konnte, schlang sich ein Arm um seinen Hals und zog ihn in einem Schwall fauligen Atems nach hinten. Anderson schnappte nach Luft, als er verzweifelt versuchte, sich aus dem Griff des kräftigen Mannes zu befreien, aber der Arm war riesig, unnatürlich riesig und mit schuppiger Haut bedeckt. Der dicke, geschwollene Arm eines Leprakranken hielt ihn fest.

Anderson ließ den Arm los und stieß statt dessen seine Ellenbogen ins Zwerchfell des Angreifers. Das war seine einzige Chance, und das wußte er. Mit all seiner Kraft rammte er eine Abfolge von Schlägen in den Magen des Mannes, bis sich der Griff lockerte und er wieder freikam. Voller Furcht und Abscheu wirbelte er herum. Die schwere Taschenlampe hielt er hoch in der Rechten, zum Schlag bereit. Er hielt jedoch inne, denn im schwachen silbernen Mondlicht erkannte er, daß sein

Angreifer blind war. In seinen Augen sah man keine Pupillen mehr, sondern nur dicken grauen Star. Der Mann tastete umher, um Anderson zu finden, und gab dabei keinen Laut von sich. Anderson vermutete, daß die Krankheit seine Stimmbänder zerstört hatte. Er wich in den Schatten zurück und sah die grauenhafte Schreckgestalt mit ausgestreckten Armen umherkreisen.

Zu seiner Schande wurde Anderson auf dem Rückweg durch das Gebüsch hinter den Hütten schlecht. Er wußte, daß es nicht am Kampf lag oder an der konstanten Anspannung, sondern an der Krankheit des Mannes. Hier lag er, ein Arzt, auf den Knien im Sand und erbrach sich, weil er solch eine Abscheu dabei empfand, von einem Leprakranken angefaßt worden zu sein. Anderson ekelte sich vor sich selbst. Wieder einmal hatte ihn Israel jeder Tünche beraubt und ihm sein Inneres gezeigt, von dem er lieber nichts hatte wissen wollen. Er hastete zum Zaun und verließ das Gelände. Ihm war sehr wohl bewußt, daß sein Angreifer keinerlei Möglichkeit hatte, zu melden, was passiert war.

Einen Augenblick lang blieb er vor dem Zaun auf der Erde liegen und versuchte sich zu beruhigen und seine Fantasie zu zügeln. Er war dankbar, daß Mirit nicht hier auf ihn wartete, und nahm an, daß sie sich wahrscheinlich zurückgezogen hatte, als das Licht eingeschaltet wurde. Er buddelte ein Loch und vergrub seine Kutte darin. Jetzt brauchte er dringend Wasser, allerdings nicht zum Trinken, sondern um sich zu waschen. Er wollte sich die Haut schrubben, bis keine Spur des hornigen Griffs des Leprakranken zurückbleiben konnte – außer seinem Schuldbewußtsein. Das hingegen würde ihm noch lange erhalten bleiben. Mirit kroch auf ihn zu. »Alles in Ordnung mit dir?«

»Mir geht's gut«, sagte Anderson. »Laß uns gehen.«

Schweigend kehrten sie zum Auto zurück. Als sie dort ankamen, fragte Anderson: »Hast du Wasser dabei?« Mirit reichte ihm die Feldflasche. »Nein, mehr.«

»Im Kofferraum ist ein Kanister«, erwiderte Mirit und schaute verwirrt drein.

Anderson entkleidete sich bis zur Taille und schrubbte sich sorgfältig ab. Mirit sah ihm schweigend zu. Sie wußte, daß etwas nicht stimmte, wagte aber nicht nachzufragen. Anderson beendete seine Waschung und stellte den Kanister in den Kofferraum zurück. Er stieg ein und starrte stur geradeaus. »Okay«, sagte er. »Laß uns fahren.«

Mirit schwieg, bis sie die Schnellstraße erreicht hatten. Dann fragte sie: »War das Labor dort?«

»Nein«, antwortete Anderson. »Ich habe mich geirrt.«

Mirit merkte aber auch, daß er zutiefst aufgewühlt war, spürte, daß sie ihn jetzt nicht erreichen konnte. »Wohin soll ich fahren?« fragte sie sanft.

»Nach Jerusalem. Ich möchte gern in deinem Garten sitzen.«

»Natürlich«, antwortete Mirit.

Als sie angekommen waren, duschte sich Anderson, zog frische Sachen über und setzte sich in die Stille des Gartens. Mirit kam heraus und reichte ihm einen kalten Drink. »Möchtest du jetzt mit mir reden?« fragte sie leise.

»Ja«, erwiderte Anderson. Er erzählte ihr von der Begegnung mit dem Leprakranken und welchen Abscheu er empfunden hatte.

»Aber das ist doch natürlich«, wandte Mirit ein, freilich ohne jeden Erfolg.

»Aber ich bin doch Arzt. Ich sollte angesichts einer Krankheit nicht so empfinden. Begreifst du denn nicht? Ich dachte, ich sei ein guter Arzt. Aber ich bin es nicht – ich bin ein Scharlatan.«

Mirit umarmte ihn von hinten. »Sei doch nicht albern, Neil.

Daß du ein Arzt bist, macht dich doch nicht übermenschlich. Du hast dich verhalten wie jeder normale Mensch in einer solchen Situation.

»Nein, ich bin ein Feigling.«

»Das ist doch lächerlich«, sagte Mirit entschieden. »Was dich wirklich stört, ist, daß dein Selbstbildnis Schaden genommen hat. Gezwungenermaßen hast du zugeben müssen, daß du genauso verletzlich bist wie jeder andere auch. Der Macho und der Halbgott in Weiß haben einen schweren Schlag einstecken müssen.« Sie nahm sein Gesicht zwischen ihre Hände und sagte: »Sieh mal. Den wirklichen Neil Anderson, den verletzlichen, den mit Ängsten und Zweifeln, liebe ich. Für mich brauchst du keine Rolle zu spielen, Neil.«

Anderson hielt sie fest. »Mein Gott, ich fühle mich grauenhaft.«

»Ich weiß, ich weiß«, beschwichtigte ihn Mirit. »Aber eins will ich dir sagen. Wenn du wirklich ein Feigling gewesen wärst, hättest du den Mann mit der Taschenlampe geschlagen. Du hättest ihn wieder und wieder geschlagen und ihn umgebracht, weil er deine eigene Feigheit zum Vorschein gebracht hat. Aber das hast du nicht getan. Du hast nicht die Beherrschung verloren, du bist zurückgewichen, und du hast Mitleid empfunden . . . echtes Mitleid, obwohl du erfüllt warst von Furcht und Abscheu und deine Instinkte dir zubrüllten, ihn zu töten. Du hast das Richtige getan, Neil. Du hattest dich unter Kontrolle und hast das Richtige getan.«

Anderson gelang ein schwaches Lächeln.

Als sie sich im Frieden des Jerusalemer Gartens fest umschlungen hielten, waren es indessen Mirits Augen, in denen Schmerz und Zweifel aufflackerten.

9

Mirit und Anderson sprachen an diesem Tag nicht mehr über die Affäre Klein, sondern entspannten sich im Garten und erholten sich von den Schrecken der Nacht. Im Laufe des Nachmittags schliefen beide ein und wachten erst wieder auf, als die Sonne schon tief gesunken war und der Garten im Schatten lag. Mirit wurde als erste wach und beschloß, Anderson schlafen zu lassen, während sie ins Haus gehen und sich ums Essen kümmern würde. Bevor sie ging, küßte sie ihn leicht auf die Stirn. Sie sagte es nicht, aber sie freute sich, daß Anderson das Geheimlabor nicht gefunden hatte. Solange er die Quelle des Klein-Gens nicht entdeckte, brauchte sie ihn nicht zu betrügen, und das war im Augenblick ihr dringlichster Wunsch. Die bloße Vorstellung davon hatte in den vergangenen Tagen wie ein unerträglicher Druck auf ihr gelastet. Sollte der Tag je kommen, an dem sie das Gen ihren Vorgesetzten aushändigen mußte, würde sie Anderson nie wiedersehen können. Völlig unmöglich, ihn auf diese Art und Weise zu hintergehen, um dann einfach so weiterzumachen wie bisher. Das brächte sie einfach nicht fertig.

Gähnend kam Anderson aus dem Garten herein.

»Ich glaube, der Garten ist verzaubert«, sagte er. »So gut habe ich noch nie geschlafen, seit ich in Israel bin.«

»Ich *weiß*, daß der Garten verzaubert ist«, sagte Mirit. »Die Sorgen der Welt bleiben einfach draußen.« Anderson sah zu, wie sie das Essen zubereitete. Er lehnte sich gegen die Küchentür, und ein Kloß stieg ihm in den Hals. Noch nie war er so in jemanden verliebt gewesen wie in Mirit. Aber in den wenigen Augenblicken, in denen er klar denken konnte, mußte er sich eingestehen, daß er sich diese stolze und unabhängige

Israeli beim besten Willen nicht in der Organisationsgruppe des jährlichen Sommerfests der St.-Thomas-Fakultät vorstellen konnte. Mirit machte hier nicht nur in ihrem Beruf Karriere, sie hatte auch eine Aufgabe im Leben, beinahe schon eine Berufung, die sie mit missionarischem Eifer erfüllte. Anderson hatte stets gezögert, mit ihr darüber zu reden, weil er spürte, daß dies ein heikles Thema war. Aber jetzt fragte er sich, was bei einem Interessenskonflikt passieren würde. Ausgelöst worden waren diese Überlegungen auf Grund von Mirits merkwürdigem Verhalten, nachdem sie kurz aus dem Urlaub zurückbeordert worden war. Irgend etwas war dort auf der Militärbasis passiert, etwas, das sie ihm nicht erzählen konnte, etwas, das sie irritierte, das sie seinem Blick ausweichen ließ, obwohl sie ihn zuvor immer direkt mit der herausfordernden Aufrichtigkeit ihrer dunklen Augen konfrontiert hatte. Hatte dieses Etwas womöglich mit dem Klein-Gen zu tun?

Und trotzdem schien sie in diesem Moment entspannt zu sein wie damals am Roten Meer. O Gott! Was hätte er dafür gegeben, diese Stunden noch einmal zu erleben. Wenn er vor seinem Tode noch einen Wunsch offen hätte, würde er mit Mirit zu den Sternschnuppen und den Korallenriffen zurückkehren wollen. Vielleicht wenn diese ganze Geschichte vorbei war? Vielleicht *war* sie ja bereits vorbei. Aber nein, die CIA überwachte ein Labor und wollte ihm nicht sagen welches. Wenn auch nur die geringste Chance bestand, den Amerikanern zuvorzukommen, mußte er weitermachen.

Das war eine Tatsache, die Anderson akzeptiert hatte, ohne wirklich über die Motivation nachzudenken. Waren seine Beweggründe wirklich uneigennützig? Oder waren sie nur ein Vorwand, um seine Abreise aus Israel hinauszuzögern, weil er im tiefsten Innern wußte, daß Mirit ihn niemals heiraten würde und daß alles vorbei wäre, sobald er Israel verließ? Das

Klein-Gen hatte sie zusammengebracht. Und wenn es nun verschwand ...

»Worüber grübelst du nach?« fragte Mirit.

»Ich dachte gerade, wie schön du bist.«

»Möchtest du gerne im Garten essen?«

»Ja.«

»Leg doch bitte etwas Musik auf.«

Anderson schaute die Platten neben der Stereoanlage durch und wählte Mozart. Während sie draußen aßen, drang die Musik durch die geöffneten Türen. Mirit schaute Anderson an und fand, daß er sich inzwischen hinreichend von der Zerreißprobe im Hospiz erholt hatte, um wieder auf das Thema Klein-Affäre zu sprechen zu kommen.

»Was willst du jetzt tun?« fragte sie.

»Ich weiß es nicht«, antwortete er. »Wenn ich doch nur erfahren könnte, wo diese Abrechnungen herstammen, aber die CIA wird es mir nicht sagen. Du hast auch keine Möglichkeit, es herauszufinden, oder?«

Mirit schaute zweifelnd drein und ließ sich mit der Antwort Zeit. Sie überlegte, ob sie sich beim Mossad erkundigen sollte, welches Ziel die CIA observierte oder wo die Abrechnungen herstammten. Aber würden sie es ihr sagen? Und wenn sie eine Antwort hatte, würde Anderson nicht sofort vermuten, daß sie mit dem Geheimdienst zusammenarbeitete? Vielleicht wollte er ja gerade darauf hinaus. Vielleicht stellte er sie auf die Probe, weil er sie verdächtigte. Das kann nicht so weitergehen, dachte Mirit. Sich derartig zu fühlen war eine neue Erfahrung für sie. Das schlechte Gewissen fraß sie förmlich bei lebendigem Leibe auf. »Ich glaube nicht«, antwortete sie.

Schon wieder vermied sie es, ihm in die Augen zu schauen, dachte Anderson. »Was ist los, Mirit?« fragte er zärtlich.

Für den Bruchteil einer Sekunde sah sie aus wie ein verschrecktes Kaninchen, aber dann faßte sie sich wieder und stand auf. »Nichts«, sagte sie lachend, aber es klang hohl. »Ich hole uns noch etwas Kaffee.«

In der Küche setzte Mirit die Kaffeekanne ab, hielt sich den Kopf und versuchte, die Fassung wiederzugewinnen. Die Aussicht, Neil ständig zu hintergehen, machte sie krank. Plötzlich jedoch sah sie einen Ausweg: Sie würde Neil Anderson nicht betrügen; sie würde ihn aufgeben! Sie würde ihm sagen, daß zwischen ihnen alles aus sei und daß sie ihn nicht wiedersehen wolle. Aber brächte sie das fertig? Sie liebte ihn. Er könnte nach Hause zurückkehren und wäre in Sicherheit. Er wäre wieder in seinem grünen Surrey, wo er hingehörte, und käme im Laufe der Zeit sicherlich darüber hinweg, genau wie sie, auch wenn sie beide sich noch so elend fühlten. Außerdem hätte sie ihre Ruhe. Sobald Neil verschwunden wäre, hätte der Mossad kein Interesse mehr an ihr. Das Klein-Gen wäre dann nicht mehr ihr Problem.

Mit dem Kaffee kehrte sie in den Garten zurück. Während sie ihren lange umrührte, spürte sie, daß Anderson sie beobachtete, und versuchte, sich gegen seine unschuldigen Blicke zu wappnen.

»Sag es mir«, drängte er.

»Wir müssen miteinander reden«, sagte Mirit ruhig. Anderson wartete darauf, daß sie fortfuhr.

»Ich glaube, es ist Zeit.« Ihre Stimme war zu einem Flüstern herabgesunken.

»Zeit wofür?«

»Es ist Zeit, sich zu verabschieden. Wir beide wußten trotz des Geredes über eine Ehe, daß unsere Zeit begrenzt sein würde. Es kann einfach nicht funktionieren. Du mußt Israel verlassen. Vergiß die Klein-Affäre. Laß die Profis damit weitermachen. Geh du zurück zu dem, was du kennst.«

Anderson fühlte sich, als hätte man ihm die Eingeweide

ohne Betäubung herausgerissen. »Willst du damit sagen, daß du mich nicht genug liebst?« fragte er ruhig.

Nach einer quälend langen Pause antwortete Mirit: »Dich zu verletzen ist das letzte auf der Welt, das ich will, aber . . . ja, das wollte ich wohl damit ausdrücken.«

Anderson starrte einen Augenblick lang auf den Tisch, dann schaute er auf und lächelte sie strahlend an. Überrascht riß Mirit die Augen auf.

»Jetzt weiß ich, daß du lügst«, sagte Anderson.

»Was . . .?«

»Du liebst mich genausosehr, wie ich dich liebe. Da ist irgend etwas anderes im Busch.«

»Von allen arroganten . . .«

»Nicht arrogant, nur aufmerksam. Seit du aus dem Urlaub zurückbeordert worden bist, wirkst du angespannt. Irgend etwas ist da in Hadera passiert, etwas, das mit mir zu tun hat . . . Stimmt das? Haben Sie dich gebeten, mich auszuspionieren? Zu berichten, was ich tue und sage?«

Mirit wich seinem Blick aus und schwieg.

»Etwas noch Ernsteres?«

»Ich kann es dir nicht sagen«, antwortete Mirit und mied noch immer seinen Blick.

»Dann habe ich also recht«, triumphierte Anderson. »Was kann es denn sein? Sie wollen, daß du mich umbringst . . .«

»Sei doch nicht albern.«

»Aber es muß etwas sein, das wichtig genug ist, daß du dich so schlecht fühlst . . . Ich hab's! Sie wollen, daß du ihnen das Klein-Plasmid besorgst.« Mirits Gesichtsausdruck verriet, daß er recht hatte. Er lehnte sich in seinem Sessel zurück. »Das ist es also. Das Militär hat dir befohlen, ihnen das Plasmid zu beschaffen, falls wir es finden sollten, und du konntest den Gedanken nicht ertragen, mich zu betrügen. Deshalb hast du lieber diese rührende kleine Abschiedsszene aufgeführt.«

Mirit widersprach nicht.

»Es hat nicht funktioniert, Mirit.«

»Nein, das hat es wohl nicht«, resignierte sie.

Anderson ergriff ihre Hände. »Ich verstehe dein Problem und sehe, wie es dir zu schaffen macht. Paß auf, ich mache dir einen Vorschlag: Ich halte dieses Klein-Zeugs für eine ganz üble Sache und finde, es sollte vernichtet werden. Aber wenn wir es finden und du bist anderer Meinung, werde ich dich nicht daran hindern, es den Behörden zu übergeben.«

»Ist das dein Ernst?« fragte Mirit.

»Ja.«

»Neil, ich liebe dich.«

»Das habe ich dir ja gerade gesagt.«

Sie saßen im Garten und unterhielten sich. Da Mirits Geheimnis endlich gelüftet war, gab es plötzlich so viel zu bereden. »Ist dir klar, daß die CIA wahrscheinlich ganz Israel nach dir abgegrast hat?« fragte sie.

»Heute abend fahre ich nach Tel Aviv zurück und gestehe alles. Ich sage ihnen, ich hätte mich davongestohlen, um eine Liebesnacht mit einer hübschen Israelin zu verbringen.«

»Gute Idee«, sagte Mirit. »Das sind Amerikaner. Die schlucken so was sofort. Ein Mann muß tun, was ein Mann tun muß, und all so was. Und was dann?«

»Ich möchte noch einmal mit Professor Strauss reden. Er hatte jetzt genügend Zeit zum Nachdenken, nachdem ich ihm erzählt habe, daß Cohen unschuldig ist. Vielleicht ist ihm eine Idee gekommen.«

»Aber vielleicht ist er auch der Schuldige, Neil.«

»Ich dachte, wir wären uns über das Gegenteil einig.«

»Du hast entschieden, daß er unschuldig ist«, beharrte Mirit. »Einen Beweis gibt es jedoch nicht.«

»In Ordnung, es ist also meine Meinung«, lenkte Anderson ein. »Was wirst du tun?«

»Ich werde versuchen herauszufinden, ob die CIA meinen Leuten mitgeteilt hat, was sie dir nicht sagen wollen.«

Sie vereinbarten, sich am nächsten Tag in Tel Aviv zum Mittagessen zu treffen.

Anderson lief gerade die Einstein-Allee hinauf, als neben ihm ein Wagen hielt und Dexter ausstieg. »Wo zum Teufel haben Sie gesteckt?« schnauzte er ihn wütend an. »Wir dachten schon, die hätten sie erwischt.« Anderson entschuldigte sich und erklärte, er sei mit einer Dame zusammengewesen.

»Wenn Sie sich so davonstehlen, können wir sie nicht beschützen«, belehrte ihn Dexter.

Anderson machte ein entsprechend zerknirschtes Gesicht, freute sich insgeheim aber darüber, daß der Amerikaner seine Erklärung geschluckt hatte, genau wie es Mirit vorhergesagt hatte. »Ich werde mich bemühen, Sie über meine Aktivitäten auf dem laufenden zu halten. Gibt's Fortschritte bei Ihren Nachforschungen?« fragte er.

»Unser Mann drinnen berichtet nichts Ungewöhnliches. Sie haben uns gesagt, daß sie das Zeug zwar kaufen, das sie brauchen, aber anscheinend benutzen sie es nicht.«

»Wäre es nicht vernünftiger, wenn Sie mir sagten, wo sich dieses Labor befindet und wen Sie verdächtigen?«

»Kann ich nicht machen.«

Spontan beschloß Anderson, Jacob Strauss sofort anzurufen, um ein Treffen noch für denselben Abend vorzuschlagen. Als er die Nummer wählte, empfand er wieder diese tiefe Scham, beim Einbruch in Strauss' Büro erwischt worden zu sein. Er fragte sich, ob er diesen Vorfall jemals würde vergessen können. Möglicherweise war das sogar der wahre Grund, wieder mit Strauss in Verbindung zu treten: Er wollte die Nachwehen dieser üblen Erfahrung vertreiben, eine Absolution erteilt bekommen.

»Jacob Strauss.«

»Herr Professor? Hier ist Neil Anderson.«

Strauss unterbrach ihn, bevor er noch ein Wort sagen konnte. »Dr. Anderson! Ich habe versucht, Sie zu erreichen. Ich muß mit Ihnen reden.« Strauss schien aufgeregt zu sein.

»Genau aus dem Grund rufe ich Sie an«, sagte Anderson. »Vielleicht könnten wir uns noch heute abend treffen.«

»Ja, ja. Ich glaube, ich weiß, was hier vorgegangen ist. Kommen Sie zu mir nach Hause, Doktor.«

»Ich werde um neun dasein.«

Anderson legte den Hörer auf und stand vor dem nächsten Problem. Was sollte er dem CIA-Agenten erzählen? Wenn Strauss wirklich auf etwas Handfestes gestoßen war, dann wollte er nicht, daß sich das irgendwelche Button-Down-Krägen zunutze machten. Er würde also wieder über das Dach entwischen.

Eine Katze schabte in einer Ecke des Daches, als Anderson sein Apartment verließ. Sie versuchte, eine fette Kakerlake zu erwischen, die sich in einem Spalt der Brüstung verborgen hielt. Fasziniert beobachtete er sie einen Augenblick lang. Es war eine ziemlich magere Straßenkatze mit zerzaustem Fell, die hauptsächlich aus der Mülltonne lebte. Er fragte sich, was sie wohl von den seidigglatten, wohlgenährten Stubenkatern in England halten würde. Als die Kakerlake die Sicherheit des Mauerspaltes verließ, bezahlte sie diese Dummheit mit dem Leben.

»Bon appetit«, murmelte Anderson und überlegte, ob er nicht auch gerade die Sicherheit eines Mauerspaltes verließ. Rasch und leise ging er über das Flachdach, stieg die Treppe des »Italienischen Hauses« hinunter und verließ das Gelände durch einen Nebenausgang. Es war nicht schwierig, ein Taxi zu bekommen, da zwischen der üblichen Ausgeh- und Heimkehrzeit abends normalerweise Flaute herrschte. Er gab dem

Taxifahrer Strauss' Adresse. Dem Professor zu Ehren, der sich offensichtlich an gewisse Konventionen hielt, trug er nicht mehr wie tagsüber ein T-Shirt, sondern ein anständiges Hemd und ein helles Sakko.

Anderson bat den Fahrer, ihn am Anfang der Straße, in der Strauss lebte, abzusetzen. Er brauchte ein wenig Zeit, um seine Gedanken zu ordnen und sich die Beine zu vertreten. In der Nähe der Strauss-Villa glaubte er Musik zu hören und blieb stehen. Sie drang aus dem Haus auf der anderen Straßenseite. Ein junges Mädchen saß im Erdgeschoß an einer elektronischen Orgel. Es spielte vom Blatt, und während es sich stokkend durch einen vage vertrauten Popsong kämpfte, beugte sich das Mädchen immer wieder vor, um die Noten genau zu studieren. Anderson ging den Fußweg hinauf und klopfte an Strauss' Tür. Keine Reaktion. Er versuchte es noch einmal. Diesmal hörte er jemanden kommen. Es war Jacob Strauss.

Anderson lächelte und trat ein. Er fühlte sich jedoch sofort unbehaglich, weil er Strauss offensichtlich überhaupt nicht gelegen kam. Ein schlechter Anfang, dachte er und kam sich so vor, als hätte er bei einem vornehmen Dinner die falsche Gabel erwischt. Er drehte sich im Flur um und wartete darauf, daß Strauss ihn in eines der Zimmer führte. »Em . . . Sie . . . em . . . kommen Sie besser hier hinein«, sagte Strauss, öffnete eine Tür und tastete an der Wand nach dem Lichtschalter. Anderson war verwirrt. Warum benahm sich Strauss, als sei er hier aus heiterem Himmel aufgetaucht. Verdammt noch mal! Schließlich hatte er ihn eingeladen.

Strauss deutete auf einen Stuhl. »Setzen Sie sich doch bitte«, sagte er, ging zu einem Sekretär hinüber und schloß den Deckel. Anderson nahm diese Geste persönlich. Damit ich nicht wieder herumschnüffele, dachte er. Strauss stand jetzt vor dem Sekretär und rieb sich nervös die Hände. Er sagte: »Ich fürchte, ich habe Sie irrtümlich hergebeten, Doktor.«

»Irrtümlich?«

»Ja.« Strauss bemühte sich vergebens zu lächeln. »Die Wahnvorstellungen eines alten Mannes, fürchte ich. Ich dachte, ich hätte eine Spur gefunden . . .«

»Was glaubten Sie denn entdeckt zu haben, Herr Professor?«

»Das ist jetzt nicht mehr wichtig.« Strauss sagte dies mit einer unmißverständlichen Endgültigkeit und starrte Anderson dabei an, als versuchte er, ihn durch Telekinese zu bewegen.

»Also, in dem Fall . . .«

»Ja. Es tut mir leid, Sie bemüht zu haben, Doktor.«

Strauss begleitete ihn bereits zur Tür. Ehe er sich versah, war er wieder draußen auf der Straße, atmete die warme, feuchte Luft ein und lauschte einer stockenden Version von »Wenn ich einmal reich wär«, aus dem Haus gegenüber.

Was zum Teufel sollte das? fragte sich Anderson, als er die Straße wieder hinunterging. So etwas nannte man einen glatten Rausschmiß! Keine Sekunde lang hatte er Strauss den vermeintlichen Meinungsumschwung hinsichtlich seiner Vermutungen abgenommen. Die einzige logische Erklärung für Anderson lautete, daß Strauss ihm diese Information nun doch nicht unterbreiten wollte. Der Gedanke, einem Mann zu vertrauen, der seinen Schreibtisch durchstöbert hatte, war ihm im nachhinein wahrscheinlich etwas zu riskant vorgekommen. Anderson war davon nicht nur peinlichst berührt, ihn deprimierte vor allem, daß sich sein Verhältnis zu Jacob Strauss derartig verschlechtert hatte. Dabei hatte er die Hoffnung gehegt, daß diese Begegnung mit Strauss den zwischenmenschlichen Schaden, der durch den Einbruch entstanden war, hätte beheben können, daß vielleicht sogar so etwas wie Freundschaft hätte entstehen können. Aber jetzt schien ihm diese Hoffnung völlig lächerlich, so lächerlich, daß Anderson bei dem Gedanken daran regelrecht zusammenzucken mußte.

Als er aus dem grünen Taxi, das ihn in die Einstein-Allee zurückgebracht hatte, ausstieg und zum Nebeneingang des Studentenwohnheims ging, grübelte er immer noch darüber nach. Warum war Strauss nur so unhöflich gewesen? Selbst wenn er ihm nicht mehr vertraute, hätte er doch wenigstens etwas taktvoller sein können. Das sah Strauss gar nicht ähnlich. So hatte er den alten Herrn noch nie erlebt . . .

»Schön, wieder zu Hause zu sein«, sagte eine sarkastische amerikanische Stimme hinter ihm und setzte seinem Anfall von Selbstmitleid damit ein jähes Ende. Anderson drehte sich um und erblickte Hiram, der immer noch eine Sonnenbrille trug.

»Sie sind mir gefolgt?« fragte Anderson.

»Klar. Zweimal entwischen Sie uns nicht. Wir überwachen jetzt alle Ausgänge.«

»Ich habe gerade Ihre Zielperson besucht«, sagte Anderson und hoffte, ihn damit zu überrumpeln.

»Keine Scheiße«, sagte Hiram ungerührt.

Anderson lächelte. Vielleicht war Hiram ja doch kein Idiot. »Gute Nacht«, sagte er.

»Nacht.

Während er die Treppe hochstieg, verfiel Anderson erneut in seine Grübeleien über Jacob Strauss. Bei seinem letzten Besuch waren der alte Herr und Miriam der Inbegriff guter Gastgeber gewesen. Anderson blieb stehen, als sei er gegen eine Wand gerannt. Verärgert über seine Dummheit schlug er sich mit der Hand gegen die Stirn. »Ich Idiot!« rief er laut. Miriam Strauss! Er hatte Miriam Strauss überhaupt nicht gesehen! Strauss' seltsames Benehmen und seine Bemühungen, ihn wieder loszuwerden, hatten nichts damit zu tun gehabt, ob er ihm vertraute oder nicht. Wenn er nicht solch ein egozentrischer Clown wäre, hätte er das schon viel früher bemerken können! Im Hause Strauss stimmte etwas nicht. Die lange

Zeit, bis der Professor an die Tür gekommen war, sein merkwürdiges Verhalten, das Zögern, etwas zu sagen. Mein Gott! Plötzlich erschien ihm alles glasklar. Strauss war nicht alleine im Haus gewesen. Irgendwo hatte sich ein Eindringling aufgehalten, und Anderson war überzeugt davon, daß er Miriam Strauss als Geisel genommen hatte.

Anderson sprang die Treppe vier Stufen auf einmal hinunter. Er schoß durch die Glastür im Erdgeschoß und stellte fest, daß Hiram immer noch da war. »Hallo«, sagte der Amerikaner. »Wir haben wohl unsere Meinung geändert, was?«

»Ich fahre zurück zum Haus von Professor Strauss. Wenn Sie mir sowieso folgen wollen, warum fahren wir dann nicht beide in Ihrem Auto?« schlug Anderson vor.

»Ich habe nichts dagegen«, erwiderte Hiram. »Wo liegt das Problem?« erkundigte er sich, als er merkte, wie aufgeregt Anderson war.

Anderson erzählte ihm unterwegs, was vorgefallen war, und bewirkte damit eine erstaunliche Veränderung in Hirams Verhalten. Er stellte Fragen über Fragen nach dem Grundriß der Strauss-Villa und beeindruckte Anderson mit seiner professionellen Zielstrebigkeit. Als sie sich der Straße näherten, in der Strauss wohnte, sagte er: »Hören Sie, wenn ich Kopfschmerzen habe, frage ich Sie um Rat, aber diese Art von Spiel ist meine Angelegenheit, okay?«

»Einverstanden«, sagte Anderson.

»Wir geh'n jetzt zu Fuß«, bemerkte Hiram und parkte den Wagen am Fuße der Straße. Zum zweiten Mal im Laufe dieses Abends ging Anderson auf das Haus des Professor zu, nur hatte er diesmal einen anderen Grund. »Hier rüber«, sagte Hiram. Anderson erkannte, wie sinnvoll es war, die Straßenseite zu wechseln: Auf diese Weise blieben sie so lange wie möglich von der Villa aus unentdeckt.

Die junge Organistin quälte sich noch immer durch ihr Repertoire. Gerade zerstückelte sie *Lara's theme* aus *Doktor Schiwago.* Hiram gab Anderson ein Zeichen, hinter ihm zu bleiben. »Sie nehmen die linke Seite des Hauses«, flüsterte er. »Ich gehe rechts herum. Halten Sie Ausschau und lauschen Sie, aber machen Sie keine Geräusche! Wir treffen uns hinten.« Anderson nickte zum Zeichen, daß er ihn verstanden hatte.

Hiram, der immer noch seine Sonnenbrille trug, verließ rasch den Schutz des Gebüsches und huschte in einem krabbenartigen Seitwärtsgang vorne an dem Haus vorbei. Für seine große Statur war er überraschend leise und flink. Anderson merkte, daß er einem Profi bei der Arbeit zuschaute. In Zukunft würde er höflicher zu Hiram sein – falls es für ihn eine Zukunft geben sollte. Er selbst machte seine Sache bis zur Hauswand gar nicht so schlecht. Aber als er sich in den Schatten duckte, kratzte er mit der Schuhspitze ein bis zwei Meter über den Weg – ein Geräusch, als würde man einen Karton zerreißen. Andersons Lippen formten sich schon zu einem »Sch«, aber er bekam sich schnell genug wieder in den Griff, um den Schaden nicht noch durch einen Fluch zu verschlimmern.

Er horchte, ob er von drinnen irgend etwas hören konnte. Nichts, nur das Zirpen und Surren der Insekten im Garten und von jenseits der Straße die zigste holprige Wiederholung des Refrains von *Lara's theme.* Er glitt weiter an der Wand entlang und blieb unter einem Fenster stehen. Licht war keines zu sehen. Anderson vermutete, daß es das Fenster des Treppenhauses war, und hoffte, er könnte Geräusche aus dem Flur hören. Aber wieder nichts. An einem kleinen, mit Maschendraht vergitterten Fenster nahe der Rückwand des Hauses machte er noch einmal Pause und bog dann um die Ecke. In der Dunkelheit sah er den Schatten einer großen Gestalt stehen. Andersons Herzschlag setzte aus, bis ihm klar wurde, daß es Hiram war. Er kauerte dort nicht etwa, sondern stand aufrecht und schaute durch die Verandatüren in das Haus hinein. Anderson richtete sich ebenfalls auf und ging zu ihm. Er fühlte sich ein bißchen albern, weil er die ganze Zeit die ihm sehr professionell erscheinende Kauerstellung beibehalten hatte.

»Keiner da?« fragte Anderson und bemühte sich, cool zu klingen.

»Oh doch, sie sind da«, sagte Hiram, ohne den Blick von den Glastüren zu wenden. »Sehen Sie.« Beim Ton von Hirams Stimme lief es Anderson eiskalt den Rücken herunter. Er schaute durch die Türen hinein und sah Jacob und Miriam Strauss. Sie hingen stranguliert an einem Holzbalken im Eßzimmer. Ihre Gesichter waren schwarz, die Zungen traten geschwollen hervor. Die Körper baumelten langsam vor und zurück, als drehten sie sich in einem diabolischen Tanz zur Musik von draußen. Anderson wandte sich ab und preßte die Augen zusammen. »Scheiße! Scheiße! Scheiße!« fluchte er. »Was für eine Verschwendung! Was für eine nutzlose, verdammte Verschwendung!«

»Freunde von Ihnen?« fragte Hiram.

Freunde? überlegte Anderson. Das Wort erschien ihm zu gering und zu persönlich für einen Mann wie Strauss. »Auf dieser Erde gibt es in jeder Generation nur ein oder zwei Menschen wie ihn!« antwortete er. Kummer überwältigte ihn, und er hämmerte mit der Faust gegen die Rinde eines Baumes.

»Die Frau. War das seine Frau?« fragte Hiram.

»Ja, das ist Miriam.«

»Okay. Dann sollten wir gehen.«

»Gehen? Aber wir können doch nicht einfach gehen!« rief Anderson.

»Doch«, entgegnete Hiram. »Wir können sie nicht wieder lebendig machen, Doc, und der Rest ist nicht unsere Angelegenheit.« Zögernd sah Anderson ein, daß der Amerikaner recht hatte. Als sie um das Haus herumgingen, endete *Lara's theme,* und die Titelmusik von *Der Pate* setzte ein. Durch das erleuchtete Fenster konnten sie das junge Mädchen sehen, das völlig in seine Musik vertieft war und überhaupt nicht ahnte, daß seine Klänge wahrscheinlich das letzte waren, was Jacob und Miriam Strauss je gehört hatten.

»Mein Gott, ich brauche was zu trinken«, sagte Anderson, als er ins Auto stieg.

»Ein Bier?« fragte Hiram.

»Nein, was Richtiges zu trinken, aber das bekommt man ja nicht in diesem . . .« Anderson verkniff sich das Wort und sagte einfach nur: »Land.«

»Das kriegt man schon, wenn man weiß wo.«

Sie fuhren in die Stadt zurück. Der Amerikaner ging voraus in eine Nebenstraße zu einem Lokal, das von außen wie ein kleiner Nachtclub wirkte. *»The American Bar«,* sagte Hiram, als sie einige Treppenstufen in einen verrauchten Raum hinunterstiegen. »Was darf's denn sein?«

Anderson nahm einen großen Schluck Whiksy und spürte, wie ihm das Feuer in der Kehle brannte. »Jetzt geht's mir schon besser.«

»Also wer hat Strauss umgebracht?« fragte Hiram.

»Ich wünschte, ich wüßte, wer dahintersteckt. Ich vermute, ihre Zielperson oder jemand, der für sie arbeitet, hat ihn getötet, damit er nicht reden kann.«

»Oder Sie waren es«, sagte Hiram.

Anderson erstickte fast. »Wie meinen Sie das?«

»Etwa vierzig Minuten bevor die beiden Strauss' ermordet aufgefunden wurden, waren Sie in dem Haus.«

»Aber ich habe sie nicht umgebracht! Ich habe diesen Mann verehrt«, widersprach Anderson.

»Ich weiß, daß Sie ihn nicht getötet haben, Doc«, sagte Hiram. »Ich sah, wie Strauss Sie zur Tür begleitete, als Sie gingen.«

»Aber warum . . .«

»Wenn ich Sie nicht verfolgt hätte, wären Sie der Verdächtige Nummer eins. Kapiert?«

»Kapiert«, seufzte Anderson. Er trank den Rest Whisky aus. »Dasselbe noch mal?« fragte er. Hiram zögerte. Anderson drängte ihn. »Ich möchte Sie gern zu einem Drink einladen.«

»Okay, dasselbe noch einmal.«

Bei der Andacht für Jacob und Miriam Strauss war Anderson zum ersten Mal in einer Synagoge. Er war in Begleitung von Sam und Myra Freedman dorthin gegangen, weil Mirit das Ehepaar Strauss nie kennengelernt hatte und daher fand, daß sie an der Trauerfeier nicht teilnehmen sollte. Anderson hatte sich hinterher mit ihr verabredet.

»Was kann man über einen Mann wie Jacob Strauss sagen?« fragte Sam Freedman, und Anderson wußte genau, was er meinte. Sie fanden keine Worte, um einander mitzuteilen, was für einen großen Verlust sein Tod bedeutete. Myra stand still da und hielt sich ein Taschentuch vor das Gesicht. Anderson bemerkte, daß Sam ihr tröstend die Hand drückte, bevor Männer und Frauen sich in der Synagoge trennten.

Anderson fragte Sam Freedman, wer der hochgewachsene, vornehm wirkende Mann in der ersten Reihe sei.

»Dov Strauss«, antwortete Freedman, »Jacobs Sohn.«

Anderson erinnerte sich, wie Strauss beiseite geschaut hatte, als Miriam ihren Sohn Dov erwähnte. »Er ist auch Biologe, nicht wahr?«

»Ja.«

»In den Vereinigten Staaten, wie ich gehört habe.«

Freedman sah Anderson an. »Hat Miriam Ihnen das erzählt?«

»Ja, warum?«

»Dov ist schon seit einiger Zeit zurück in Israel«, sagte

Freedman. »Er ist der Direktor von Comgen, einer der unzähligen Gentechnologiefirmen, die mit amerikanischem Risikokapital aufgebaut werden.«

»Aber warum sollte Miriam behaupten . . .?«

»Wahrscheinlich wußte sie nicht, daß Dov schon zurück in Israel war. Offensichtlich hatte Jacob es ihr nicht erzählt.«

»Das verstehe ich nicht«, gestand Anderson.

»Jacob und Dov hatten den Kontakt abgebrochen. Zum ersten großen Bruch kam es, als Dov seine akademische Laufbahn aufgab und anfing, bei einem Pharmakonzern in den Vereinigten Staaten zu arbeiten. Sich um des schnöden Mammons willen verkaufen und all das. Als Dov seinem Vater dann schrieb, er käme nach Israel zurück, um Comgen aufzubauen, und ihn um Hilfe bei DNA-Analysen bat, ging Jacob vor Wut an die Decke. Er antwortete Dov, daß er sich prostituieren würde und daß er ihn nie wiedersehen wolle. Dieses Zerwürfnis haben die beiden nie wieder beilegen können.«

Anderson traute seinen Ohren kaum. Jacob Strauss' eigener Sohn leitete eine Gentechnologie-Firma hier in Israel. So lange beschäftigte er sich jetzt schon mit der Klein-Affäre, und das hatte er nicht gewußt. Als die Männer mit den Kippas begannen, sich im Gebet vor- und zurückzubeugen, bewegte sich Andersons Fantasie in eine Richtung, die sie lieber nicht eingeschlagen hätte.

»Sein eigener Sohn?« rief Mirit, der sofort klar war, was das bedeuten konnte. »Glaubst du, sein eigener Sohn hat ihn umgebracht?«

»Mein Gott, ich weiß es nicht. Aber wir müssen es in Betracht ziehen. Die Umstände sprechen in einer Weise gegen ihn, die einem fast den Atem raubt – selbst das Engagement der CIA, wenn man genau darüber nachdenkt.«

»Wie meinst du das?«

»Strauss' Sohn lebte einige Zeit in den Vereinigten Staaten. Vielleicht hat er dort etwas entwickelt, was für die CIA von Interesse ist, und nun behalten sie ihn eben im Auge.«

»Ich verstehe. Aber warum sollten sich Langman und die CIA für dich und Strauss' Labor in Tel Aviv interessieren, wenn zwischen Vater und Sohn keinerlei Kontakt bestand? Das ergibt doch keinen Sinn.«

Mit einem nachdenklichen Nicken stimmte Anderson ihr zu. »Wir sollten es auf jeden Fall überprüfen. Kannst du etwas über Comgen herausfinden?«

»Bin schon unterwegs.«

Langsam ging Anderson in sein Apartment zurück. Er hatte keine Ahnung, was er tun sollte, bis Mirit zurückkehrte. Die Neuigkeiten über Dov Strauss hatte er immer noch nicht verdaut. Wenn er es doch nur früher gewußt hätte. Hatte Strauss etwa seinen eigenen Sohn verdächtigt? Hatte er es die ganze Zeit gewußt? Und wollte er es ihm an dem Abend, als er ermordet wurde, erzählen?

Noch eine weitere Frage beunruhigte Anderson. Wenn Sam Freedman wußte, daß Dov Strauss wieder in Israel war, dann mußte es Myra auch gewußt haben. Warum hatte sie nichts gesagt? Er grübelte über eine Antwort nach, als über die Lautsprecheranlage sein Name ausgerufen wurde. Er ging zum Telefon. »Neil Anderson.«

»Mein Name ist Dov Strauss«, sagte die Stimme am anderen Ende. »Wir kennen uns nicht persönlich, aber ich glaube, wir sollten einmal miteinander reden.«

Zum Teufel, dachte Anderson. Was denn noch? Er schwieg einen Augenblick, um sich zu sammeln. »Ja gut«, sagte er mit möglichst neutraler Stimme, aber die Kehle schnürte sich ihm zusammen. »Was würden Sie vorschlagen?«

»Haben Sie ein Auto?«

»Nein.«

»Dann komme ich zu Ihnen.«

»Meinen Sie jetzt gleich?«

»Ja, weil ich sowieso noch in Tel Aviv bin, dachte ich ... aber, wenn es Ihnen im Moment nicht gut paßt ...«

»Kein Problem. Ich wohne in den Universitätsapartments an der Einstein.«

»Bis in zehn Minuten also?«

»Bis in zehn Minuten.«

Anderson ging nach unten, um den CIA-Mann zu suchen, der gerade Dienst hatte. Es war immer noch Hiram. Er erzählte ihm, daß er Besuch erwartete, und bat, nicht zu schießen. »Sehr witzig«, meinte Hiram. »Wer ist sie?«

»Er ... Dov Strauss.« Anderson achtete auf eine Reaktion, konnte aber wegen der dunklen Brillengläser Hirams Augen nicht sehen. Deshalb trägt er also dieses verdammte Ding, dachte er, als er nach oben ging.

»Ich fürchte, dieses Apartment ist nicht dafür eingerichtet, Gäste zu empfangen«, sagte Anderson, als Dov Strauss oben an der Treppe angelangt war. »Vielleicht können wir uns draußen auf dem Dach unterhalten.«

»Natürlich, ganz wie Sie möchten.«

Anderson holte Strauss einen Stuhl. Er selbst blieb lieber stehen und lehnte sich gegen die Brüstung. Strauss begann das Gespräch ganz konventionell: »Sie fragen sich vermutlich, weshalb ich hergekommen bin.«

Anderson reagierte entgegenkommend. »Ja, das stimmt.«

»Es ist ganz einfach. Ich bin gekommen, um Ihnen die Mühe zu ersparen, mich aufzusuchen.«

»Ich verstehe nicht ganz.«

»Ich glaube doch, Doktor. Sie haben heute herausgefunden, daß mein Vater einen Sohn hat, der eine Gentechnologiefirma leitet. Ich weiß, warum Sie nach Israel gekommen sind. Daher war ganz offensichtlich, was Ihr nächster Schritt sein würde.

Sie würden Nachforschungen über mich anstellen, um herauszufinden, ob ich für den Tod Ihres Medizinstudenten Martin Klein verantwortlich bin.«

»Und sind Sie es?«

»Nein, Dr. Anderson. Das bin ich nicht.«

»Woher wissen Sie, was ich heute über Sie erfahren habe?«

Strauss lächelte. »Die Freedmans haben es mir erzählt. Obwohl ich meinen Vater nicht mehr gesehen habe, hatte ich zu Sam und Myra stets freundschaftliche Beziehungen. Als Myra mir erzählte, daß ein englischer Arzt zu Gast im Labor meines Vaters war und auch sagte weswegen, war mir sofort klar, daß Sie mich verdächtigen würden. Daher bat ich Myra, Ihnen meine Existenz zu verschweigen. Aber als Sie Sam heute in der Synagoge fragten, hatte er das Gefühl, Sie nicht belügen zu können. Er rief mich hinterher an und sagte es mir. Deswegen bin ich hier, Doktor. Was möchten Sie gerne wissen?«

Anderson entschloß sich, ebenso direkt zu sein. »Ich würde gerne wissen, ob Sie mit Martin Klein bei der Konstruktion eines Plasmids, das ein fremdes Gen trägt, zusammengearbeitet haben.«

»Nein, das habe ich nicht. Ich kannte Martin Klein nicht einmal.«

»Aber Ihre Firma beschäftigt sich mit Genmanipulationen?«

»Ja, aber das ist keineswegs illegal. Wir versuchen, stickstoffbindende Gase aus Bakterien in Getreidepflanzen zu klonen, damit sie auch ohne Dünger gut wachsen.«

Anderson stieß einen bewundernden Pfiff aus. »Das würde einen Teil der Nahrungsmittelprobleme der Dritten Welt lösen.«

Strauss lächelte. »Ich bin kein Heuchler, Doktor, ich bin Geschäftsmann. Wenn wir Erfolg haben, werden wir einen Haufen Geld verdienen. Wir werden die Pflanzen schließlich nicht verschenken.«

Anderson nickte, sagte aber nichts dazu.

»Dr. Anderson, ich würde Sie gerne einladen in meine Labors. Sie können nach Wunsch alles durchsuchen, jede Kultur, die Sie finden, überprüfen, sogar mein Personal befragen. Sollten Sie auf irgend etwas stoßen, das für die Konkurrenz von wirtschaftlichem Interesse sein könnte, verlasse ich mich ganz auf Ihre Diskretion.

»Danke«, sagte Anderson. »Aber ich glaube Ihnen auch so. Sie mögen mit Ihrem Vater nicht immer einer Meinung gewesen sein, aber Sie gleichen ihm doch sehr.«

»Es freut mich, das zu hören«, sagte Strauss.

»Trotz Ihrer Differenzen müssen Sie sehr stolz auf Ihren Vater gewesen sein«, sagte Anderson.

»Das war ich auch. Ich habe ihn sehr geliebt. Aber glauben Sie mir, Doktor, es ist nicht immer einfach, einen Heiligen zum Vater zu haben. Ganz gleich, was Sie tun, Sie sind der Hölle immer viel näher als er.«

»Ich verstehe, was Sie meinen«, sagte Anderson.

»Da bin ich mir nicht so sicher«, erwiderte Strauss. »Mein Vater hatte nicht nur einen unheimlich hohen moralischen Anspruch, sondern er war auch als Wissenschaftler brillant. Es gab kein Gebiet, auf dem ich mit ihm mithalten konnte. Ich habe an derselben Universität promoviert wie mein Vater, aber nur in einem Fach, nicht in zweien wie er. Ich habe die Siemens-Medaille gewonnen, mein Vater zweimal.«

»Ich kann mir langsam ein Bild machen. Aber Sie haben Geschäftssinn.«

»Ja, das war die einzige Möglichkeit, aus seinem Schatten herauszutreten. Mein Vater zeigte überhaupt kein kommerzielles Interesse, also hatte ich auf dem Gebiet endlich eine Chance, ins Rennen einzusteigen, ein Rennen, bei dem nicht schon von Anfang an klar war, daß ich immer nur Zweiter bleiben würde.«

Anderson nickte. »Und offensichtlich sind Sie sehr erfolgreich.«

»Ich wüßte nicht, was an einem ehrlichen Geschäft verkehrt sein sollte.«

»Ich danke Ihnen für Ihren Besuch«, sagte Anderson.

Als Mirit zurückkehrte, sah sie so erschöpft aus, daß es Anderson richtig peinlich war, ihr von seinem Gespräch mit Dov Strauss zu erzählen. Sie warf sich auf sein Bett und ließ den Kopf auf das Kissen sinken. »Also, ich habe einiges über Comgen herausgefunden«, sagte sie. Anderson öffnete den Mund, bekam aber keinen Ton heraus. Mirit konzentrierte sich auf die Decke. Sie sagte: »Ihre Forschungslabors sind in Jerusalem. Es ist eine ziemlich kleine Firma mit etwa zwanzig Angestellten. Sie gilt als solventes, recht erfolgreiches Unternehmen. Dov Strauss ist der leitende Direktor und . . .«

»Ich weiß. Er war hier«, sagte Anderson.

». . . es gibt noch zwei weitere . . . Was hast du gesagt?«

Anderson erzählte ihr von Strauss' überraschendem Anruf und dem darauffolgenden Besuch.

»Willst du damit etwa sagen, daß ich . . .«

»Ich fürchte schon, aber mach dir nichts draus. Ich gehe mit dir essen. Vielleicht zahle ich sogar.«

»Wie weit sind wir jetzt?« fragte Mirit, als sie ihren Kaffee tranken.

»Zurück auf dem Startfeld«, sagte Anderson, »falls deine Leute nicht damit herausrücken, wer die CIA-Zielperson ist.«

»Keine Chance«, erwiderte Mirit. »Ich habe es versucht. Sie verraten mir nichts.«

»Wissen Sie es denn?«

»Nicht einmal das habe ich herausbekommen können.«

10

Als sie das Restaurant verließen und die Stufen zur Uferpromenade hinuntergingen, begann ein unbehagliches Gefühl an Anderson zu nagen, weil er kein klares Ziel mehr vor Augen hatte. Der Strand war der einzige Ort in Tel Aviv, an dem ihm die Feuchtigkeit nicht so zu schaffen machte. Sie gingen an der Wasserlinie entlang und setzten sich auf eine Steinmauer in der Nähe der Hafenquais. Dort hofften sie, die schwache Brise stärker zu spüren, die über das dunkle Wasser strich und die vor Anker liegenden Yachten auf und ab schaukeln ließ. Der Wind blies nicht stark genug, um die Wasseroberfläche zu kräuseln. Sie blieb ruhig und glatt und reflektierte die Lichter der Hotels und Bars am Wasser wie ein verschmierter Spiegel.

»Wie fandest du es heute in der Synagoge?« fragte Mirit.

»Es war eine interessante Erfahrung«, erwiderte Anderson.

»Das ist mir zu vage. Welche Art von Erfahrung?«

»Historisch interessant, ästhetisch unerfreulich.«

»Weiter.«

»Du willst die Sicht eines Außenseiters?«

»Das ist die bestmögliche.«

»Uns so zu sehen wie andere uns sehen . . .«

»Wie bitte?«

»Ach nichts. Mich hat die Bedeutung der Rituale mehr beeindruckt als ihr Anblick selbst. Es hat nichts Inspirierendes, wenn man Angehörigen irgendeiner Religion dabei zuschaut, wie sie in seltsamen Gewändern vor unsichtbaren Gottheiten die Knie beugen. Ich muß allerdings zugestehen, daß das, was es bedeutet, das Weiterleben einer Idee, eines Glaubens ist, der schon mehr als dreitausend Jahre überdauert hat. Nur ein arroganter Narr könnte so etwas abtun, ohne daß es ihn zutiefst bewegt.«

»Was fandest du so unerfreulich?«

»Die Musik. Es gab keine. Ich mag Kirchenmusik. Sie besitzt einen eigenen Wert, ist tröstlich, beschwichtigend, manchmal sogar inspirierend, aber dissonanten Gesang finde ich schwer zu ertragen, besonders in Hebräisch! Ihr könntet ein paar Musiklektionen aus Rom gebrauchen!«

»Und was ist mit euren schottischen Psalmen?«

»Dafür gilt das gleiche«, gab Anderson zu, »sie könnten von einem Affen mit einer Mundharmonika geschrieben worden sein.«

»Du meine Güte«, sagte Mirit lächelnd.

Anderson warf ein paar Kieselsteine ins Wasser und beobachtete die kleinen Wellen, die sich wie ein Erdbeben ausbreiten.

»Was machen wir nun?« fragte Mirit.

»Ich versuche gerade, genau diese Frage zu verdrängen.«

Mirit spürte, daß etwas nicht stimmte. Sie schaute zu, wie Anderson einen weiteren Kiesel zur Hand nahm und ihn ins Wasser schleuderte. »Ich verstehe nicht, was du meinst«, sagte sie leise.

»Ich habe mir vorgemacht, daß ich nicht wüßte, was ich als nächstes tun soll. Ich habe mir eingeredet, daß ich erleichtert bin, daß Dov Strauss nichts mit dem Tod seines Vaters zu tun hat. Aber in Wirklichkeit bin ich enttäuscht darüber. Wenn er nämlich schuldig wäre, wäre jetzt alles vorbei und ich müßte nicht noch einmal zum Jan Kouros Hospiz zurückkehren, um herauszufinden, warum sie mitten in der Nacht einen Haufen Leprakranke durch die Gegend kutschieren.« Ein weiterer Stein klatschte ins Wasser.

»*Wir* haben versucht, diese Frage zu ignorieren«, sagte Mirit ruhig. »Nicht nur du.«

»Wir müssen es herausfinden«, sagte Anderson.

»Ich weiß. Wann fangen wir an?«

»Morgen.«

Bereitwillig machten sie Pläne für einen faulen Tag, da ihnen bewußt war, daß sie den größten Teil der Nacht unterwegs sein würden. Sie standen spät auf und fuhren nach Herzliyya. Dort badeten sie im Meer, machten ein Picknick am Strand und anschließend ein Nickerchen unter einem Sonnenschirm. Es schien ihnen wichtig, so viel Wärme und Licht wie möglich zu tanken, um gegen das, was sie in dieser Nacht in der Dunkelheit erwartete, gewappnet zu sein.

Mirit streckte ihre Hand aus und flocht ihre Finger in die von Anderson. »Mit dem Laster, das könnte eine Ausnahme gewesen sein«, sagte sie, ohne die Augen zu öffnen.

»Stimmt«, bestätigte Anderson ohne Überzeugung.

Mirit versuchte es noch einmal. »Oder vielleicht hätte der Wagen viel früher kommen sollen und hatte unterwegs eine Panne. Deshalb kam er erst um Mitternacht dort an.«

»Aber trotzdem sind sie gefahren«, wandte Anderson ein.

»Wer?«

»Die Leprakranken. Trotzdem sind sie in den Laster gestiegen und mitgefahren.«

Mirit rollte sich auf den Bauch und stützte sich auf die Ellenbogen. »Und die Frage ist, wohin?«

»Und warum?« ergänzte Anderson.

»Komm mit schwimmen«, sagte Mirit.

Sie rannten über den Sand, tauchten kopfüber in den ersten Brecher, der ans Ufer rollte, und schüttelten sich beim Auftauchen das Wasser aus Augen und Ohren.

»Dann sieht man alles mit ganz anderen Augen, nicht wahr?« keuchte Mirit, als sie über den Kamm einer Welle getragen wurde.

»Aber sicher«, bestätigte Anderson und kraulte träge auf sie zu.

Um halb vier nahmen sie eine Süßwasserdusche, um das klebrige Salz des Mittelmeers abzuspülen. Dann fuhren sie zum arabischen Markt und besorgten sich zwei weitere Kutten. »Für den Fall, daß wir uns einmischen müssen«, sagte Mirit.

Um halb zehn brachen sie zum Hospiz auf. Sie waren sich immer noch nicht im klaren darüber, wie sie am besten vorgehen sollten. »Wenn wir direkt zum Hospiz fahren, sieht jemand die Scheinwerfer und schlägt Alarm. Aber wenn wir das Auto dort lassen, wo wir es letztes Mal versteckt hatten, kommen wir nicht rechtzeitig zurück, um dem Lastwagen zu folgen. Was meinst du?«

»Ich finde, wir sollten es darauf ankommen lassen, daß der Laster direkt über die Piste vom Hospiz zurückkommt und wieder auf die Hauptstraße einbiegt«, meinte Anderson. »Wir müßten ihm sonst auf dieser schlechten Strecke ohne Licht folgen, und das ist nur schwer möglich. Vielleicht krachen wir gegen einen Felsbrocken oder so etwas. Aber wenn wir uns in der Nähe der Hauptstraße verstecken, können wir dem Laster folgen, sobald er den Asphalt erreicht hat.«

»Eine gute Überlegung«, fand Mirit.

Um elf Uhr waren sie an der Abzweigung. Anderson stieg aus und vertrat sich die Beine, während sie in der kargen Mondlandschaft warteten. Er lehnte sich gegen das Heck des Wagens und schaute zu den Sternen am wolkenlosen Himmel hoch. Mirit gesellte sich zu ihm. »Woran denkst du gerade?« fragte sie.

»Ich dachte, wie hell die Sterne leuchten.«

Beim Geräusch eines Motors huschten sie um den Erdhügel herum, hinter dem sie das Auto versteckt hatten, und nahmen ihre Beobachtungsposten ein. Es war derselbe Laster, den sie schon beim letzten Mal gesehen hatten. Als er zu der Abzweigung kam, verlangsamte er sein Tempo. Dreimal versuchte der Fahrer einen niedrigeren Gang einzulegen. Es knirschte gewaltig im Getriebe, bis der Wagen aufheulte und seinen mühsamen Aufstieg zum Hospiz begann. Anderson schaute auf die Uhr. »Er sollte ungefähr um Mitternacht dort sein, genau wie beim letzten Mal.«

Als einige Zeit verstrichen war, verließen Anderson und Mirit ihr Auto und kamen aus ihrem Versteck hervor.

»Er sollte jeden Augenblick kommen«, sagte Mirit.

»Sieh mal«, Anderson deutete auf einen tanzenden weißen Schleier am Horizont. »Scheinwerfer.«

Als sie den Motor des Lasters hörten, ging Mirit zum Auto zurück. Anderson blieb stehen und beobachtete, wie das Fahrzeug zur Kreuzung rumpelte und nach rechts abbog. Verärgert stellte er fest, daß es nur ein Rücklicht hatte. Er sprang zu Mirit ins Auto. »Sie sind nach rechts gefahren. Du siehst nur ein Rücklicht, das linke.«

Mirit, die sich noch einmal den Weg rund um den Hügel zur Hauptstraße ins Gedächtnis gerufen hatte, konzentrierte sich schweigend auf die Strecke, bis sie Asphalt unter den Rädern hatte. Sie näherte sich dem roten Rücklicht bis auf hundert Meter und behielt dann diesen Abstand bei.

»Sie fahren in Richtung Hadera«, sagte sie.

Fünfzehn Minuten lang fuhren sie so im Konvoi weiter, bis Anderson plötzlich sagte: »Sie verlangsamen das Tempo.«

Mirit nahm den Fuß vom Gas und trat zögernd auf die Bremse. »Bist du sicher?« fragte sie. »Es ist so schwer abzuschätzen.«

Anderson selbst kamen Zweifel, aber plötzlich sah er, wie die Strahlen der Scheinwerfer zur Seite schwenkten. »Ja. Sieh nur, sie biegen von der Straße ab.«

Mirit sagte etwas auf hebräisch, und Anderson verstand,

was sie meinte. Wenn der Laster wieder eine holprige Schotterpiste genommen hatte, war es sehr gefährlich, ihm ohne Licht zu folgen.

»Unsere einzige Chance ist, nahe an ihn heranzukommen«, sagte Mirit, »so nahe, daß auch wir von ihren Scheinwerfern profitieren. Im Schein ihres Rücklichtes können sie uns unmöglich im Rückspiegel sehen.«

»Wenn du das sagst«, meinte Anderson.

»Das Problem ist bloß, ihm so dicht auf den Pelz zu rücken«, sagte Mirit mit zusammengebissenen Zähnen. »Sternenlicht mag ja ganz romantisch sein, aber für eine Fahrt in der Einöde ...« Sie bog von der Straße ab und steuerte auf das einzelne rote Licht zu, das jetzt gut zweihundert Meter entfernt war. Das Auto gewann an Geschwindigkeit, Mirit preschte blindlings drauflos. Fast hätten Sie es geschafft. Sie hatten schon bis auf fünfzig Meter aufgeschlossen, und Anderson wollte gerade seinen krampfhaften Griff von der Ablage lösen, als die linke Seite des Autos plötzlich einen Meter absackte und sie ruckartig zum Stehen kamen. Die Sicherheitsgurte hielten sie zwar fest, aber ihre Köpfe wurden heftig auf die Brust geschleudert. Der Motor begann auf hohen Touren zu jaulen. Mirit drehte den Zündschlüssel, und es trat Ruhe ein. »Ist mit dir alles in Ordnung?« fragte sie.

»Ich bin okay«, bestätigte Anderson ihr und rieb sich den Hals. »Und du?«

»Ich auch.«

Sie stiegen aus, um den Schaden im Licht der Taschenlampe zu begutachten. Das linke Vorderrad steckte in einem so tiefen Schlagloch, daß die Karosserie gegen den Reifen gepreßt worden war.

»Wir müssen das Blech vom Reifen wegbiegen, sonst kommen wir hier nicht raus«, sagte Anderson. Mirit holte einen Spaten aus dem Kofferraum. Sie reichte ihn Anderson und hielt die Taschenlampe, während er versuchte, das Blatt zwischen Reifen und Karosserie zu schieben. »Versuch mal, das Lenkrad nach links zu drehen«, bat er nach dem ersten Fehlschlag. Mirit zog fest am Steuer, aber ohne Erfolg. »Noch einmal«, feuerte Anderson sie an. Die Räder bewegten sich ein klein wenig – genug, um den Spaten in den Zwischenraum zu schieben. »Jetzt haben wir einen Hebel«, sagte er und stemmte sein ganzes Gewicht gegen den Griff, um den verbogenen Kotflügel vom Rad wegzudrücken. Aber mit kontinuierlichem Stemmen funktionierte es nicht. Also schlug er an der Innenseite kräftig gegen die Karosserie. Das Metall begann nachzugeben.

»Es bewegt sich!« jubelte Mirit, die das Ganze mit der Taschenlampe beleuchtete.

Nach fünf weiteren Stößen mit dem Spaten trat Anderson zurück und wischte sich den Schweiß von der Stirn. Er betrachtete das Rad noch einmal eingehend und meinte dann: »Das sollte genügen. Aber wie kommen wir jetzt aus diesem verdammten Loch raus?«

»Wir müssen einen Teil der Erde an der Rückseite des Loches wegschaufeln«, schlug Mirit vor, »damit eine flachere Neigung entsteht, über die wir zurücksetzen können.« Sie nahm Anderson den Spaten aus der Hand und begann das Geröll hinter dem Reifen beiseite zu schaufeln. Nach ein paar Minuten wechselten sie sich ab. Anderson fühlte, daß es immer schwerer wurde. Nur die oberste Schicht des Kalksteins war durch Verwitterung durchlässig. Darunter war er steinhart. Er mußte schon heftig keuchen, als Mirit endlich sagte: »Ich glaube, das reicht.« Sie stieg ins Auto und ließ den Motor an. Als sie den Rückwärtsgang einlegte und langsam die Kupplung kommen ließ, stemmte sich Anderson vorne gegen den Wagen. Zentimeterweise bewegte sich das Auto mit heulendem Motor rückwärts. Mit letzter Anstrengung hievte Anderson, halb auf der Motorhaube liegend, den Wagen weiter. Die Luft stank nach verbranntem Kupplungsbelag, aber das Auto stand wieder auf der Piste.

Anderson ließ sich zu Boden fallen. Er saß da, lauschte seinem keuchenden Atem und blickte zum Himmel empor. Mirit kam zu ihm herüber und fuhr mit den Fingern durch sein Haar. »Wir haben jetzt zwei Möglichkeiten«, sagte sie. »Erstens, wir fahren zurück und versuchen es morgen noch einmal, oder zweitens, wir schalten die Scheinwerfer ein und finden heraus, wohin der Weg führt.«

»Laß es uns herausfinden«, sagte Anderson und stand auf.

Nach zehn Minuten fragte er: »Hast du irgendeine Ahnung, wohin wir fahren?«

»Wir fuhren in Richtung Hadera, als der Lastwagen nach rechts abbog«, sagte Mirit, »aber jetzt schlängelt sich die Piste wieder nach rechts. Ich tippe auf die Gegend nordöstlich von Hadera – immer unter der Voraussetzung, daß der Laster nicht noch einmal abgebogen ist und wir ihn verpaßt haben.«

Der Weg führte sie zwischen großen Gesteinsbrocken und sandigen Hügeln steil hinab in ein tief eingeschnittenes Flußbett. Mirit mußte die Geschwindigkeit beinahe auf Schnekkentempo drosseln, um die letzte Haarnadelkurve zu bewältigen, die sie zum Boden des Wadi brachte. »Halt!« rief Anderson plötzlich. Mirit brachte den Wagen zum Stehen. »Schau mal, da oben!« Mirit konnte nichts sehen. »Oben, hinter dem Gipfel der Hügelkette. Dort leuchtet es irgendwie.«

Mirit sah, was er meinte. »Vielleicht Lichter? Lichter auf der anderen Seite?«

Anderson nickte. »Ich glaube schon. Können wir das Auto irgendwo abstellen und nachschauen?«

Mirit fuhr von der wieder ansteigenden Piste herunter und etwa fünfzig Meter auf dem Boden des Wadi entlang. »Schau mal, da ist eine Lücke zwischen den Hügeln. Wir brauchen gar nicht hochzuklettern.« Sie stiegen aus und näherten sich der schmalen Talsohle. Von der aus konnten sie die Lichtquelle endlich sehen. Sie blickten auf ein langes, flaches Gebäude, das von einem Zaun umgeben war.

»Da ist ja auch der Lastwagen«, sagte Mirit. Anderson sah, daß er vor dem Zaun in der Nähe eines kleinen Tores parkte. Der Fahrer lehnte am vorderen Kotflügel und unterhielt sich mit einem Mann, der die Uniform einer Wache trug. Beide rauchten.

Mirit schaute Anderson an, der in die Luft zu starren schien. »Was ist los?« fragte sie.

»Ich kenne dieses Gebäude«, sagte Anderson langsam. »Hier bin ich schon einmal gewesen. Das ist das Kalman Institut. Wir befinden uns auf der Rückseite des Kalman Instituts . . .«

Mirit warf erneut einen Blick auf die Umrisse des Gebäudes und schätzte die Entfernung bis zu den dahinter liegenden Lichtern Haderas. »Ich glaube, du hast recht«, sagte sie. »Aber bedeutet das nicht, daß deine Freunde, die Freedmans, darin verwickelt sind?«

Diese freundliche Umschreibung schien die Verwicklungen noch schlimmer zu machen. »Das bedeutet, daß Sam Freedman, der brillante Sam Freedman, der geachtete Sam Freedman, hinter diesem Alptraum steckt.« Andersons Stimme klang vor Schock ganz dumpf.

»Und Myra?«

»Sie auch«, erwiderte Anderson gepreßt. »Mein Gott, was für ein Narr bin ich gewesen. Sie, und nicht Cohen, hat mir die Falle mit der Säure gestellt. An jenem Morgen kam sie ins Labor, um, wie sie sagte, für Strauss etwas vorzubereiten. Cohen muß sie verdächtigt und einige Tage später zur Rede gestellt haben, als sie zusammen arbeiteten. Da brachte sie ihn mit einer Spritze Toxin um.«

»Aber Langman, der CIA-Mann?«

Anderson schüttelte verzweifelt den Kopf. Er sagte stokkend: »Ich hielt sie für eine Freundin, ich habe ihr immer alles erzählt. Auch daß es in meinem Apartmentblock einen Amerikaner gab, der mir ständig Fragen über die Affäre Klein stellte ... Selbst daß ich Shula Ron besuchen wollte, habe ich ihr gesagt. Damit habe ich das Mädchen zum Tode verurteilt ...«

»Und Professor Strauss?« fragte Mirit leise.

»Als ich ihm erklärte, daß Cohen ermordet worden war, muß er zu dem Schluß gelangt sein, daß die Freedmans die Klon-Experimente durchgeführt haben. Das wollte er mir sagen, als er anrief, aber sie waren schneller. All diese Leute sind umgebracht worden, weil ich mich eingemischt habe.« Anderson fuhr mit den Fingerspitzen über seine Augen. Mirit legte ihm die Hand auf den Arm. »Das ist doch nicht deine Schuld, Neil. Was du getan hast, war doch nur folgerichtig. Wie paßt denn das Engagement der CIA in diese Geschichte?«

»Sehr gut«, erwiderte Anderson. »Bis vor drei Jahren waren die Freedmans amerikanische Staatsbürger. Sam Freedman war sicher ihre primäre Zielperson und Myra ein zweitrangiges Beobachtungsobjekt. Langman benutzte mich, um über Myra Freedman auf dem laufenden zu bleiben.«

»Und die Abrechnungen?«

»Müssen von hier stammen, vom Kalman Institut. Die Restriktionsenzyme für die Arbeit mit der DNA, die Zahlungen an das Jan Kouros Hospiz ... es paßt alles.«

»Aber was machen sie da drinnen?« fragte Mirit.

»Das müssen wir noch herausfinden«, erwiderte Anderson bitter.

Sie kauerten sich hinter einen Felsbrocken, um die Rückseite des Instituts zu beobachten. Anderson fiel auf, daß im Gebäude selbst lediglich im Keller Licht brannte. Er erinnerte sich daran, daß ihm Sam Freedman bei ihrem Rundgang durch das Gebäude erzählt hatte, dort befände sich ein Hochsicherheitslabor, das im Moment allerdings nicht in Benutzung sei. »Dieser Bastard!« zischte er leise.

»Da geht etwas vor sich«, sagte Mirit.

Anderson sah, wie sich die Hintertür des Gebäudes öffnete und eine Gruppe von Gestalten in Kutten herauskam, die über das Gelände zum Tor schlurfte. Der Lastwagenfahrer drückte seine Zigarette aus und half den Kranken beim Einsteigen. Während der Wachmann das Tor wieder versperrte, sicherte der Fahrer die Heckklappe des Lasters und rief dem Wachmann etwas zu.

»Was hat er gesagt?« flüsterte Anderson.

»Er sagte, bis morgen«, antwortete Mirit.

Der schwer beladene Laster ächzte und stotterte über die Wüstenpiste. Anderson und Mirit beobachteten, wie die Wache das Tor kontrollierte und dann im Gebäude verschwand.

»Wie stehen unsere Chancen, dort einzubrechen?« erkundigte sich Anderson bei Mirit.

»Nicht gut«, antwortete sie. »Der Mann am Tor und die weite offene Fläche zwischen Zaun und Gebäude sind ein großes Problem.«

Anderson überlegte einen Augenblick lang, bevor er fragte: »Wie viele Patienten waren heute abend in der Gruppe?«

»Fünfzehn? Zwanzig? Schwer zu sagen. Warum?«

»Ich dachte, in einer Gruppe dieser Größenordnung fallen zwei mehr oder weniger nicht so leicht auf . . .«

»Und weiter?«

»Wir wissen, daß der Laster außerhalb der Umzäunung parkt, die Patienten das Gelände durch das Tor betreten und dann zum Gebäude hinübergehen. Wenn wir uns der Gruppe in Kutten anschließen könnten, kämen wir in das Institut.«

Mirit dachte einen Augenblick lang über diese Idee nach

und mußte dann zugeben, daß das durchaus eine Möglichkeit war. »Wir müßten die Aufmerksamkeit des Fahrers und des Wachmannes irgendwie ablenken, während wir zu der Gruppe stoßen. Aber was ist, wenn einer der Leprakranken Alarm schlägt?«

»Das müssen wir riskieren«, meinte Anderson. »Sollen wir es versuchen?«

»Wir versuchen es.«

Sie begannen, über mögliche Ablenkungsmanöver für die kommende Nacht zu diskutieren.

»Können wir das nicht auf dem Rückweg besprechen?« fragte Anderson, als der Wind aufheulte und sich der Sand zu ihren Füßen wie Wellen auf einem Teich kräuselte.

»Am besten erledigen wir das jetzt, solange wir noch alles vor Augen haben«, beharrte Mirit. Anderson zog seinen Kragen hoch und stimmte ihr zögernd zu.

»Wir brauchen eine natürliche Ablenkung«, sagte sie und sah sich nach einer Anregung um.

»Ich verstehe nicht, was du meinst«, sagte Anderson.

»Wenn wir ein Feuer entfachen oder eine kleine Explosion verursachen, sorgt das zwar für Ablenkung, allerdings von der falschen Sorte. Dann rennen hier überall Leute rum, die Alarmanlage heult los, und jeder ist auf der Hut. Das ist das letzte, was wir brauchen können.«

»Ich könnte mich zum Laster schleichen und ein Messer in einen der Reifen stechen«, schlug Anderson vor.

»Du würdest nur die Klinge abbrechen«, wandte Mirit ein.

»War ja nur ein Vorschlag«, erwiderte Anderson und tat so, als sei er beleidigt. Mirit lächelte, sagte jedoch nichts. Anderson peitschte der Sand ins Gesicht, weswegen er sich hinter einen der Felsen kauerte. Er setzte sich hin und lehnte sich mit dem Rücken gegen einen Stein, der sich plötzlich leicht bewegte und ihm eine spitze Kante ins Fleisch bohrte. Das brachte ihn auf eine Idee. »Die Felsbrocken!« rief er. »Wenn nun einer dieser Felsen den Hügel hinunterrollt und gegen den Zaun fliegt? Das kann man erstens leicht in die Wege leiten, und zweitens würden der Wachmann und der Fahrer garantiert nachschauen.«

»Aber es würde deshalb bestimmt kein Alarm ausgelöst werden . . . Das ist es!« sagte Mirit begeistert. »Eine natürliche Ablenkung. Kein Grund, irgendjemanden im Gebäude zu benachrichtigen. So was kommt eben vor. Darum können sich die Handwerker am nächsten Morgen kümmern.«

Sie stiegen auf den Hügel zu ihrer Rechten und suchten dort einen Felsbrocken aus, der für ihre Zwecke geeignet war. Er würde glatt den Hang hinunterrollen und den Zaun etwa dreißig Meter vom Tor entfernt treffen. Das Problem war nun, ihn im richtigen Augenblick in Bewegung zu setzen.

»Wir müssen noch diese Nacht einen Großteil der Erde vor dem Stein entfernen«, sagte Mirit.

Anderson nickte. »Ich habe mir schon gedacht, daß du das sagen würdest.« Nachdem im Keller des Instituts das letzte Licht ausgegangen war, schien die Nacht plötzlich viel dunkler zu sein als vorher. Man hörte, wie vor dem Gebäude zwei Autos abfuhren, dann war alles ruhig. »Ich hole den Spaten«, sagte Anderson.

Sie hoben die Erde vor der linken Hälfte des Felsens aus. Unter die andere Hälfte schoben sie einen größeren Stein als Keil, damit der Felsen nicht vorzeitig hinabrollte. Als sie fertig waren, füllten sie die Lücke mit Gestrüpp auf, das sie mit kleineren Steinen beschwerten. Mirit verteilte das ausgehobene Erdreich, so daß alles natürlicher wirkte. »Den Rest erledigt der Wind«, meinte sie, als sie wieder von einer Sandwolke eingehüllt wurden. »Also dann bis morgen.«

Keiner von beiden konnte in dieser Nacht viel schlafen. Sie waren erleichtert, als es endlich dämmerte und von den Straßen Geräusche heraufdrangen, die sie von ihren Überlegungen ablenkten, was alles schieflaufen konnte.

»Was möchtest du heute gerne tun?« fragte Mirit.

Anderson schaute zur Decke und sagte: »Ich würde gerne mit dir im alten Jerusalem untertauchen. Die Farben sehen, die Geräusche hören, essen, wo wir schon einmal gegessen haben, all solche Sachen.«

Mirit beugte sich vor und küßte ihn leicht auf die Stirn. Von ihrem Versteck oben auf dem Hügel sahen Anderson und Mirit, wie kurz vor Mitternacht im Keller des Kalman Instituts die Lichter angingen. Anderson nahm das als Signal, um zu dem Felsen zu huschen, den sie für ihr Ablenkungsmanöver präpariert hatten. Kaum hatte er sich dorthin geschlichen, da sah er, wie sich eine Tür an der Rückseite des Instituts öffnete und Licht über den sandigen Boden strahlte. Einen Augenblick lang stand ein Mann im Türrahmen. Dann schloß er die Tür wieder und ging über das Gelände zum Tor. Als er näher kam, erkannte Anderson, daß es derselbe Wachmann wie in der Nacht zuvor war. Der Mann schaute auf die Uhr und zündete sich eine Zigarette an. Das Streichholz warf er lässig in hohem Bogen über das Tor. Dann drehte er sich und lehnte sich mit dem Rücken dagegen.

Anderson begann, die Tarnung aus Gestrüpp und Steinen an der Unterkante des Felsens zu entfernen. Seine Gesichtsmuskulatur spannte sich an, so sehr konzentrierte er sich darauf, lautlos zu arbeiten. Jetzt steckte nur noch der dicke Stein, den er als Keil benutzt hatte, unter dem Felsbrocken. Er legte den Arm um den Stein und zog ihn langsam beiseite. Gerade, als er sich ein wenig entspannte, hörte er die ersten Geräusche des nahenden Lasters.

Es schien Ewigkeiten zu dauern, bis das Fahrzeug endlich hinter den Dünen auftauchte und an derselben Stelle neben dem Tor anhielt wie am Abend zuvor. Der Fahrer stieg aus und knallte die Tür hinter sich zu. Die Hände tief in den Taschen, ging er zu dem Wachmann hinüber. Sie wechselten ein paar Worte und lachten miteinander. Dann schob der Wachmann das Tor auf.

Als der Fahrer die Klappe an der Ladefläche öffnete und die Patienten begannen, herunterzuklettern, stemmte sich Anderson mit seinem ganzen Gewicht gegen den Felsen. Der rührte sich nicht. Die Patienten waren inzwischen alle ausgestiegen und sammelten sich neben dem Tor. Anderson merkte, wie Panik in ihm aufstieg. Jetzt kam alles auf das richtige Timing an. Erneut stemmte er sich mit dem Rücken gegen den Felsen, bis ihm die Adern auf der Stirn hervortraten. Er strengte sich bis zum Äußersten an und stand bereits auf des Messers Schneide, zwischen Sieg und Versagen, als er spürte, wie sich der Felsbrocken langsam aus dem Erdreich löste. Ein paar Sekunden lang behielt er seine Anstrengung noch bei, dann übernahm die Schwerkraft alles weitere.

Als der Felsen den Abhang hinabrollte, ging Anderson zunächst hinter dem Kamm des Hügels in Deckung. Er hörte, wie der Felsen in den Zaun brach und die Männer unten verblüfft aufschrien. Daraufhin rollte er über den Kamm zurück und glitt hinunter zu der Stelle, wo Mirit kauerte.

»Bist du in Ordnung?« flüsterte sie, konnte aus seinem Antwortschwall jedoch lediglich das Wort »Bruch« verstehen. Gemeinsam beobachteten sie, wie der Wachmann und der Fahrer am Zaun entlanggingen, um den Schaden zu begutachten. Die Leprakranken warteten indessen bei dem Laster.

»Es hat funktioniert«, zischte Anderson. »Los jetzt.«

Adrenalin schoß durch ihre Adern, als sie die Kapuzen hochzogen und den Abhang hinunter halb krochen, halb glitten. Im Schatten des Lasters angelangt, hörten sie, wie die beiden Männer am Zaun erleichtert lachten, weil sie genau das dachten, was sie denken sollten. Mirit wollte gerade hinten um den Lastwagen herumgehen, als Anderson sie am Ärmel zupfte und vorne herumzog. Er spähte um die Kühlerhaube herum. Von dieser Seite aus kehrten die Patienten ihnen den Rücken zu. Leise huschten sie aus dem Schatten und stellten sich mit vorgezogenen Kapuzen und gesenkten Gesichtern hinter die Gruppe.

Der Wachmann kam zurück und führte sie über das Gelände. Dabei hielt er sich in einem, wie er meinte, angemessenen Sicherheitsabstand zu den armseligen Kreaturen. Obwohl Anderson ziemlich sicher war, daß die Gruppe nicht gezählt wurde – schließlich handelte es sich um Patienten und nicht um Gefangene –, war er doch froh, daß sie nicht einzeln hintereinanderher gingen. Menschenhaufen ohne bestimmte Struktur lösten nicht so schnell das Bedürfnis aus, sie zu zählen.

Der Wachmann klopfte an der Tür des Instituts. Ein weiterer Mann öffnete und übernahm die Gruppe. Er ließ sie eintreten und bedeutete ihnen mit einer lässigen Handbewegung, ihm den gefliesten Gang entlang zu folgen. Anderson und Mirit achteten darauf, das Gebäude als letzte zu betreten. Nach einigen Schritten riskierte Anderson einen Blick nach hinten, um sicherzugehen, daß ihnen niemand folgte. Der Korridor war leer.

Als die Gruppe an einem Flur vorbeikam, der vom Hauptkorridor abzweigte, packte Anderson Mirit bei der Schulter und zog sie nach rechts. Die Gesichter gegen die weißen Kacheln gepreßt, warteten sie stocksteif, bis die schlurfenden Schritte verklungen waren. Langsam stieß Anderson den angehaltenen Atem aus, während Mirit kurz und angespannt lächelte.

Zwar waren sie froh, die Gruppe los zu sein, doch stellte sich rasch ein Gefühl von Verletzbarkeit ein, da sie noch immer in einem hell erleuchteten Gang standen. Sie suchten daher im nächstgelegenen dunklen Raum Zuflucht und schlossen die Glastür hinter sich. Das Licht aus dem Korridor spiegelte sich in einer Reihe von glänzenden Tabletts, die auf einem langen Holztisch lagen. »Operationsbesteck«, flüsterte Anderson. Mirit rümpfte die Nase angesichts des Geruchs.

»Äther. Das scheint eine Art Krankenstation zu sein.«

Sie zogen ihre Kutten aus und stopften sie in einen Schrank unter einem Becken. »Was jetzt?« fragte Mirit.

»Wir suchen die Treppe, die ins Hauptgebäude hinaufführt. Ich möchte in Freedmans Büro, um schriftliche Beweise für das zu finden, was hier vorgeht.«

Sie brauchten noch ein paar Augenblicke, um sich zu sammeln, dann öffneten sie behutsam die Tür auf den Gang und traten hinaus. Auf Zehenspitzen näherten sie sich dem Hauptkorridor und spähten hinein. Anderson nach rechts, Mirit nach links. Anderson gab ihr ein Zeichen, daß er die Treppe entdeckt habe, und deutete nach rechts. Mirit nickte. Er warf ihr einen fragenden Blick zu, ob sie bereit sei. Wiederum nickte sie. Dann rannten beide die etwa dreißig Meter des Korridors hinab und tauchten in das Halbdunkel des Treppenhauses. Wieder preßten sie sich flach gegen die Wand und ließen etwas Zeit vergehen, bis sie sich beruhigt hatten. Mirit ging voraus, die Treppe hinauf. Vorsichtig blieben sie bei jeder Biegung stehen und hielten erst Ausschau, bevor sie sich weiterwagten. Anderson blickte sich ständig um, weniger aus Vorsicht, denn aus Nervosität. Eine verschlossene Tür blockierte ihnen schließlich den Weg. Mirit versuchte den Türgriff nach beiden Seiten zu bewegen. Vergeblich. Sie schüttelte den Kopf. Anderson spürte, wie sich sein Magen umdrehte. Er legte beide Handflächen gegen die Tür und schätzte ab, wie stabil sie war. Doppelte Sicherheitsschlösser stellten sie jedoch vor ein unlösbares Problem.

»Wieder runter?« flüsterte Mirit.

Anderson nickte. Er verfluchte sich. Er hätte vorhersehen müssen, daß der Zugang zum unteren Teil des Gebäudes versperrt sein würde, wenn geheimgehalten werden sollte, was im Hochsicherheitslabor vor sich ging. Während sie die Treppe wieder hinabstiegen, suchte Anderson in Gedanken fieberhaft nach einer Alternative. Das erwies sich jedoch schnell als überflüssig. Am Fuß der Treppe wurde ihnen die Initiative aus der Hand genommen: ein Mann mit gezückter Pistole erwartete sie. Die Tatsache, daß es der Mann war, der Shula Ron in Jerusalem von der Stadtmauer gestoßen hatte, machte den Schock für Anderson nur noch schlimmer. Auch er hatte Anderson wiedererkannt, wie der Hauch eines Lächelns verriet. Mit der Mündung seiner Pistole bedeutete er ihnen die Richtung, in die sie sich bewegen sollten.

»Tut mir leid«, sagte Anderson zu Mirit.

Der Mann sagte etwas, das Anderson nicht verstand.

»Er sagt, daß du deine Hände auf den Kopf legen sollst«, übersetzte Mirit.

»Oh, Scheiße«, fluchte Anderson leise, als sie den Gang hinuntergetrieben wurden. Gerade hatte er die Überwachungskamera an der Stirnseite des Korridors entdeckt, mit der dieser in seiner gesamten Länge überwacht werden konnte.

»Halt!« sagte Mirit und übersetzte damit den Befehl des Arabers. Der Mann ging um sie herum und tastete nach einem Türgriff, ohne dabei weder den Blick noch die Waffe von ihnen abzuwenden. Hinter der Tür konnte man eine Treppe erkennen. Wieder machte der Mann eine Bewegung mit der Pistole und ließ Anderson und Mirit in das zweite Untergeschoß hinabsteigen, welches anders als das übrige Gebäude anscheinend keine Klimaanlage besaß. Er selbst folgte ihnen nach unten und öffnete eine weitere Tür zu einem kleinen, stickigen Vorratsraum. Dort wurden sie hineingewiesen.

Als sie durch die Tür gingen, signalisierte Mirit Anderson

mit einem Blick und einer leichten Kopfbewegung, daß er nach links gehen sollte. Er tat wie geheißen, woraufhin ihn der Araber mit scharfer Zunge anfuhr. Anderson begriff immer noch nicht, was eigentlich vor sich ging. Er wandte sich um und sah, daß Mirit ihrerseits nach rechts gegangen war. Der Araber war irritiert und machte Anderson Zeichen, sich wieder neben Mirit zu stellen. Er schien davon auszugehen, daß der Mann die größere Gefahr darstellte und widmete ihm daher seine ganze Aufmerksamkeit. Diese Gelegenheit ließ Mirit nicht ungenutzt und schlug dem Mann mit der Handkante gegen den Hals. Zwar verfehlte der Schlag die Luftröhre, schickte ihren Bewacher aber dennoch torkelnd gegen die Türkante. Die Pistole flog ihm aus der Hand, klapperte an Anderson vorbei über den Boden und landete schließlich zwischen zwei Lattenkisten mit Plastikbehältern.

Während Anderson zu der Pistole hechtete, bekam er aus den Augenwinkeln noch mit, daß ein gezielter Tritt von Mirit die Weichteile des Mannes verfehlte. Er hörte sie vor Schmerz laut schreien. Als er merkte, daß er mit der Hand nicht zwischen die Kisten kam, zerrte er hektisch an der einen, um die Lücke zu vergrößern. Es gelang ihm, seine linke Hand dazwischen zu schieben und die Waffe herauszuziehen.

Im gleichen Augenblick sprang ihm der Araber mit dem Absatz auf die linke Hand. Anderson merkte, wie seine Mittelhandknochen zersplitterten und das Fleisch aufplatzte und gab einen barbarischen Schmerzensschrei von sich. Dann überkam ihn die Übelkeit wie eine große weiße Wand. Als der Mann sich bückte, um seine Waffe aufzuheben, machte Anderson einen letzten verzweifelten Versuch, ihm mit seiner unversehrten Hand einen Schlag zu versetzen. Er traf ihn sogar, wenn auch nur schwach. Der Araber trat einen Schritt zurück und holte erneut mit dem Fuß gegen Anderson aus, der zwar noch versuchte, auszuweichen, aber dennoch am Kopf erwischt wurde. Schmerz und Übelkeit verschwammen plötzlich zu einem schwarzen Nichts.

Es war so dunkel, daß Anderson einen Augenblick lang glaubte, er sei erblindet. Aber selbst eine Überlegung dieser Tragweite war zweitrangig gegenüber dem quälenden Schmerz, den er in seiner linken Hand verspürte. Er versuchte, sie zu bewegen, aber sofort durchzuckten ihn Hunderte von Nadelstichen, die so qualvoll waren, daß er außerstande war, zu schreien. Seine Reflexe hatten diese Reaktion bereits übersprungen und waren direkt in eine Lähmung der Halsmuskulatur und den Ausbruch von kaltem Schweiß übergegangen. Er merkte jetzt, daß seine Hände aneinandergefesselt waren und die geringste Bewegung seiner rechten Hand ein höllisches Feuer in seiner linken hervorrief. Der Krampf in seinen Halsmuskeln löste sich, und er stieß einen zitternden Fluch aus.

»Neil, bist du wach?« fragte Mirits Stimme in der Dunkelheit.

Anderson mußte sich gewaltig konzentrieren, bevor er eine Antwort zustande brachte.

»Bist du verletzt?« erkundigte sich Mirit.

»Meine Hand hat etwas abbekommen«, untertrieb Anderson.

»Ist es schlimm?«

»Könnte sein. Was ist mit dir?«

»Ich bin k.o. geschlagen worden, aber jetzt geht es mir wieder besser. Meine Hände sind auf dem Rücken gefesselt, ich arbeite daran.«

»Klappt es?«

»Ich glaube schon, das Seil lockert sich ein wenig.«

»Gut«, sagte Anderson leise. Ihm war klar, daß er mehr Begeisterung hätte zeigen oder sie stärker ermutigen sollen, aber der Schmerz machte ihm zu schaffen.

»Was, glaubst du, werden sie mit uns machen?« fragte Mirit.

»Sie werden uns umbringen«, sagte Anderson schwach, weil wieder Übelkeit in ihm hochstieg. »Sie müssen es. Wir wissen zuviel. Das war der Mann, der Shula Ron umgebracht hat.«

Einen Augenblick lang schwieg Mirit, dann sagte sie voller Überzeugung: »Dann müssen wir hier herauskommen.«

Anderson spürte, daß er nahe daran war, sich seinem Schicksal zu fügen. Das ängstigte ihn. Es erinnerte ihn daran, wie er auf der Stadtmauer von Jerusalem beinahe nachgegeben und sich fallen gelassen hätte ... das scheinbar Unvermeidliche ruhig hingenommen hätte. Er nahm den Kampf wieder auf. »Wie kommst du mit den Seilen weiter?« fragte er Mirit.

»Ich könnte etwas Handcreme gebrauchen«, erwiderte sie. »Dann wäre es viel einfacher.«

»Wie wäre es mit Öl?« fragte Anderson, der plötzlich einen Einfall hatte.

»Wie meinst du das?«

»Die Behälter in den Kisten sind gefüllt mit Zentrifugenöl!«

»Schmieröl?« fragte Mirit ungläubig.

»Meinst du, wir können ...«, begann Mirit, unterbrach sich aber. »Schsch, da kommt jemand. Tu so, als seist du noch ohnmächtig.«

Als sich der Schlüssel im Schloß drehte, schloß Anderson die Augen und täuschte Bewußtlosigkeit vor. Trotzdem war er sicher, daß man seinen Herzschlag hören konnte. Durch die geschlossenen Augenlider merkte er, wie das Licht im Raum angeknipst wurde. Schritte näherten sich und blieben neben ihm stehen. O Gott, betete er, laß ihn bloß nicht meine Hand berühren! Jemand trat ihn in die Seite. Anderson rührte sich nicht. Die Schritte bewegten sich quer durch den Raum dorthin, wo Mirit sein mußte. Er nutzte die Gelegenheit, ein Auge leicht zu öffnen und sich zu orientieren. Er sah die Kisten mit dem Maschinenöl und prägte sich ihren Standort ein. Anderson hörte, wie ihr Besucher etwas auf arabisch sagte, und dachte einen Moment lang, er sei Mirit auf die Schliche gekommen. Aber der Mann grunzte, knipste das Licht aus und verschloß den Raum wieder hinter sich.

»Was hat er gesagt?« flüsterte Anderson.

»Sie schlafen wie die Toten«, antwortete Mirit.

Anderson fragte sie, ob es ihr auch gelungen wäre, kurz in den Raum zu schielen. Mirit bestätigte das. Sie wüßte jetzt, wo sich, von ihr aus gesehen, die Tür befand.

»Die Kisten sind in der Ecke rechts von der Tür«, sagte Anderson. »Tut mir leid, daß ich dir nicht viel helfen kann.«

Mirit rollte sich an der Wand entlang über den Boden, bis sie hinter der Tür gegen die Kisten stieß. Sie manövrierte sich in eine sitzende Position, den Rücken an einer der Kisten, und langte mit den gefesselten Händen durch die Gitterstäbe. Dann versuchte sie, eine der Flaschen hochzuschieben und sie über den Rand zu befördern. Beim dritten Versuch gelang es ihr. Anderson hörte, wie die Flasche hinfiel und Mirit befriedigt aufseufzte. »Gut gemacht«, lobte er sie. »Kriegst du den Deckel ab?«

Mirit antwortete nicht. Sie konzentrierte sich darauf, ihre kaum beweglichen Finger so geschickt wie möglich einzusetzen. Die Sekunden schienen davonzurasen, bis Mirit endlich sagte: »Ich hab's geschafft. Ich habe Öl auf meinen Handgelenken.«

Anderson konnte nur hilflos in der Dunkelheit warten und horchen, wie Mirit versuchte, sich selbst zu befreien. Als er hörte, wie sie die Seile durch den Raum warf und aufstand, wußte er, daß sie gewonnen hatte. »Ich bin frei«, flüsterte sie. »Können wir es riskieren, das Licht anzumachen?«

»Ja«, meinte Anderson, »das müssen wir sogar.«

Mirit atmete tief ein, als sie Andersons Hand sah, die immer noch auf den Rücken gebunden war. Sie strich ihm das Haar aus der Stirn und versprach: »Ich werde vorsichtig sein.« Behutsam zupfte sie an seinen Fesseln, bis der erste Knoten gelöst war, dann öffnete sie die übrigen. Langsam zog Anderson die Hand nach vorne und begutachtete den Schaden.

»Nun?« fragte sie leise.

Er tupfte vorsichtig das Blut weg, bis die freiliegenden Knochen und das Bindegewebe zu sehen waren. »Ich muß sie wieder einrichten, sonst ist die Hand möglicherweise dauerhaft geschädigt.«

»Aber die Schmerzen?« fragte Mirit entsetzt.

»Es gibt keine andere Möglichkeit«, versicherte Anderson. »Wenn ich in Ohnmacht falle, mußt du dafür sorgen, daß ich wieder zu mir komme.«

Er stopfte sich ein Taschentuch in den Mund, um nicht zu schreien, und biß die Zähne zusammen. Mit raschen, entschlossenen Bewegungen rückte er die verschobenen Knochen zurecht. Er hatte das Gefühl, als explodierten Sterne in seinem Kopf, und als hagelte ein Schrapnellregen auf seine Nervenenden. Einen Augenblick lang ruhte er sich aus und blickte Mirit stumm an. Er schämte sich nicht der Tränen, die ihm über die Wangen liefen. Sie schaute hilflos zu und konnte den Schmerz selber fühlen, als Anderson mit letzter Willenskraft die übrigen Handknochen noch an ihren Platz schob und schließlich den Kopf auf die Brust sinken ließ. Sie dachte, er sei in Ohnmacht gefallen, aber es war nur ein plötzlicher Erschöpfungsanfall, hervorgerufen durch den heftigen Schmerz. Anderson erholte sich wieder und nahm das Taschentuch aus dem Mund. »Es ist vorbei«, sagte er. »Reiß mir bitte ein paar Streifen Stoff ab.«

Anderson verband seine Hand und überließ Mirit den letzten Knoten. Als alles wieder an seiner richtigen Stelle war, fühlte es sich schon viel besser an. »Wie kommen wir jetzt hier raus?« fragte er, obwohl er eher so aussah, als brauchte er dringend ein wenig Schlaf.

»Wir überraschen den Mann, wenn er zurückkommt«, schlug Mirit vor. Sie schaute sich im Raum nach etwas um, das sich als Waffe benutzen ließ, und entschied sich für ein Stück Stahlrohr aus einem Bündel Stahl- und Kupferleitungsrohre, die in einer Ecke lehnten.

»Das sollte genügen«, sagte sie und schlug sich mit dem Rohr in die offene Handfläche. Sie kniete sich vor die Tür und rutschte zurück, bis sie mit der Entfernung und ihrer Bewegungsfreiheit zufrieden war. Dann stand sie auf und nickte befriedigt.

»Kann ich dir helfen?« erkundigte sich Anderson, der nicht sicher war, was sie vorhatte.

»Ruh dich aus«, erwiderte Mirit, »ich komme schon klar.« Sie reckte sich hoch und drehte mit Hilfe eines Lappens die Glühbirne heraus. »Jetzt warten wir.«

Anderson hörte, wie sich Schritte näherten. Vor der Tür hielten sie inne, der Schlüssel wurde ins Schloß gesteckt. Die Tür schwang auf und gab den Blick frei auf Shula Rons Mörder, der sich als Silhouette gegen das Flurlicht abhob. Er fuhr mit der Hand herein und suchte nach dem Lichtschalter. Als die Lampe auf das Klicken nicht reagierte, sagte er etwas auf arabisch. Genau in dem Augenblick traf ihn das Stahlrohr. Mirit hatte mit dem schweren Rohr im größtmöglichen Bogen ausgeholt. Bei einer Länge von einem Meter bedeutete das, daß die Spitze mit einer Geschwindigkeit von fast hundertfünfzig Stundenkilometern auf die Zähne des Mannes krachte.

Wie ein abgestochener Ochse sackte er zu Boden und blieb

liegen. Mit einer Hand half Anderson, ihn in den Raum zu ziehen. Mirit schraubte die Glühbirne wieder ein und durchsuchte die Taschen des Mannes nach Schlüsseln und Waffen. Ersteres fand sie, letzteres nicht. Er hatte wohl darauf vertraut, daß sie gefesselt keine Gefahr für ihn darstellen würden. Sie nahm die Schlüssel und schaltete das Licht aus, bevor sie die Tür öffnete und in den Gang hinausspähte. Er war leer.

In dem Kellergeschoß gab es vier weitere Türen. Zwei davon führten ebenfalls in einen Lagerraum, die beiden anderen jeweils in eine Wäscherei sowie in einen großen Keller, in dem die Belüftungsanlage des Gebäudes untergebracht war.

»Wir sitzen immer noch in der Falle«, sagte Anderson. »Sobald wir hinaufgehen, erfaßt uns die Überwachungskamera.«

Am Fuß der Treppe kauerten sie sich zusammen. »Wenn es dazu kommen sollte, müssen wir den nächsten Mann, der herunterkommt, angreifen und versuchen, ihm seine Waffe abzunehmen. Damit könnten wir uns dann den Weg nach draußen freikämpfen«, sagte Mirit.

Der Ausdruck in ihren Augen verriet Anderson, daß sie ihre Chancen bei einer solchen Aktion nicht besonders hoch einschätzte. »Ich höre etwas«, zischte er.

Während das Geräusch lauter wurde, warteten sie mit angehaltenem Atem. Dann erkannte Anderson das Rollen von Wagenrädern und entspannte sich ein wenig. Wer immer dort entlangging, er würde nicht versuchen, einen Rollwagen nach unten zu befördern. Auf dem Bauch liegend, kroch er die Treppe weit genug nach oben, um auf den Hauptflur spähen zu können.

Zwei Mitarbeiter im grünen OP-Zwirn rollten einen Wagen oben an der Treppe vorbei. Der Patient, der darauf lag, schaute Anderson geradewegs in die Augen – ein Moment, der ihm durch Mark und Bein ging. Jedoch erfolgte keine Reaktion. Anderson erkannte die aufgedunsenen Züge eines der

Leprakranken aus dem Hospiz und vermutete, daß er zur Vorbereitung auf einen chirurgischen Eingriff Medikamente erhalten hatte. Er ließ sich zurückgleiten und berichtete Mirit, was er gesehen hatte.

»Was für Medikamente?« fragte sie.

»Beruhigungsmittel, die man Patienten vor einer Operation gibt.«

»Du glaubst, sie operieren diese Leute?«

»Sieht so aus. Aber es kann kein größerer Eingriff sein. Wir wissen, daß sie nur ein paar Stunden hier sind.«

Das Rollen des Wagens verhallte in der Ferne. »Die Zeit läuft uns davon«, sagte Mirit. »Sie werden nach dem Mann suchen.«

»Wenn sie zwei Männer schicken, haben wir keine Chance. Ich bin dafür, daß wir versuchen, abzuhauen, sofort.«

Mirit stand auf und holte tief Luft. »Ich bin bereit«, sagte sie.

»Warte!« zischte Anderson plötzlich. »Die Wäscherei! Wir könnten uns solche Uniformen wie die Krankenwärter besorgen. Damit haben wir eine viel größere Chance, unerkannt den Korridor entlang zu entkommen.«

Sie öffneten die Tür zur Wäscherei und gingen hinein.

»Grün oder weiß?« fragte Mirit.

»Die ich gesehen habe, trugen grün.«

Mirit hatte gerade ihr Haar unter eine OP-Haube gestopft, als sie von weitem laute Stimmen hörte. Anderson nahm die Hand vom Türgriff. »Zu spät«, sagte er. »Sie kommen.«

Verzweifelt sahen sie sich nach etwas um, das sich als Waffe im letzten Gefecht einsetzen ließe – vergeblich. Anderson überlegte gerade, ob sie sich nicht einfach in den Wäschekörben verstecken sollten, als er den vorspringenden Schacht in der Wand über ihnen sah. Er untersuchte den Neigungswinkel und meinte: »Das könnte klappen.«

Mirit schaute in den Schacht hinein und bestätigte, daß da genug Platz war. »Aber wohin führt er?«

Mittlerweile hörten sie die Stimmen schon von draußen aus dem Flur, begleitet vom Knallen einer Tür. Der darauffolgende Schrei verriet ihnen, daß der Mann, den sie niedergeschlagen hatten, gefunden worden war. Das machte jede weitere Überlegung, wohin der Schacht führte, überflüssig.

»Hinein mit dir«, flüsterte Anderson.

Mirit stieg in den Eingang des Schachtes und begann die 45-Grad-Neigung hochzuklettern. Anderson wartete, bis sie etwa drei Meter weit vorausgekrochen war, dann ging er quer durch den Raum zum Lichtschalter, prägte sich kurz den Rückweg ein und knipste das Licht aus.

Für ihn war es kein Spaß, mit nur einer Hand in der Dunkelheit in den Schacht zu steigen. Beim ersten Versuch glitt er in den Wäschekorb zurück. Er hatte sich zwar nicht verletzt, aber die Stimmen draußen verrieten ihm, daß kaum noch Zeit blieb. Er hatte es gerade geschafft, sich in den Schacht zu ziehen, als die Tür zur Wäscherei geöffnet wurde. Mirit konnte es auch hören, und beide erstarrten in atemloser Anspannung.

Das Licht wurde angeschaltet. Durch den Schacht konnte Anderson ein erleuchtetes Stück des Bodens sehen. Er hörte drei unterschiedliche Stimmen, die laut und wütend miteinander stritten.

Anderson merkte, wie ihm seine OP-Haube hinten vom Kopf glitt. Bei der Anstrengung, in den Schacht zu gelangen, war sie verrutscht, und er hatte keine Gelegenheit gehabt, sie wieder zurechtzurücken. Sie würde herunterfallen, und er konnte nichts dagegen tun! Wenn er die Hand von der Wand des Schachtes nähme, stürzte er herunter. Verzweifelt machte er einen Buckel und hielt den Kopf in verschiedenen Winkeln, damit die Haube liegenblieb. Aber damit machte er alles nur noch schlimmer: Sie rutschte vom Kopf und rollte ihm über die Schulter. Sachte und lautlos flatterte sie zu Boden.

Anderson konnte seinen Blick nicht von ihr wenden. Das war sein Todesurteil. Während der Streit dort unten noch immer tobte, sah er in dem erleuchteten Quadrat unter ihm, wie erst ein Fuß, dann eine Schulter und schließlich ein Arm erschienen, als ein Mann sich bückte, um die Haube aufzuheben. O Gott, jetzt ist es soweit! Aber der Mann unter ihm war vollauf mit seinem Streit beschäftigt. Er hatte die Haube aufgehoben und stopfte sie geistesabwesend in den Wäschekorb unterhalb des Schachtes. Immer noch wütend miteinander argumentierend, verließen er und seine Kameraden den Raum und knipsten das Licht aus. Anderson schickte ein stummes Gebet zum Himmel und sagte mit Blick in die Dunkelheit über ihm: »Okay, es geht weiter.«

Während sie sich Zentimeter für Zentimeter aufwärts kämpften, machte ihnen die fast unerträgliche Hitze in dem Schacht schwer zu schaffen. Um voranzukommen, mußten sie sich mit den Füßen gegen die glatten Metallwände stemmen, eine Anstrengung, die sie schnell in ihren angespannten Oberschenkelmuskeln spürten. Sie atmeten jetzt schwer und mühsam, weil ihre Lungen in der unbeweglichen Luft mehr Sauerstoff benötigten.

Vor sich konnte Anderson Mirit erkennen. Langsam kamen sie nach oben, und es wurde heller. Mirit hielt inne und schaute Anderson an. Keiner von ihnen sprach, aber sie wußten, daß sie vor dem letzten Stück noch eine Pause machen mußten. Anderson ließ den Kopf auf die Brust sinken, starrte in die Dunkelheit hinab, wartete darauf, daß sein Puls langsamer und seine Atmung leiser wurde. Schweiß tropfte ihm von der Stirn und fiel hörbar auf die Metallwand des Schachtes wie das Ticken einer unregelmäßig gehenden Uhr. Als sein Körper sich beruhigt hatte, schaute er hoch und nickte Mirit zu.

Anderson hatte gedacht, daß es viel heller werden würde, sobald sie sich dem Ausgang des Schachtes näherten, aber das war nicht der Fall. Aus irgendeinem unerkennbaren Grund blieb das Licht gedämpft, selbst als sie an die Öffnung gelangten. Als sei der Raum, in den sie kamen, nur von einer Kerze beleuchtet. Er sah, wie Mirit langsam und vorsichtig aus der Öffnung kletterte. Dann drehte sie sich um und half ihm.

Anderson hatte es beinahe schon geschafft, als Stimmen ihn erschreckten und er die Balance verlor. Er mußte sich mit seiner verletzten Hand festhalten, um sich vor einem Absturz zu bewahren, und spürte den Schmerz wie eine Bombe explodieren, als die Metallkante des Schachtausstiegs in das rohe blutende Fleisch schnitt. Schweiß rann ihm in Bächen über das Gesicht, und in dem verzweifelten Versuch, nicht zu schreien, biß er die Zähne zusammen. Mirit fuhr mit ihrer Hand unter seine linke Achsel, damit er seine Hand entlasten konnte. »Konzentrier dich auf deine Füße!« kommandierte sie und stützte seinen Oberkörper. Mit qualvoller Anstrengung kämpfte sich Anderson langsam wieder nach oben, bis sein Schwerpunkt oberhalb des Ausgangs lag und er sich nur noch herausrollen mußte. Er lag auf dem Boden und umklammerte seine verletzte Hand.

Mirit zog ihre Haube ab. Während sie seinen Kopf in den Armen hielt, tupfte sie ihm sanft die Stirn damit trocken. Der Schmerz verebbte langsam und ließ Anderson erschöpft zurück, aber er konnte seine Umgebung wieder in sich aufnehmen. Das seltsame Licht in diesem Raum drang von nebenan herein. Es fiel durch ein Oberlicht in etwa drei Meter Höhe, durch das man hin und wieder auch Stimmen hörte.

Anderson bemerkte noch einen weiteren Raum, der zur anderen Seite abging und aus derselben Quelle ebenso schwach beleuchtet wurde. Er identifizierte ihn als Aufwachraum, in den man Patienten nach einer Operation brachte. Der Raum, in den sie gelangt waren, gehörte ganz offensichtlich zu einem OP-Trakt, und das Licht stammte, wie Anderson vermutete, aus dem Operationssaal selbst.

Er tätschelte Mirits Arm zum Zeichen, daß er sich erholt hatte, und stand auf. Mirit erhob sich ebenfalls und schaute ihm in die Augen, um sich zu überzeugen, daß alles mit ihm in Ordnung war. Sie berührte seine Wange, und Anderson legte seinen unverletzten Arm um sie. In Zeichensprache machte er ihr klar, daß sie versuchen sollten, durch das Oberlicht einen Blick auf den OP zu werfen. Er schaute sich nach etwas um, auf dem er stehen konnte. Als er nichts Geeignetes entdeckte, verschwand Mirit im Aufwachraum und kehrte mit einem Instrumentenwagen zurück. Sie schob ihn sehr langsam, um jedes Geräusch zu vermeiden, und stellte ihn direkt unter das Oberlicht. Dann gab sie Anderson ein Zeichen, hinaufzusteigen.

Während er sich daraufsetzte und die Füße hochzog, hielt Mirit den Wagen fest. Mit seiner unversehrten rechten Hand hielt er sich an einem Mauervorsprung fest und zog sich im Schneckentempo mühsam nach oben, bis er durch das Glas sehen konnte. Er hatte recht gehabt: Es war ein Operationssaal. Die Lichtquelle war eine große blendfreie OP-Lampe. Er befand sich fast genau über ihr und konnte auf dem OP-Tisch einen Patienten sehen.

Drei Personen in OP-Kleidung konzentrierten sich auf das linke Bein des Patienten, das stark geschwollen und entzündet war. Anderson sah, wie der Chirurg mit einer Stahlkürette Material aus der offenen Wunde kratzte und die Ausschabung in einen kleinen Glasbehälter strich, den ihm einer der Assistenten bereithielt. Sie sammelten also lepröses Körpergewebe. Anderson sank langsam vom Oberlicht hinunter und flüsterte Mirit zu, was er gesehen hatte.

»Warum?« fragte sie.

Anderson schüttelte sich innerlich. »Sie sammeln die Bakterien, die Lepra verursachen«, antwortete er. »Daher muß wohl auch die DNA für die Klon-Experimente kommen. Das Klein-Gen stammt vom Leprabazillus ab.«

»Das ist ja entsetzlich.«

Anderson stellte sich wieder aufrecht auf den Instrumentenwagen und beobachtete weiter. Sie hatten jetzt genug infektiöses Material abgetragen, und die Assistenten waren bereits dabei, das Bein zu verbinden. Also dafür waren die Zahlungen an das Hospiz! Sie kauften Lepra! Der Chirurg zog Haube und Gesichtsmaske aus. Es war Sam Freedman. Der letzte Hoffnungsschimmer schwand, daß die Freedmans mit der Sache vielleicht doch nichts zu tun haben könnten.

Plötzlich kam Anderson der Gedanke, daß sie möglicherweise den Aufwachraum benötigten und dazu folglich auch ihren Raum passieren mußten. Dann überlegte er jedoch, daß der Eingriff wegen seiner Geringfügigkeit wahrscheinlich nur unter Beruhigungsmitteln und lokaler Betäubung durchgeführt worden war. Aber das Risiko durften sie nicht eingehen! Sie mußten erst einmal wieder im Wäscheschacht verschwinden.

Von oben in den Schacht zu kommen war viel einfacher als der mühsame Einstieg im Wäscheraum. Mirit kletterte als erste hinein und rutschte ein Stück nach unten, um Anderson Platz zu machen. Fragend schaute sie nach oben, ob sie weit genug unten waren, was Anderson mit einem Nicken bestätigte. Er selbst war jetzt etwa drei Meter von der Öffnung entfernt. In dieser Position blieben sie und horchten, bis klar war, daß der Aufwachraum nicht benutzt werden würde. Anderson hörte, wie sich die Geräusche entfernten, und nahm an, daß der Patient aus dem OP gebracht wurde. Er wollte gerade wieder nach oben klettern, als der Raum über ihm in hellem Licht erstrahlte und jemand hereinkam.

Anderson erstarrte, als sich ein Schatten über den Eingang des Schachtes legte. Zu spät wurde ihm klar, was passierte: Ein Schwall schmutziger Tücher fiel auf ihn und begrub sein Gesicht in feuchtem, klebrigem Stoff. Ekel stieg ihm in die Kehle, und er mußte hart gegen den Drang ankämpfen, das Zeug herunterzureißen, da er andernfalls den Halt verloren hätte und auf Mirit gestürzt wäre. Mit sehr mäßigem Erfolg versuchte er, der klammernden Umarmung der Verbände des Kranken zu entkommen, indem er heftig seinen Kopf schüttelte.

Verzweifelt hielt Anderson so aus, bis das Licht über ihm ausging. Im Kampf mit der Schmutzwäsche verlor nun wiederum Mirit den Halt und glitt in einem Wirbel von Armen und Beinen den Schacht hinunter. Anderson rutschte etwas kontrollierter hinterher, war aber dennoch erleichtert, den Boden ohne weiteren Schaden an seiner Hand zu erreichen. »Bist du in Ordnung?« fragte er Mirit.

»Ja. Und du?«

»Ich auch. Komm, wir waschen uns.«

Für den Augenblick waren sie in Sicherheit. Die Wäscherei war bereits durchsucht worden. Sie hatte keine Fenster, also konnten sie unbesorgt das Licht anmachen. Außerdem gab es dort reichlich Waschbecken und fließendes Wasser. Mirit horchte einen Moment lang an der Tür, dann meldete sie: »Nichts.«

Sie wuschen sich und zogen frische OP-Bekleidung an, die Mirit vom Haken genommen hatte. Dann standen sie da und schauten einander an.

»Neil, hast du Angst?« fragte Mirit.

»Ich könnte kotzen vor Angst«, sagte Anderson.

»Wie bitte?«

»Sehr«, verbesserte er sich.

»Ich auch«, sagte Mirit. Einen Augenblick lang schien sie ihm sehr zart und verletzlich, wie ein kleines Mädchen.

11

An der Außenwand des OPs führt ein Belüftungsschacht entlang«, sagte Anderson. »Er sieht groß genug aus, um hineinzukriechen. Wenn wir in dieses System gelangen, kommen wir vielleicht in die oberen Stockwerke des Instituts.«

»Und wie kommen wir in den Schacht?«

»Hier unten in diesem Stockwerk.«

Sie gingen den Flur hinab und öffneten die Tür zu dem Raum, der die Belüftungsanlage beherbergte. Der Lärm der Elektromotoren war beinahe ohrenbetäubend. Anderson deutete auf eine Leiter, die zu einer Inspektionsluke im Hauptschacht führte, und kletterte hoch, um das Fliegengitter davor zu entfernen. Die Windgeschwindigkeit so nahe neben den Ventilatoren erreichte beinahe Sturmstärke, so daß er sich dagegenstemmen mußte, als er in die Hauptleitung hineinkroch. Mirit folgte ihm und setzte das Fliegengitter hinter sich wieder ein. Sie krabbelten eine lange waagerechte Strecke den Hauptschacht entlang, bis er sich verzweigte. Es war nicht genug Platz, um sich umzudrehen, daher entschied Anderson alleine, welchen Weg sie einschlagen sollten. Er wählte den Hauptversorgungsstrang, da der nicht nur breiter war als die anderen, sondern auch die beste Chance bot, die oberen Stockwerke zu erreichen, von denen aus sie möglicherweise telefonieren oder vielleicht sogar fliehen konnten.

Um sie herum herrschte keine völlige Dunkelheit, weil sich etwa alle zehn Meter ein Gitter befand, durch das die Frischluft aus dem Schacht in die Räume geleitet wurde. Als sie auf den ersten senkrechten Teil des Luftkanals stießen, hatte der Wind sich zu einer sanften, angenehmen Brise gelegt. Anderson fiel es nicht schwer, an den Verbindungsstellen der Rohre Halt zu finden. Selbst mit der verletzten Hand konnte er leicht bis zur nächsten Ebene klettern. Er warf einen Blick über die Schulter und sah, daß Mirit mit ihm Schritt hielt. Sie klopfte mit der Hand auf seinen Fuß zum Zeichen, daß alles in Ordnung war.

Anderson hielt inne, als er Stimmen hörte, und richtete seinen Blick auf das Gitter, das etwa zwei Meter vor ihm lag. Er sah einen Wagen, auf dem zwei Krankenwärter einen weiteren Patienten zum OP schoben. Noch eine Etage höher, und sie waren im eigentlichen Kalman Institut! Sobald die Stimmen verklungen waren, krabbelte er weiter, weil er den nächsten senkrechten Schacht erreichen wollte. Nach zwei weiteren Gittern sah er das Ende des Luftkanals, der nach oben führte. Er schaute zu Mirit zurück und lächelte, wagte aber nicht zu sprechen. Sie waren so nahe dran; jetzt durften sie nichts riskieren.

Anderson stemmte sich in den senkrechten Teil des Schachtes hoch und blickte nach oben. Sein Herz blieb stehen! Ein Gesicht schaute zu ihm herab! In dem Schacht befand sich ein Mann, und er kam auf sie zu. Als er Anderson sah, bewegte auch er sich nicht weiter. Trotz seiner Angst gewann Anderson plötzlich den Eindruck, daß der Mann anscheinend genauso überrascht und ängstlich war wie er. »Wer zum Teufel . . .«, sagte er.

»Sie sind Engländer?« fragte der Mann verblüfft. Diesmal widersprach Anderson nicht. »Sie müssen Anderson sein!«

Völlig verwirrt, aber froh, daß er noch lebte, wiederholte Anderson seine Frage.

»Ich bin Shamir von der CIA.«

»Sie sind also der Mann drinnen, den Dexter erwähnte?«, vergewisserte sich Anderson.

»Ja. Ich bin zu dem Schluß gekommen, daß nachts im Keller

etwas vor sich geht, aber ich habe es bis jetzt noch nicht geschafft, hinunterzukommen.«

»Können wir hier raus?« fragte Anderson.

»Nach oben oder nach unten?« erkundigte sich Shamir.

»Unbedingt nach oben.«

Sie kletterten dort aus dem Schacht, wo Shamir hineingelangt war, nämlich in einem der Vorbereitungsräume der Tierversuchsabteilung. Als sie die Leiter hinunterstiegen, die Shamir gegen die Wand gelehnt stehengelassen hatte, stach ihnen der Geruch von Mäusen und feuchtem Sägemehl in die Nase. Sie streckten ihre Glieder und staubten sich ab, wußten allerdings gar nicht, wo sie damit anfangen sollten.

»Was geht denn da unten vor?« fragte Shamir.

Anderson erzählte es ihm und sah, wie sich sein Gesicht voller Abscheu immer mehr verzog. »Lepra! Was zum Teufel haben sie damit vor?«

»Ich glaube, sie klonen Gene des Lepra-Erregers in andere Vektoren.«

»Biologische Kriegsführung?«

»Sieht so aus.«

»Und was machen Sie hier?« fragte Mirit Shamir.

»Ich arbeite hier als Wartungstechniker. Seit sechs Monaten gehöre ich jetzt zum Personal, habe aber bisher nichts herausfinden können. Ich fing schon an, Freedman für unschuldig zu halten, als Dexter mir berichtete, welche Schlüsse sie aus den Abrechnungen gezogen haben.«

»Wieso interessiert sich die CIA für Freedman?« fragte Anderson.

»Er hat die USA nicht freiwillig verlassen.«

»Aber er war doch amerikanischer Staatsbürger«, wandte Mirit ein. »Man konnte ihn doch nicht einfach aus seinem eigenen Land ausweisen!«

»Wir wollen mal sagen, es war ein Kompromiß auf höchster

Ebene«, sagte Shamir. »Freedman hatte illegale Genexperimente durchgeführt, für die er eigentlich eine lange Gefängnisstrafe hätte antreten müssen. Er wollte nicht ins Gefängnis, und die US-Regierung wollte den Skandal vermeiden, einen berühmten und einflußreichen Professor vor Gericht zu stellen. Freedman schlug vor, daß er als Jude die israelische Staatsangehörigkeit beantragen könne, da die israelische Regierung keinen jüdischen Einwanderer zurückweisen konnte. Er und seine Frau boten an, nach Israel zu gehen und niemals wieder zurückzukehren. Damit war die US-Regierung einverstanden.«

»Und was war mit der israelischen Regierung?« zischte Mirit wütend.

Shamir schaute verlegen drein. »Man hat sie nicht informiert«, erwiderte er leise.

Mirit riß die Augen auf. »Sie haben einen Kriminellen nach Israel exportiert?« fragte sie ungläubig.

»So könnte man wohl sagen. Aber wir haben ein Auge auf Freedman, seit er in Israel ist.«

»Aber Sie haben niemandem gesagt, warum!« ergänzte Mirit.

»Wir konnten keinen Skandal riskieren«, entgegnete Shamir.

». . . und Gefahr laufen, daß die Freedmans wieder zurückgeschickt werden!«

»Das würde doch nichts ändern«, meinte Shamir ruhig.

»Wie meinen Sie das?« wollte Mirit wissen.

»Hauptmann Zimmerman«, begann Shamir und gab damit zu erkennen, daß er ebenfalls wußte, wer sie war, »der Unterschied zwischen uns ist, daß Sie eine Idealistin sind und ich ein Realist. In vieler Hinsicht wünschte ich, daß es anders wäre. Aber es ist einfach eine Tatsache, daß sich nichts ändern würde, selbst wenn Ihre Regierung herausfände, warum die

Freedmans wirklich hergekommen sind. Die USA würden nicht dulden, daß diese Affäre publik würde.«

»Ja und?«

»Israel braucht Amerika mehr als umgekehrt. Man würde also Druck ausüben, unwiderstehlichen Druck, und nichts würde sich ändern.«

»Aber Israel würde doch nicht . . .«

»Moral existiert nur auf ihrer Gesellschaftsebene, Hauptmann. Weiter oben ist sie ein Luxus, den man sich nicht leisten kann.«

Mirit schaute Anderson hilfesuchend an. »Ich fürchte, er hat recht, Mirit«, erwiderte dieser sanft.

Shamir wechselte das Thema. »Haben Sie da unten alles herausgefunden, was Sie in Erfahrung bringen wollten?« fragte er Anderson. Anderson erwiderte, daß er gerne Martin Kleins Aufzeichnungen in die Finger bekäme und in Freedmans Büro danach suchen wollte. »In Ordnung, warum machen Sie beide das nicht jetzt, während ich die Infanterie zur Hilfe hole?«

»Großmäuliger Yankee!« zischte Mirit, als sie und Anderson durch das dunkle Erdgeschoß des Kalman Instituts schlichen. Anderson lächelte in der Dunkelheit. Er freute sich, daß Mirits Kampfgeist zurückgekehrt war. Sie erreichten den Empfangsbereich, den Anderson an seinem Zierbecken und der geschmacklosen modernen Skulptur erkannte. »Freedmans Büro ist dort oben«, sagte er und deutete auf die Wendeltreppe, die im fahlen Mondlicht, das durch die Glaskuppel fiel, ziemlich außerirdisch wirkte. »Los geht's!«

Rasch und leise rannten sie hinauf, immer darauf bedacht, möglichst in Deckung zu bleiben. Wie zwei Gespenster huschten sie schließlich über die Balustrade und versuchten, Freedmans Tür zu öffnen. Sie war nicht verschlossen. Mirit und Anderson gingen hinein und machten die Tür hinter sich zu.

»Nimm die Taschenlampe«, flüsterte Anderson, der nicht riskieren wollte, daß jemand von draußen das Licht sehen konnte. Mirit knipste die Lampe an, und sie begannen, Schubladen und Aktenschränke systematisch zu durchsuchen. Nach zehn Minuten gaben sie es auf. Von dem Buch keine Spur.

Anderson ließ sich in den Sessel plumpsen, in dem er auch beim letzten Besuch in Freedmans Büro gesessen hatte, und sah sich Mirits unausgesprochener Anklage gegenüber, daß dieses Buch wahrscheinlich überhaupt nicht existierte. Aus irgendeinem Grund dachte er an den Vorfall mit dem Whisky. War das ein Mißgeschick gewesen oder etwas anderes? Wenn ja, was? Hatte Freedman womöglich das Tablett absichtlich umgestoßen, um eine, wie Mirit es nannte, »natürliche Ablenkung« herbeizuführen? Aber warum? Was wollte Anderson damals in jenem Moment gerade tun?

Anderson dachte scharf nach. Er erinnerte sich, daß er gestanden hatte, als es hinter ihm krachte. Er wollte gerade zum Bücherregal gehen, um sich die Titel anzuschauen.

»Gib mir mal die Taschenlampe«, sagte er zu Mirit. Er trat zu den Büchern und ließ den Strahl über die Buchrücken gleiten. Er führte das Licht wieder ein Stück zurück und hielt inne. Anderson fluchte leise. Da, neben *Gene Expression,* stand ein dunkelblaues Notizbuch. Es trug das Wappen der medizinischen Fakultät St. Thomas.

»Was ist das?« fragte Mirit.

»Kleins Buch«, sagte Anderson ruhig. Er klappte den Deckel auf und erkannte Martin Kleins makellose Handschrift. »Dieser Ausdruck auf Freedmans Gesicht«, sagte Anderson. »Einen Augenblick lang muß er geglaubt haben, daß ich das Buch gesehen hätte, als ich das letzte Mal hier war.«

»Vielleicht hast du das ja auch«, sagte Mirit, »aber du hast es zu dem Zeitpunkt nur nicht bewußt registriert. Das Wappen ist dir so vertraut, eines Tages wäre es dir vielleicht eingefallen, und dieses Risiko wollte Freedman nicht eingehen. Deshalb versuchte er, dich in Cäsarea und am Roten Meer umzubringen.«

Anderson setzte sich wieder in den Sessel und las im Schein der Taschenlampe. Mirit blieb derweil schweigend im Halbdunkel, bis er nach zehn Minuten die Kladde zuklappte.

»War es das, was du vermutet hast?« fragte sie.

»Er hat DNA aus dem Leprabazillus extrahiert und in PZ9 geklont.«

»Das war's also?«

»Ich denke schon«, sagte Anderson nachdenklich und fühlte sich auf seltsame Weise ernüchtert. »Am besten gehen wir jetzt zu Shamir zurück.«

Anderson hatte Mirit nicht alles gesagt, was er soeben aus dem Buch erfahren hatte. Klein hatte seine Experimente mit leprösem Material durchgeführt, das er unterschiedlichen Patienten entnommen hatte, und irgend jemand, wahrscheinlich Freedman, hatte einen der Namen rot umkringelt. Anderson vermutete, daß dies der Patient war, von dem das Klein-Gen stammte. Er lernte die Referenznummer auswendig: 6713. Sobald Shamir mit seiner Infanterie anrückte, würde er versuchen, die Kultur mit der Nummer 6713 aufzuspüren, und sie vernichten, bevor sie in die Hände der CIA fiel. Da war allerdings noch die Vereinbarung mit Mirit . . .

Sie kehrten auf demselben Wege zurück, auf dem sie gekommen waren, und hasteten durch die dunklen Gänge, bis sie wieder im Vorbereitungsraum der Tierversuchsabteilung waren. »Ich hab's!« sagte Anderson, als sie drinnen waren.

»Tatsächlich?« sagte Myra Freedman ruhig.

Anderson erstarrte beim Anblick der Waffe, die auf seinen Bauch gerichtet war.

»Und auch die kleine Miss Israel . . . kommen Sie doch herein.«

Der Mann, der sie gefangen und den Mirit mit dem Rohr niedergeschlagen hatte, trat heran, um sicherzustellen, daß sie nicht ausrückten. Die Feindseligkeit, mit der seine Augen über dem blutigen und zahnlosen Mund funkelten, ließ Anderson nachträglich wünschen, Mirit hätte ihn dauerhafter unschädlich gemacht, als sie die Gelegenheit dazu hatte. »Mein Gott! Was war ich doch für ein Narr!« rief er mit Blick auf Myra.

»Dem kann ich nicht widersprechen«, sagte Myra.

»Aber warum? Warum denn nur, um Gottes willen?«

»Vielleicht kann ich das am besten beantworten«, sagte Sam Freedman, der gerade den Raum betrat. »Für den Fortschritt von Wissenschaft und Medizin.«

Anderson wurde wütend. »Nennen Sie biologische Kriegsführung einen Fortschritt?«

»Seien Sie doch nicht dumm, Neil«, sagte Freedman, als schelte er ein kleines Kind. »Benehmen Sie sich nicht wie ein vollkommener Idiot. Das Klein-Gen war ein Unfall.«

»Ein Unfall! Wie kann das ein Unfall gewesen sein, wenn ich gerade mit eigenen Augen gesehen habe, wie Sie lepröses Material sammeln, um es zu klonen.«

Freedman grinste herablassend, als sei Anderson schwachsinnig. »Ich beschäftige mich mit Lepra, Neil. Ich arbeite an einem Impfstoff, einen Impfstoff gegen Lepra.«

»Aber wie . . .«, stammelte Anderson.

»Niemandem ist es bisher gelungen, den Leprabazillus im Labor zu züchten. Daher war nie ausreichend Material vorhanden, um an einem Impfstoff zu arbeiten. Wir haben Lepragene in Plasmide geklont, um dieses Zuchtproblem zu umgehen und um die notwendigen Antigene in anderen Vektoren produzieren zu können. Wir sind sehr nahe dran.«

»Und Klein?«

»Einer der Patienten aus dem Hospiz war mit Hepatitis B

infiziert. Aus Versehen hat Klein ein Gen des Hepatitis-Virus geklont. Wie es das Pech wollte, handelte es sich dabei um das Gen für das virale Toxin. Ein Unfall, ein unglückseliger Unfall, das ist alles.«

»Das ist alles!« rief Anderson. »Ist Ihnen klar, wie viele Menschen gestorben sind wegen Ihres unglückseligen Unfalls?«

Freedman schob die Lippen vor und seufzte. »Wie ich die Leute satt habe, die anderen Leuten hinterherjammern«, sagte er. »Menschen gibt es doch nun wirklich reichlich auf der Erde! Erwarten Sie ernsthaft, daß ich meine Arbeit wegen ein paar Störenfrieden aufgebe?«

»Und was erwarten Sie sich davon?«

»Ich erwarte, daß ich den Nobelpreis bekomme. Ich will als der Mann gefeiert werden, der die Geißel der Lepra vom Angesicht der Erde gewischt hat. Ich rechne damit, den mir zustehenden Platz unter den großen Wissenschaftlern einzunehmen.«

»Und das Klein-Gen? Was passiert damit?«

»Wenn ich fertig bin, werde ich es vernichten.«

»Und Sie haben an all dem teilgenommen?« fragte Anderson Myra.

»Natürlich. Glauben Sie, ich habe Lust, den Rest meines Lebens in diesem von Fliegen heimgesuchten Stück Wüste zu verbringen? Wenn Sam den Nobelpreis bekommt, werden die amerikanischen Behörden es nicht wagen, ihn anzurühren, und wir werden zurückkehren können.«

»Aber Sie sind doch Juden«, wandte Mirit verwundert ein.

»Ich bin Jüdin – ja und? Ich persönlich habe die Schnauze voll davon, für andere die Drecksarbeit zu tun.«

»Was passiert mit uns?« fragte Anderson.

»Abbas wird Sie umbringen.« Freedman verkündete das in einem Ton, als sagte er eine Einladung zum Abendessen ab.

»Weil wir Ihrem Ehrgeiz in die Quere gekommen sind?«

»Wenn Sie so wollen«, sagte Freedman, der diesen Köder nicht schluckte. »Leute ohne Verstand geben sich anscheinend immer verteufelt viel Mühe, uns Menschen mit Grips Steine in den Weg zu legen.«

Der Zahnlose wollte Mirit packen. »Wissen Sie eigentlich, daß dieser Bastard ein Mädchen in Jerusalem von der Stadtmauer geworfen hat?« rief Anderson.

Freedman zuckte die Achseln und meinte: »Ich gebe mich nicht mit Einzelheiten ab, solange das Ergebnis stimmt. Man findet so schwer gute Leute . . .«

Mirit schrie auf, als der Kerl sie auf Freedmans Zeichen hin zur Tür zerrte. Unwillkürlich raste Anderson auf ihn zu, um Mirit zu helfen, aber nach wenigen Schritten krachte ihm etwas auf den Schädel, und alles wurde schwarz.

Schon wieder wachte Anderson in völliger Finsternis auf und wußte nicht, wo er sich befand. In seinem Kopf hämmerte der Schmerz. Er fragte sich, ob Mirit in der Nähe war, und rief ihren Namen. Keine Antwort. Seine Hände waren auf dem Rükken gefesselt. Anscheinend lag er auf etwas Weichem – weich, aber klumpig. Er überlegte, ob es ein Bett sein konnte, aber dafür war die Unterlage zu klumpig und uneben. Ein irritierender Geruch stach ihm in die Nase. Er kam ihm vertraut vor, konnte ihn aber nicht zuordnen. Außerdem stank es nach Tier. Er befand sich demnach noch in der Tierversuchsabteilung des Instituts. Ein Bett im Tierlabor? Blödsinn. Er tastete mit seiner unversehrten Hand umher und spürte etwas Weiches und Pelziges. Hier und dort war es feucht . . . und klebrig.

Unwillkürlich mußte er schreien, als ein Schmerz seine Linke durchzuckte, weil er die Rechte zu stark bewegt hatte. Also gab er seine Erkundung auf. Vor dem Raum wurde Licht angemacht, und ein schwacher Schein fiel durch den Türspalt.

Anderson wandte den Kopf und sah, daß er nicht allein war. Ein blindes Auge starrte ihn glasig an. Er schreckte zurück und schnappte entsetzt nach Luft. Er wußte jetzt, worauf er lag: Sie hatten ihn auf einen Haufen Tierkadaver geschmissen. Der stechende Geruch stammte von dem Verbrennungsofen.

Angst und Ekel erfüllten Anderson. Und Mirit, was war mit ihr geschehen? Grauenhafte Vorstellungen quälten ihn, während er vergeblich mit seinen Fesseln kämpfte. Mit den Füßen trampelte er in das nachgiebige Fleisch seiner Unterlage, um nicht daran denken zu müssen, daß Mirit möglicherweise schon tot war.

Die Tür ging auf, und Licht fiel herein. Der Zahnlose stand im Türrahmen wie die Verkörperung des Bösen. Er sah Anderson an, sagte aber nichts. Dann durchquerte er den Raum und nahm an der Rückwand einen langen Schürhaken aus der Halterung.

Anderson sah, daß zwei Kippwagen zur Beschickung des Brennofens bereitstanden. Er selbst lag oben auf einem, der noch mit Kadavern gefüllt war, und starrte auf den anderen: Er war leer! An den Seiten klebte verschmiertes Blut, eine sezierte Maus war der Verbrennung entgangen, weil sie am Boden festgetrocknet war. Der Schmerz raubte ihm fast den Verstand, weil er daran denken mußte, daß Mirit auf dem zweiten Wagen gelegen haben könnte. Er wandte seinen Blick ab.

Der Araber öffnete die Feuerluke und schützte seine Augen, während er mit dem Schürhaken hineinfuhr und ihn langsam und vorsichtig wieder zurückzog. Anderson war wie hypnotisiert. Dieser Mann hatte ein Skelett herausgezogen, ein menschliches Skelett. Anderson sollte es sehen, damit er wußte . . . damit er was wußte? Die Antwort ließ ihn erstarren.

Der Araber schob das Skelett beiseite, um Platz für den anderen Wagen zu schaffen. Anderson spürte einen Ruck, als sich die Rollen in Bewegung setzten, und starrte ausdruckslos zur Decke. Wenn Mirit nicht mehr lebte, war alles andere gleichgültig. Er traf eine letzte Entscheidung: Wenn die Feuertür sich öffnete, wollte er seine Handgelenke gegen die Türfassung stemmen. Der Schmerz seiner zertrümmerten Hand ließe ihn in Ohnmacht fallen, bevor ihn das Feuer verschlang. Geräuschvoll rastete der Wagen vor dem Ofen ein. Anderson öffnete die Augen für den letzten Akt und hatte eine Vision: An der Decke sah er das Gesicht eines Mannes, eines Mannes mit einer Waffe, eines Mannes mit einer Sonnenbrille. Lautlos machte die Waffe einen Ruck – wie bei einem Luftgewehr, dachte Anderson –, und der Araber fiel tot um. Die Vision entpuppte sich als Hiram.

Der Amerikaner ließ sich aus dem Belüftungsschacht herabfallen und befreite Anderson behutsam von seinen Fesseln. »Mein Gott«, flüsterte er, als er die bandagierte Hand sah. Anderson saß auf seinem Tierhaufen und betrachtete das Skelett vor dem Ofen. »Kann ich die mal haben?« bat er mit einem Blick auf Hirams Waffe.

Hiram reichte ihm die Pistole ohne ein Wort und beobachtete, wie sich Anderson über die Leiche des Arabers stellte und zielte. Er ging zu ihm und sagte ruhig: »Das hier müssen Sie entfernen.« Er löste die Sicherung. Anderson zog den Abzug dreimal durch und gab die Waffe dann zurück.

Er kniete sich neben das Skelett und streckte die Finger aus. Er berührte die Knochen nicht, sondern hielt nur seine Hand in der Nähe. Er konnte nichts sagen oder tun, so gerne er auch gewollt hätte. Er wollte schreien, brüllen, kämpfen, rennen . . . nur nicht in diesem peinigenden Meer von Kummer versinken. Dann sah er es. Er konnte es erst nicht glauben, aber ein Irrtum war ausgeschlossen.

»Das ist keine Frau«, sagte er. »Das ist keine Frau.«

»Natürlich nicht«, erwiderte Hiram verblüfft. »Das ist Shamir.«

Wie ein Phönix aus der Asche erwachte Andersons Lebensgeist aufs neue. »Aber ich dachte . . .«

»O mein Gott«, flüsterte Hiram, als er begriff. »Sie dachten, das sei Hauptmann Zimmerman?«

»Ich dachte, es sei Mirit«, wiederholte Anderson leise.

»Haupt . . . Mirit ist okay. Der Bastard hatte sie für etwas anderes aufgespart.«

Noch nie im Leben hatte sich Anderson so gefreut. Seine Hand war zertrümmert, sein Schädel fühlte sich an, als sei er gebrochen, an ihm klebte überall Tierblut und Tiergewebe, aber er war überglücklich. Hiram konnte Andersons plötzliche Veränderung kaum fassen. »Sie mögen sie wohl sehr gerne«, sagte er mit ausdrucksvoller Unzulänglichkeit.

Mirit schien gar nicht zu bemerken, wie verdreckt Anderson war. Sie küßte ihn auf den Mund, als wollte sie nie wieder Luft holen. »Oh, Neil . . . verlaß mich nie wieder.«

»Am besten bringen wir Sie ins Krankenhaus, Doktor«, meinte Hiram. Aber Anderson wollte sich erst waschen und umziehen.

»Ich helfe dir«, sagte Mirit. Gemeinsam gingen sie zum Waschraum.

Plötzlich war Andersons Erschöpfung wie weggeblasen. »Mirit – die Kulturen! Wir müssen sie holen.«

»Du wirst dich noch umbringen!« protestierte Mirit.

Anderson überhörte das. »Hast du Kleins Buch?«

»Ja. Ich habe es mitgenommen, als die CIA mich befreite.«

»Gut. Vernichte es!«

»Was?«

»Vernichte es. Darin stehen die Referenznummern der Kulturen mit dem Klein-Gen.«

»Aber . . .«

»Ich habe mein Versprechen nicht vergessen, aber ich will nicht, daß die CIA das Klein-Gen bekommt.«

Mirit riß die Seiten aus der Kladde und spülte sie den Abfluß hinunter, während sich Anderson frische Kleidung anzog.

»Wir müssen uns beeilen, damit Hiram nicht mißtrauisch wird.«

Zum ersten Mal seit Beginn der Klein-Affäre ging alles glatt. Sie fanden das richtige Labor und entdeckten dort den Vorrat an Kulturen. Acht Glasbehälter trugen die Aufschrift 6713.

Anderson steckte sie alle in die Tasche und schloß den Kühlschrank. »Zurück in die Waschküche. Schnell!« Sie kehrten zurück, ohne gesehen zu werden. Anderson zog die Behälter aus der Tasche. Er hielt sie ihr hin und forderte sie auf: »Jetzt sag mir, daß du dies den Behörden aushändigen willst.«

Mirit sah ihm in die Augen. Sie antwortete: »Es ist meine Pflicht als israelischer Offizier . . .«

Anderson unterbrach sie. »So haben wir nicht gewettet. Ich will nicht wissen, was die israelische Armee oder die israelische Regierung denken. *Du* sollst mir sagen, daß du das Klein-Gen aushändigen willst.«

»Du verstehst mich nicht!« protestierte Mirit.

»Oh doch, das tue ich. Du versteckst dich hinter deiner Uniform, deinem Rang, deiner Pflicht, und wenn es zum Schlimmsten kommt, kannst du immer noch sagen, du hättest nur Befehle ausgeführt.«

»Wie kannst du es wagen!«

»Sag es mir!« beharrte Anderson. »Sag mir, daß Mirit Zimmerman der Meinung ist, das Klein-Gen sollte weiterexistieren!« Er preßte ihr eines der Glasfläschchen in die Hand. »Na los! Sag's mir!«

Mirit umklammerte das Glas, während ihre Gedanken rotierten. Sie beobachtete, wie Anderson die anderen sieben Kulturen in die Taschen des verdreckten Overalls stopfte.

Dann rollte er ihn zu einem Bündel zusammen und sagte: »Wir gehen jetzt besser zu Hiram zurück.«

»Fühlen Sie sich besser?« fragte Hiram, als Anderson den Raum mit der Verbrennungsanlage betrat.

»Viel besser«, sagte Anderson und ging zur Feuerklappe. Hiram kam herüber und öffnete die Tür für ihn. Bei dieser Geste mußte Anderson lächeln. Er schleuderte das Bündel in die Flammen.

»Wartet!« rief Mirit, als Hiram die schwere Eisentür wieder schließen wollte. Sie stellte sich vor den Ofen und schmiß die letzte Klein-Kultur hinein.

»Was war das?« fragte Hiram.

Mirit ignorierte die Frage und starrte in die Flammen.

»Ich bin gerade erwachsen geworden«, sagte sie.

Anderson lächelte und nickte ihr zustimmend zu.

»Neil?«

»Ja?«

»Surrey ist doch gar nicht so schlimm . . . oder?«

Ein Mörder, unsichtbar und gnadenlos wie die eisige Kälte des Winters

Vier Menschen sterben einen qualvollen Tod, allen wurde ein Mittel gegen Blutgerinnung verabreicht. Warum? Wer ist der Wahnsinnige, der im Krankenhaus von Edinburgh wütet? Der Biochemiker Tom Fenton, dessen Freundin Jenny verdächtigt wird, jagt den Mörder und riskiert sein Leben dabei.

Ken McClure
Plasma
Thriller
240 Seiten
Ullstein TB 24372